dtv

Sommer in Venedig: Die Biennale und der nicht enden wollende Touristenstrom prägen das Stadtbild. Auch Kunstdieb Harry Oldenburg stürzt sich ins venezianische Getümmel. Zusammen mit seiner amerikanischen Freundin Zoe will er das Guggenheim-Museum um zwei wertvolle Exponate erleichtern und sie in seinen eigenen Kunsthandel in New York überführen. Doch in der flirrenden Hitze der Lagune geht so einiges schief …

Krischan Koch wurde 1953 in Hamburg geboren, macht Kabarett und Kurzfilme und schreibt seit vielen Jahren Filmkritiken, u. a. für ›Die Zeit‹ und den NDR. Nach ›Flucht übers Watt‹ schickt der Autor Kunstdieb Harry nun auf den zweiten Beutezug. Krischan Koch lebt mit seiner Frau in Hamburg und auf der Nordseeinsel Amrum, wo er mit Blick aufs Watt an seinen Kriminalromanen tüftelt.

Krischan Koch

Venedig sehen und stehlen

Kriminalroman

dtv

Ausführliche Informationen über
unsere Autoren und Bücher
www.dtv.de

Von Krischan Koch
sind bei dtv außerdem erschienen:
Flucht übers Watt (21673)

Die Fredenbüll-Reihe:
Rote Grütze mit Schuss (21433)
Mordseekrabben (21515)
Rollmopskommando (21583)
Dreimal Tote Tante (21633)
Backfischalarm (21672)
Pannfisch für den Paten (21721)
Mörder mögen keine Matjes (21781)

MIX
Papier aus verantwortungsvollen Quellen
FSC® C019821

Neuausgabe 2019
Erstmals veröffentlicht 2011
dtv Verlagsgesellschaft mbH & Co. KG, München

Umschlaggestaltung: Katharina Netolitzky
Satz: C.H.Beck.Media.Solutions, Nördlingen
Druck und Bindung: Druckerei C.H.Beck, Nördlingen
Gedruckt auf säurefreiem, chlorfrei gebleichtem Papier
Printed in Germany · ISBN 978-3-423-21783-5

Für Gaby und die Gondolieri

Auch die Geschichte von Harry Oldenburgs zweitem Kunstcoup ist natürlich frei erfunden. Ähnlichkeiten mit der Wirklichkeit sind also wieder rein zufällig. Joan Mirós »Sitzende Frau II« war nie aus dem Guggenheim-Museum am Canal Grande verschwunden. So viele japanische Touristen gibt es in Venedig gar nicht. Der Geruch aus den Kanälen im Sommer ist halb so wild. Es gibt auch schönes Muranoglas. Und die moderne Kunst ist in Wahrheit eine ernste Angelegenheit.

1

FONDAMENTA DELLA MISERICORDIA. Der auf die Hauswand gemalte Name flog an Harry Oldenburg vorüber, als er mit viel zu hoher Geschwindigkeit in den größeren Kanal einbog. Ganz knapp bekam er die Kurve. Von seinem Motorboot aus konnte er die Schrift gerade noch erkennen. Verflucht noch mal, war er etwa wieder an derselben Stelle?

Aus dem offenen Fenster des Eckhauses kam die heisere Stimme von Gianna Nannini. Jetzt fuhr er wieder unter der Inter-Mailand-Bettwäsche hindurch, die über dem Kanal zum Trocknen hing. Vor dem Restaurant etwas weiter hinten standen die Leute inzwischen unter den Sonnenschirmen und zeigten auf ihn. Dann kam die kleine Piazza mit der Bude in Sicht. Auf dem schmalen Kai liefen einige Leute wild gestikulierend auf und ab. Das waren die Besitzer des Bootes, das Harry gerade steuerte.

»*Venite! Venite! Ecco Gambadigesso!*«, rief der Mann in dem knallblauen Shirt der Azzurri mit der Rückennummer drei. Harry hatte ihn hier in den letzten Tagen mehrfach sitzen sehen.

Tatsächlich! Jetzt war sich Harry sicher: Er war schon wieder auf diesem idiotischen Rio della Misericordia gelandet.

Da tauchte hinter ihm erneut das schnittige Boot des italienischen Commissario auf. Harry drehte hektisch an dem Gasgriff des Außenborders. Die nagelnde Maschine verschluckte sich kurz mit einem nach Benzin stinkenden Puffen. Dann nahm der alte Kahn richtig Fahrt auf. Die Bugwelle hinter ihm schwappte über den Gehweg der Fondamenta, sodass das japanische Touristenpaar juchzend zur Seite hüpfen musste. Der Abstand zu dem schnieken Holzboot des Kommissars hatte sich trotzdem verringert.

Es war offensichtlich doch keine so gute Idee gewesen, sich von diesen Typen an der kleinen Piazza das Boot »auszuleihen«. Aber warum musste sein Besitzer auch unbedingt den Motor laufen lassen, nachdem er an den Fondamenta festgemacht hatte? Und Harry verließ langsam die Kraft. Der Assistent des Commissario, dieser kleine, aber schwergewichtige Ispettore in der blauen Uniform mit dem weißen Gürtel quer über der Brust und den roten Streifen an den Hosenbeinen, war ihm bei der Verfolgungsjagd durch die Gassen bedrohlich nahe gekommen. Das Gipsbein behinderte Harry einfach zu sehr und er war auf den vielen kleinen Treppen mächtig aus der Puste gekommen. Sollte der geniale Einfall mit dem Gehgips ihn jetzt womöglich Kopf und Kragen kosten?

Da tauchte plötzlich die kleine Piazza auf, die er in den letzten Tagen schon etliche Male überquert hatte. Neben einer Bude direkt am Kanal hatten immer dieselben Männer in Sportklamotten unter Sonnenschirmen gesessen, Sprizz getrunken und sich lautstark unterhalten. Und heute lag praktischerweise auch noch dieses Boot mit laufendem Motor am Kai. Harry musste einfach nur einsteigen. Die Typen reagierten erst, als Harry das Boot losmachte und ablegte. Da sprang der Mann in dem azurblauen Shirt mit der weißen Drei auf dem Rücken und dem Namen »Paolo Maldini« darunter aus seinem Gartenstuhl auf, ruderte wild mit den Armen und schrie Harry ein kehlig krächzendes *»La barca è mia, stronzo!«* hinterher.

Bisher war eigentlich alles nach Plan gelaufen, zumindest sehr viel reibungsloser als bei Harry Oldenburgs erstem Kunstcoup, den er vor ein paar Jahren noch alleine und ziemlich chaotisch durchgezogen hatte. Den Diebstahl jetzt, in der Guggenheim-Foundation, hatte er gemeinsam mit seiner amerikanischen Freundin Zoe minutiös geplant. Und der Coup an sich hatte ja auch perfekt geklappt. Bis dann heute Morgen diese beiden Polizisten aufgekreuzt waren. Durch seine panikartige Flucht hatte sich Harry natürlich erst richtig verdächtig gemacht. Aber mit der italienischen Polizei wollte er auf keinen Fall etwas zu tun haben, und er wusste auch nicht, was dieser eitle Commissario Lompo im blauen Polohemd und sein rundlicher Ispettore mit dem kleinen Schnauzbart von ihm wollten. Er hatte eigentlich gar keine Zeit für solche Spielchen. Er müsste sich viel dringender um den Miró kümmern. Nicht dass der noch von den Ratten angefressen würde. Das wäre wirklich jammerschade.

Doch vor allem machte er sich die größten Sorgen um Zoe, insbesondere nach dem bedrohlichen Anruf von Franca. Was führte diese Schlange Francesca Zenga im Schilde? Wo steckte Zoe bloß? Sie war vorhin nur kurz losgegangen, um nach einer *farmacia* zu suchen. Er musste sie unbedingt warnen. Harry konnte keinen klaren Gedanken fassen. Und dann diese unglaubliche Hitze!

Eben hatte er das Keuchen des dicken Ispettore ganz dicht im Nacken gespürt. Den war er erstmal los. Doch jetzt schien auch der Motor des Bootes Schwierigkeiten zu machen. Er nagelte ungesund und nahm das Gas immer erst mit einiger Verzögerung an. Aber Harry steuerte das Boot geschickt durch die engen Nebenkanäle. Als er zum dritten Mal die Fondamenta della Misericordia passierte – dieses Mal in normalem Tempo –, schien er die Polizei endgültig abgehängt zu haben. Dafür bemerkte er den Hund, der auf einmal im Boot vor ihm stand. Er war von undefinierbarer Farbe und Rasse, irgendwo zwischen Riesenschnauzer und Collie, und musste wohl im vorderen Teil des Bootes gepennt haben. Jetzt stand er mit den Vorderpfoten auf der Reling und hielt genüsslich seine Schnauze in den Fahrtwind.

Harry fuhr an dem »Antica Mola« vorbei, dem Restaurant, wo er und Zoe in den letzten Tagen immer wieder *risotto nero* und vor allem *sarde in saor* gegessen hatten. Ein paar Deutsche saßen an einem der Tische draußen. Die anderen Mittagsgäste waren aus der Sonne nach drinnen geflüchtet. Zwei Männer in blauen Overalls trugen einen gigantisch großen venezianischen Spiegel mit einem wuchtigen goldenen Rahmen von den Ausmaßen eines Handballtores über eine Brücke.

Verzweifelt versuchte Harry sich zu orientieren. Er wohnte zwar schon seit fast einer Woche in Cannaregio, aber vom Wasser sah alles ganz anders aus. Die Straßennamen waren, wenn überhaupt, nur schwer zu lesen. Und statt der verschiedenfarbigen Häuserfassaden hatte Harry vom Boot aus vor allem die moos- und algenbewachsene Wasserkante auf dem maroden Mauerwerk im Blick.

Er reduzierte das Tempo und steuerte das Boot nach rechts in einen kleinen Seitenkanal. Hoch über ihm hingen schlapp schon wieder die beiden Garnituren schwarz-blau-gestreifte Inter-Mailand-Bettwäsche. Auf dem Wasser dümpelten eine halb verrottete Obstkiste und ein ausgedienter Gummihandschuh. Das Wasser roch faulig.

Er bog noch einmal rechts ab. Auf jeden Fall musste er von diesem Rio della Misericordia wegkommen. Wer weiß, ob die Typen von der Getränkebude inzwischen nicht schon ein anderes Boot organisiert hatten, um ihn zu verfolgen.

Ganz eng schob Harry sein Boot an einem anderen vorbei, auf dem ein kleiner Schaufelbagger montiert war, mit dem ein Mann Sand auf eine Schubkarre lud. Als er das Bauboot gerade passiert hatte, zuckte Harry zusammen.

Ein Stück weiter links, parallel zu sich im nächsten Kanal, sah er wieder das schnittige Holzboot des jungen Commissario. Harrys Puls schnellte augenblicklich in die Höhe. Er überlegte nicht lange und gab Gas. Der Motor hüstelte kurz und dann streckte das Boot seinen Bug aus dem Wasser. Der Hund wechselte schwanzwedelnd auf die andere Seite. Das Hämmern des Motors hallte von den Wänden der engen Kanalschlucht wider. Harry bog erneut in den Rio della Misericordia ein.

Im selben Moment drehte sich auch das schlanke Holzboot des Commissario in den größeren Kanal. Während Harry auf der Bank am Heck des Bootes neben dem Außenborder hockte, stand dieser eitle Fatzke von Kommissar in seinem blauen Polohemd mit hochgestelltem Kragen hinter einem richtigen Steuerrad. Seine Spiegelsonnenbrille blitzte in der Sonne. Harry drehte den Gasgriff bis zum Anschlag. Schon von Weitem sah er den Bootsbesitzer in dem Azzurri-Trikot aufgeregt schimpfend auf den Fondamenta entlangtigern.

»*Porca miseria!* Da ist er, der verdammte Idiot mit dem Gipsbein«, rief der Mann. Der zottelige Hund an Bord bellte freudig ein paar Mal.

Die gefärbte Blondine in dem orangefarbenen Trainingsanzug, die in der Bude den Sprizz ausschenkte, drohte ihm mit der Faust. »*Gambadigesso!* Wir kriegen dich.«

Der Ispettore stand immer noch keuchend daneben. Er hatte seine Mütze abgenommen und sah ihm traurig hinterher mit einem Gesichtsausdruck, als wollte er noch etwas sagen.

In einem Abstand von vielleicht fünfzig Metern pflügten die beiden Boote durch das brackige Wasser. Der Hund drehte sich kurz zu Harry um. Er guckte recht freundlich, als würden sie jeden Tag zusammen so über die Kanäle jagen.

Commissario Lompo war hartnäckiger, als Harry gedacht hatte. Jetzt wollte er es offensichtlich wissen. Wenn diese jungen Italiener in Venedig schon nicht Vespa fahren konnten, dann karriolten sie wenigstens in ihren Motorbooten durch die Kanäle, dachte er. Dieser

Lackaffe mit seiner blöden Sonnenbrille, der nicht wie ein Beamter, sondern eher wie ein verzogener Playboy aussah, jagte ihn mit Feuereifer durch die engen Kanalschluchten.

Das japanische Paar hatte die Fotoapparate gezückt und die Restaurantgäste im »Antica Mola« hatten ihre Stühle zum Kanal gedreht. Die beiden Typen im Blaumann bogen mit ihrem antiken Riesenspiegel gerade Richtung Campo San Marziale ab, gleich um die Ecke, wo Harry und Zoe die letzten Tage gewohnt hatten. Harry sah sein Spiegelbild im Boot einmal durch den venezianischen Goldrahmen fahren. Und als er erneut bei Gianna Nannini vorbeikam, war das Boot des Kommissars auf einmal verschwunden.

Den Gasgriff auf der kleinsten Stellung, sodass der Motor gerade eben am Laufen gehalten wurde, tuckerte Harry eine Weile durch Seitenkanäle. Wie durch ein Wunder hatte er Commissario Lompo abgehängt. Das war Harrys Chance. Jetzt müsste es ihm doch gelingen, aus dem Cannaregio-Viertel herauszukommen und sich wenigstens zum Canal Grande durchzuschlagen oder auch Richtung Lagune zu den Fondamenta Nuove. Wenn er nur wüsste, wo er hinmusste.

Plötzlich glaubte er, Zoe in einer dunklen Hausunterführung verschwinden zu sehen. Er sah die Frau nur von hinten. Sie hatte Zoes Frisur, soweit er das erkennen konnte. Aber sie trug so eine schwarze Leinenjacke wie diese Francesca. Harry konnte sich darauf keinen Reim machen. Er musste sich getäuscht haben.

Vielleicht sollte er es doch wieder zu Fuß versuchen, trotz des blöden Gipsbeins. Das Sportboot von Lompo war nicht in Sicht und auch der Ispettore war weit weg. Aber es war nicht möglich, einen freien Platz zum Anlegen zu finden. Warum sollte er das Boot nicht einfach seinem Besitzer wieder zurückbringen? Die Sprizz-Trinker wären ihm beim Anlegemanöver ganz sicher behilflich. Oder würden sie ihn gleich der Polizei übergeben? Harry hielt das für unwahrscheinlich. Und er hatte recht. Der Mann im Azzurri-Trikot war einfach nur froh, dass er sein Boot wiederbekam. Er war sogar richtig freundlich. Und mit der Polizei schien er nicht allzu viel am Hut zu haben.

»La barca è super«, radebrechte Harry und drückte dem verduzten Typ zwei Zehntausend-Lire-Scheine in die Hand. *»Per benzina.«*

»Signore fahre nicht das erste Mal Boot«, versuchte Maldini das Kompliment auf Deutsch zu erwidern. Und damit hatte er ja gar nicht mal unrecht.

Im Weggehen sah er noch, wie sich der Hund mit einem beleidigten Blick im vorderen Teil des Bootes wieder zum Schlafen legte.

Den Fußweg Richtung Rialtobrücke kannte er in- und auswendig. Einfach die Strada Nova hinunter. In dem quirligen Straßenleben mit den zahlreichen Läden und Bars, mit afrikanischen Taschenverkäufern und Touristen aus aller Welt fühlte er sich gleich sicherer.

»Look, look, Sweety, these beeeauuuutiful masks«, flötete eine nicht mehr ganz junge, grell geschminkte Amerikanerin, die aussah, als hätte sie schon eine Maske auf.

»Gugge mal, alle möschlische Diere aus Glas«, kam es aus einer größeren Touristengruppe. Trotz der Hitze trugen alle Jacken, die Älteren graue Anoraks und die Jüngeren seltsam gefleckte Jeansjacken. Den Dialekt kannte Harry nur aus albernen DDR-Witzen und Katharina-Witt-Interviews. Als er Deutschland vor ein paar Jahren verlassen musste, war die Mauer noch nicht gefallen. Leibhaftige Sachsen hatte er noch nie gesehen, soweit er sich erinnern konnte.

»Gaddsen, Hasn un gugge mal – ä Granisch«, sagte eine Frau mit Dauerwelle, die als Einzige keine Jacke, sondern ein T-Shirt mit der Aufschrift »I love Venice« trug. Statt des »Love« ein rotes Herz.

»Scheeen«, fand eine andere.

»Nu, subbr«, bestätigte ein kleiner Typ mit längeren Nackenlocken über der gelblich verwaschenen Jeansjacke mit Blick auf das Tierleben aus Glas.

Der Touristenrummel, den Harry eigentlich verachtete, kam ihm jetzt äußerst gelegen. Nur sein blödes Gipsbein fiel natürlich auf. Zumal sich niemand mit einem Gehgips so hektisch bewegen würde wie Harry gerade die Calle San Felice hinunter. Tatsächlich, die Leute drehten sich um, sobald sie seinen ungewöhnlich groß geratenen Gips bemerkten. Je näher er Rialto kam, desto dichter wurde das Treiben. Kleine Japaner, die Venedig durch die Sucher ihrer Minoltas betrachteten, Deutsche, die einen über den Haufen rannten, weil sie sogar im Gehen in ihren Reiseführern lasen, und schwergewichtige Amis in Bermudas und Hawaiihemden, die kaum durch die schmalen Gassen passten und laut *»Amaiiizing«* riefen.

Harry brach schon wieder der Schweiß aus, obwohl er nur Shorts und T-Shirt trug. Unter dem Gips spürte er ein unangenehmes Jucken. Statt sich weiter schwitzend und humpelnd an den Andenkenläden vorbei über die Brücke zu schleppen, wollte er das Traghetto am Campo San Sofia nehmen, eine öffentliche Gondel, die Passanten für wenige Lire über den Canal Grande setzte. Sollte er sein Gipsbein einfach mal kurz abnehmen? Nur solange er sich hier im Schutz des Touristenstromes bewegte? Nein, das war zu riskant. Ohne Gipsbein durfte ihn niemand sehen. Dann wäre der ganze schöne Plan dahin.

Bis auf die kleine Bootstour eben hatte doch alles perfekt geklappt. Zoes Idee mit dem Gips hatte sich hervorragend bewährt. Die Vorbereitungen für den Raub des Miró und vor allem der Giacometti-Figur waren sehr viel aufwendiger gewesen als bei seinem ersten Kunstcoup. Zoe und er hatten die Örtlichkeiten im Guggenheim-Museum am Canal Grande sorgfältig ausgekundschaftet, die Abläufe ganz genau geplant. Gott sei Dank war er mit Zoe wieder im Reinen. Sie hatten sich versöhnt nach seinem Ausrutscher. Aber damit schien die Affäre noch nicht erledigt zu sein. Dabei war es doch nur diese eine Nacht auf der Giudecca gewesen. Sollte sich das jetzt doch noch als verhängnisvolle Affäre entpuppen? Harry hatte damit abgeschlossen, aber ob Francesca das auch so sah? Die Dame hatte schon ein erstaunliches Temperament. Das hatte Harry in dieser stürmischen Nacht auf der Giudecca erfahren. Und schließlich hatten sie die rassige Franca ja auch ziemlich clever in ihren Plan integriert. Sollte sich das jetzt rächen? Auf jeden Fall musste er sich um Zoe kümmern.

Wenn nur dieses verfluchte Jucken unter dem Gips nicht wäre. Aber das war sehr schnell nebensächlich. Denn plötzlich sah er die dicke blaue Uniform mit den roten Streifen die Stufen eines sich elegant über den Kanal schwingenden Ponte alles andere als elegant herunterpoltern. Hatte er Harry überhaupt schon bemerkt? Harry überlegte nicht lange und versuchte in der sächsischen Reisegruppe unterzutauchen.

»Nichts passiert«, sagte Harry, als die Frau mit der Dauerwelle und dem roten Herz ihm auf seinen Gipsfuß trat.

»Ach, Sie gomm ooch aus Deutschland. Mir gomm ausm Osten. Mir sin zum erschdn Mal in Venedisch.«

Eine andere Dauerwelle in Regenjacke war weniger zutraulich: »Muddi, pass auf, die Dasche.«

Harry lächelte bemüht und versuchte zwischen DDR-Jeansjacke und »I-love-Venice«-Shirt in Deckung zu gehen.

»Mir sin aus Pirna, das is bei Dräsdn, ä Stickl de Älbe nuff«, sagte der Hänfling.

So genau wollte Harry es im Augenblick gar nicht wissen. Unterdessen war der schwitzende Ispettore mit dem kleinen Schnurrbart bedrohlich näher gekommen. Harry hatte das Gefühl, dass er entdeckt worden war. Der Knirps in der Jeansjacke bot keine ausreichende Deckung mehr.

Harry stürmte humpelnd los, ein Stück die Strada Nova hinunter und dann in ein Gassen- und Kanälelabyrinth hinein. Stellenweise war an den Touristenknäueln kaum vorbeizukommen. Es gab auch eine *farmacia.* Aber von Zoe nichts zu sehen.

Fast hätte Harry sich in den Henkeln eines falschen Louis-Vuitton-Täschchens eines afrikanischen Straßenverkäufers verheddert. Wenn er sich umdrehte, tauchte hinter ihm im Touristengewimmel immer mal kurz die blaue Uniform auf. Aber einige Meter Vorsprung hatte er noch.

Ruga due Pozzi, Calle Zotti, Campo dei SS Apostoli. Die auf die Hausecken gemalten Namen, die Hinweisschilder auf RIALTO oder den Bahnhof, FERROVIA, mit abgeknickten Pfeilen darunter, flogen ebenso wie die Geräuschfetzen an ihm vorüber. *»Look here! Beautiful« – »Subarashi« – »Unbelievable!«*

Die Schaufenster in den engen Gassen quollen über von Plastikgondeln mit Innenbeleuchtung, einem wahren Horrorkabinett von Muranoglasfiguren und immer wieder Masken, Masken, Masken. Es muffelte aus den Sielen und nach Touristenpizza zum Mitnehmen.

Harry lief, so schnell er konnte. Er musste diesen Polizisten abhängen. Ihm lief der Schweiß jetzt in Strömen über das Gesicht und unter seinem Shirt fühlte er das Wasser herunterlaufen. Sein Gesicht musste knallrot sein. Aber sein Oberkörper fühlte sich durch den Luftzug beim Laufen stellenweise fast kühl an. Calle – Campiello – Rio – die einzelnen Worte der längeren Straßennamen gerieten im Vorbeihetzen durcheinander. Parrocchia, Sottoportego. In seinen Augenwinkeln verwischten die Buchstaben wie auf einem unscharfen Foto.

Sottoportego? War das nicht so etwas wie ein Durchgang? Viele dieser kleinen Gassen endeten im Nichts. Harry lief trotzdem hinein. Er landete vor einem Hauseingang voller blank geputzter goldener Klingelknöpfe. Er wurde langsamer, um wieder etwas zu Atem zu kommen. Sein Puls schlug ihm bis zum Hals. Er hatte keine Ahnung mehr, wo er war. Verdammte Scheiße! Er hatte schon wieder die Orientierung verloren. Aber dann sah er auf der abgeblätterten Hauswand das Hinweisschild auf das Traghetto, mit dem er über den Canal Grande setzen wollte.

Und er hörte die Stimmen der sächsischen Reisegruppe. »Gugge mal. De ganze Wäsche da ohm.«

»Scheen.«

Schon schaukelte Harry zusammen mit seinem Freund in der Jeansjacke, zehn weiteren Sachsen und zwei Gondolieri über den Canal Grande, während »Muddi, die Dasche« sichtlich verstört am Traghetto-Anleger Santa Sofia zurückblieb. Der gesamte Bus des Radebeuler Reiseunternehmens passte schlecht auf eine Gondel.

»Ehnmolisch«, flötete das Venice-Herz, während ein Vaporetto der Linie eins die Gondel umschiffte. Das Traghetto steuerte auf den Campo della Pescaria zu, den Fischmarkt in der Halle mit den rot leuchtenden Stoffmarkisen.

Wo wollte Harry eigentlich hin? Er musste zurück in seine Wohnung und Zoe warnen, damit sie der verrückten Franca nicht in die Hände fiel. Aber erst mal musste er sicher sein, die Polizei abgehängt zu haben. Er suchte den Schutz der Touristenmassen, die sich in der brütenden Mittagshitze durch die Gassen zwischen Rialtobrücke und San Marco schoben. Es roch nach Schweiß, Desinfektionsmitteln und frittierten Calamari.

»Gondola! Gondola! You wanna ride?«

»Mensch Junge, lass mich bloß in Ruhe«, zischte Harry hechelnd mehr zu sich selbst, während er sich auf einer Brücke im Slalom durch eine Gruppe Amerikaner kämpfte.

»Look, look amaiiiizing.« Unter ihnen kam es zu einem regelrechten Verkehrsstau der Gondeln.

»Eccolo lì, Gambadigesso! Alt! Fermatelo!« Plötzlich war der Schnauzbart in Uniform wieder da. Irgendwie musste er ihm vor der Rialto den Weg abgeschnitten haben. Die umstehenden Touristen sahen den Polizisten verständnislos an.

Harry sprang kurz entschlossen auf die erste der in dem engen Kanalstück nebeneinanderliegenden Gondeln. Einer der Gondolieri, im traditionellen Ringelhemd, erzählte gerade in italienischem Englisch blumige Märchen aus der Zeit der Dogen. Eine in einem Brokatkissen im Heck der Gondel hängende Frau juchzte, zwei Asiatinnen kicherten und zückten blitzartig die Kameras, als Harry eher plump als behände, mit seinem Gips quer über die Gondeln trampelte. Die beiden Gondolieri fanden es weniger lustig. Da war Harry schon über die zweite Gondel ans gegenüberliegende Ufer gesprungen. Den Ispettore ließ er protestierend zurück.

Auf der Piazza San Marco stand die Mittagshitze. Die Fremdenführer aller Herren Länder hatten unter kleinen Fähnchen ihre Kohorten gesammelt und ließen sie jetzt kreuz und quer über den Platz aufeinander zumarschieren. Franzosen gegen Amerikaner, Italiener hinter einer Nationalflagge aus Papier gegen Japaner unter einem Regenschirm, eine deutsche Übermacht gegen ein paar hoffnungslos unterlegene Dänen. Ein Geschwader knatternder Tauben stürzte sich auf das von einem kleinen Mädchen im Rüschenkleid hingehaltene Vogelfutter.

Harry schlüpfte zwischen den Fronten hindurch, an Dogenpalast und Löwen vorbei über die Piazzetta Richtung Anleger San Zaccaria. Dort traf er wieder mit einigen Versprengten der sächsischen Reisegruppe zusammen und bestieg mit ihnen das Vaporetto Nummer eins.

»Rialto, Piazzale Roma«, rief der Kartenabreißer, während die Touristen von dem schwankenden Anleger massenhaft auf das Schiff drängten.

Harry fühlte sich sicher, als das Boot den Canal Grande hinauffuhr und polternd an Salute anlegte und anschließend an der Accademia. Er fühlte sich so sicher, dass er an der Ca' d'Oro aussteigen wollte, um endlich zu Zoe und seiner Wohnung zu kommen. Aber dann sah er neben dem Vaporetto das schnittige Polizeiboot auftauchen. Irgendwoher wusste der Kommissar, dass Harry sich auf dem Vaporetto der Linie eins befand. Sein Boot überholte nicht, sondern eskortierte das Vaporetto. Und dann tauchte ein zweites sehr viel kleineres Polizeiboot mit der offiziellen Aufschrift »Polizia« und mehreren Beamten an Bord auf. Harry wurde es mulmig, Panik machte sich in all seinen Gliedmaßen breit.

An der Station San Silvestro waren die Passagierzugänge gesperrt. Niemand durfte das Schiff verlassen oder betreten. Außer dem schnauzbärtigen Ispettore, der leicht schwankend und mit hochrotem Kopf zusammen mit zwei Kollegen das Schiff betrat und Harry triumphierend aufforderte mitzukommen.

»Signor Oolden-burg-e, per favore.«

Während der Commissario in seinem Boot vor dem Anleger kreuzte, wurde Harry unter den Blicken der neugierigen Touristen in das Polizeiboot bugsiert.

»Gugge mal, mir kam där do glei goomisch vor«, rief »Muddi, die Dasche« ihm noch hinterher.

In dem lächerlich kleinen Boot war grade mal Platz für zwei Personen. Zu viert war es unfassbar eng. Harry saß dem dicken Ispettore praktisch auf dem Schoß.

Auf dem Weg zur Questura sah er eine Brücke nach der anderen über sich hinwegziehen. Der Commissario war vorausgefahren. Als das kleine Polizeiboot an der Questura am Rio di San Lorenzo anlegte, war Lompo längst da und wischte die Holzplanken auf dem Bug seines Bootes mit einem flauschigen Lappen trocken.

Harry wurde über Steintreppen und Terrazzoflure in ein karges Zimmer geführt. Jetzt saß er auf einem Stuhl mit Stahlrohrbeinen und einem Sitz aus Kunststoff vor einem klobigen alten Holztisch mit einer abgestoßenen grünen Schreibunterlage. Das ganze Mobiliar hatte sicher schon bessere Zeiten gesehen. An der Wand hing eine italienische Flagge. Vom Fenster aus, das halb mit Jalousien verhängt war, konnte man wahrscheinlich auf den Kanal hinuntersehen. Als der Commissario den Raum betrat, hatte er seine Spiegelsonnenbrille abgenommen und der Kragen seines Shirts war heruntergeklappt.

»Signor Oldenburg«, setzte er an, und er tat dabei so, als wäre die ganze Verfolgungsjagd eine sportliche Veranstaltung gewesen. »Wohin wollten Sie denn so schnell?«, fragte er auf Englisch mit italienischem Akzent. »Wir hatten noch ein paar Fragen an Sie.«

Harry überlegte fieberhaft, wie er sein Verhalten erklären könnte. Dieser Polizist konnte ihm durchaus unangenehme Fragen stellen. Er untersuchte nicht nur einen Kunstdiebstahl, sondern auch einen Mordfall. Harry fragte, ob er rauchen dürfe, und zündete sich eine Chesterfield an. Als er den Stuhl rückte, hallte das Schrappen der Stahlbeine auf dem Terrazzo durch den ganzen Raum.

»Wir wollten Sie noch einmal zu den Vorgängen in dem Palazzo der Fondazione Guggenheim befragen, Signor Oldenburg. Und zu Ihrem Verhältnis zu Signora Francesca Zenga.«

Harry drehte nervös die Glut seiner Zigarette in dem nur notdürftig gesäuberten großen Aschenbecher. Der Commissario guckte ernst.

»Man hört ... Wie soll ich mich ausdrücken? ... Signora Francesca ist eine attraktive Frau.«

Dabei verzog er andeutungsweise einen Mundwinkel zu einem süffisanten Grinsen.

2

Die Lagune lag glitzernd unter ihnen. Harry Oldenburg versuchte an dem Dicken vorbei, der laut schnarchend neben ihm saß, einen Blick aus dem Flugzeugfenster zu werfen. Er beugte sich über ihn, soweit das zwischen dem zurückgestellten Vordersitz und dem Bauch in einem eierschalenfarben glänzenden Hemd, das irgendwie nach Kunstfaser aussah, überhaupt möglich war. Der Typ war erst kurz vor dem Start an Bord gekommen. Er hatte eine voluminöse Umhängetasche und sein himmelblaues Jackett in die Gepäckablage gestopft und ohne ihn anzusehen etwas Unverständliches gegrummelt. Obwohl er gar nichts Richtiges gesagt hatte, meinte Harry einen osteuropäischen Akzent erkannt zu haben. Als die Stewardess mit dem Getränkewagen kam, hatte er das Wort »Whiskey« ausgesprochen, dass es wie »Wodka« klang. Russisch vielleicht. Noch vor dem Start verschlang der Dicke in Rekordgeschwindigkeit den Inhalt zweier Alitalia-Snacktüten und spülte mit drei angesichts seiner Leibesfülle absurd winzig wirkenden Ballantine's-Fläschchen nach. Jetzt rutschte er schwitzend und schnarchend noch ein Stück näher zu Harry herüber.

Im Fenster hinter dem eierschalenfarbenen Russen konnte Harry jetzt das Wasser sehen. Sie hatten die Reihe direkt über der Tragfläche. Aber an dem genieteten Metall des Flügels mit dem Schriftzug »Do not Walk Outside this Area« vorbei meinte Harry jetzt die Silhouette von Venedig erkennen zu können.

Direkt unter ihnen zog ein Motorboot seine Spur durch das Wasser Richtung Venedig und zeichnete helle Linien in die blaue Lagune. In Harrys Erinnerung schoben sich ganz unterschiedliche Bilder übereinander: der letzte Sommer mit Zoe an der amerikanischen Ostküste in North Carolina, die erste Italienreise als Jugendlicher und nicht zuletzt Erinnerungen an seine norddeutsche Heimat, das flirrende Sommerlicht über dem Wattenmeer an der Nordsee. Ganz seltsam. Für einen Moment war alles eins. Schließlich war die Lagune von Venedig nichts anderes als ein kleines Wattenmeer. Als sich die Steuerruder ächzend hochstellten und die Maschine mit einem Ruck an Höhe verlor, sodass er auf einmal die einzelnen Wellen erkennen konnte, war alles wieder wie weggewischt. Er befand sich eindeutig im Anflug auf den Aeroporto Marco Polo.

Er war von New York nach Mailand geflogen und von dort mit Alitalia in einer kleinen Fokker nach Venedig. Zu der Reise hatte sich Harry ziemlich spontan entschlossen. Er wollte sich schon immer mal im Guggenheim-Museum umsehen. Insbesondere interessierte er sich für Mirós »Sitzende Frau II«. Und die Sicherheitsvorkehrungen in der denkmalgeschützten Villa von Peggy Guggenheim am Canal Grande sollten angeblich nicht auf dem allerneusten Stand sein. Nachdem er einmal in ein Museum eingestiegen war, hatte Harry Gefallen daran gefunden und immer von einem weiteren Kunstcoup geträumt. Und Zoe war von dieser Idee regelrecht elektrisiert. Immer wieder hatten sie in den letzten Jahren davon geträumt, durch Südeuropa zu reisen. Ab und zu wollten sie dem einen oder anderen Museum einen kleinen Besuch abstatten: dem Picasso-Museum in Antibes, Dalí in Figueres oder eben der Guggenheim-Foundation in Venedig.

Sie hatten in Hamburger-Delis in Midtown gesessen und sich ausgemalt, in verstaubten Grandhotels zu wohnen. In TriBeCa, in einem Kino mit Kord bezogenen Klappsesseln, hatten sie sich alte Filme von Fellini und

Godard angesehen. Danach träumten sie davon, wie Mastroianni nachts auf einer Vespa über die Via Veneto zu fahren oder wie Belmondo und Anna Karina im offenen Alfa auf der Flucht die Côte entlang. Sie hatten sich vorgestellt, das Leben von amerikanischen Künstlern zu führen, die sich in Europa ihre eigene Moral erfanden.

Und dann war Zoe vor ein paar Tagen zum Frühstück mit diesen Maklerangeboten angekommen. Verkaufsprospekte schrecklich netter Häuschen in den Vororten schrecklich netter kleiner Collegestädtchen in Connecticut oder im Staat New York.

»Harry, you will love the countryside.«

Er stellte sich weiß gestrichene Holzhäuschen mit einer weiß gestrichenen Veranda und einem Holzzaun vor. Die Broschüre des Maklerbüros aus Albany, N. Y., zeigte allerdings keine Fotos, sondern nur eine gezeichnete Skizze einer Hausansicht, vermutlich um den schlechten Zustand ihrer Verkaufsobjekte zu verschleiern.

»Hier unten müssten wir natürlich alle Wände herausreißen!«, ereiferte Zoe sich. »Harry, schau dir wenigstens den Grundriss mal an! Und oben wäre Platz für ein Kinderzimmer.« Sie sah ihn prüfend an.

»Zoe, du bist Anfang zwanzig. Willst du es dir jetzt schon gemütlich machen? Kinder schaukeln, Quilts nähen und Blueberrycakes backen?«

Harry hatte sich trotzig eine Chesterfield angezündet.

Im Gegensatz zu dem nächtlichen Transatlantikflug von J. F. K. nach Mailand, bei dem die meisten bei »Stirb Langsam 2« im Bordkino in ihren Wolldecken friedlich eingenickt waren, waren die Passagiere der kleinen Fokker beim Anflug auf Venedig regelrecht aufgekratzt, mal abgesehen von dem schnarchenden Russen.

Zwei ältere Amerikanerinnen, beide vollständig in Rosa – eine hatte sogar rosa Haare – zeigten sich gegenseitig Tintoretto-Bilder in einem Kunstreiseführer.

»*Is't that beauuutiful?*«

»*Yeah, maaagical!*« Dabei riss die mit der rosa Frisur ihren selbstverständlich ebenfalls grell rosa geschminkten Mund auf, als könnte sie kaum glauben, was sie da sah.

Ein niederländischer Junge vor ihm zeigte aufgeregt auf das sich knarzend aufstellende Querruder der Maschine und sagte zu seinem blonden Vater einen Satz, aus dem Harry mehrfach das Wort *»dat«* heraushören konnte. Und dann war da diese Frau, die im Gang gegenüber saß. Sie hatte eine wilde schwarze Mähne und trug einen schwarzen Hosenanzug aus Leinen und eine große Sonnenbrille, deren grünliche Tönung nach unten hin heller wurde. Vor allem fielen ihm ihre Schuhe auf. Es waren schwarze Westernstiefel mit Absatz und einer dicken Schnalle, durch die ein nietenbesetzter Riemen lief. Als sie direkt neben seinem Sitz mit dem Rücken zu ihm zwei große Einkaufstüten eines Mailänder Modehauses im Gepäckfach verstaute, musste er ihr einfach auf den Hintern gucken. Er hatte gar keine andere Möglichkeit. Ihr Parfüm roch nach Kokos und Limone.

Während des Fluges hatte Harry immer wieder zu ihr hinübergesehen. Aber er sah nur die schwarzen Haare, durch die sie sich ständig mit ihrer Hand fuhr. Dabei musste sie, während sie fahrig in einer italienischen Zeitung blätterte, immer wieder ihre Sonnenbrille, die sie sich ins Haar gesteckt hatte, zurechtrücken. Nur einmal drehte sie sich zum Gang und bestellte bei der Stewardess ein *acqua*, was wunderbar italienisch klang. Aber da versperrte die Alitalia-Dame mit ihrem Getränkewagen Harry schon wieder den Blick.

Die Maschine entfernte sich von der Küste und durchflog kurz ein paar wattige Wolkenfetzen, die über dem azurblauen Wasser lagen. Mit einem Gong leuchtete das Zeichen zum Anschnallen auf. Die Stewardess ging prüfend durch die Reihen, ob alle angeschnallt waren, und sammelte die letzten Kaffeebecher ein. Die beiden Amerikanerinnen in Rosa gerieten von einem Tintoretto zum nächsten immer mehr außer sich.

Harry konnte das Gefühl nicht loswerden, dass er mit seinem Abflug nach Italien reichlich übertrieben reagiert hatte. Irgendwie kam ihm das alles auf einmal komisch vor. Statt Zoe hatte er diesen schnarchenden Russen neben sich, der mit jedem Luftloch, in das die Fokker sackte, seinen Schnarchton änderte. Als die Maschine zu einem weiten Bogen über dem Meer ansetzte und sich kurz auf die Seite legte, fiel der Dicke fast ganz zu ihm herüber. Er roch nach Schweiß, Ballantine's und billigem Rasierwasser. Als Harry sich zum Gang drehte, sah er im Fenster das Meer glitzern. Und dazu wehte wie zur Erholung kurz ein Hauch von Kokos zu ihm herüber.

Irgendwie hatte sich Zoe in den letzten Monaten verändert. Ihre Secondhandklamotten trug sie immer seltener. Sie kaufte nach wie vor im East Village ein, aber jetzt ging sie in die Boutiquen. Und auch ihre Haare trug sie anders, seit sie neulich beim Friseur gewesen war.

Vor drei Jahren, als Harry aus Deutschland gekommen war, war Zoe achtzehn, ein flippiges New Yorker Mädchen mit verzottelten schwarzen Haaren und dunkelbraunen schwarz umränderten Augen. Sie trug die unterschiedlichsten Klamotten und Lederjacken. Hauptsache schwarz. Ein bisschen punkig hatte sie ausgesehen, aber mehr noch wie ein It-Girl aus Andy Warhols Factory. Harry war sofort hin und weg.

Er war mit nichts als einer Zahnbürste, katastrophalem Englisch und drei Nolde-Aquarellen in New York angekommen, das heißt, die Aquarelle hatte er mit der Post vorausgeschickt. Das Ölbild, Emil Noldes »Feriengäste«, weswegen er eigentlich in das Museum in Seebüll eingestiegen war, hatte er auf der Nordseeinsel Amrum zurücklassen müssen. Er hatte nur die Adresse dieses geheimnisvollen Kunsthändlers Sam Lieberman in der Lower Eastside. Als sein Coup so gründlich danebengegangen war und Harry im letzten Moment über die Inseln fliehen musste, hatte er das nächste Flugzeug nach New York genommen und war einfach seinen Nolde-Aquarellen hinterhergeflogen. Das hatte ihn gerettet.

Zoe und ihr Vater Sam hatten ihn sofort bei sich aufgenommen. Sie lebten allein in einer großen dunklen Wohnung, in der es nach alten Büchern roch, in einem Brownstonehaus in der Zehnten Straße East. Die Mutter war vor ein paar Jahren an Krebs gestorben.

Gleich am ersten Abend hatte Zoe ihn zu einer Tanzperformance in einer ehemaligen Kirche mitgeschleppt. Die wenigen Zuschauer saßen am Rand auf schmalen Holzbänken. In der Mitte wurde getanzt. In der Pause wurde Zoe von den Tänzern mit Küsschen begrüßt. Und anschließend saßen sie mit einigen der Besucher und Tänzer in einem düsteren Lokal in Chinatown. In dem vollkommen zugestellten Raum mit Riesenaquarium und Plastiktischdecken aßen sie Dim Sums, gefüllt mit Hühnerfüßen und Haifischflossen, und tranken Budweiser aus Flaschen. Harry meinte Dim Sums von der Reeperbahn zu kennen. Aber diese Dim Sums aus Chinatown hatte er noch nicht gegessen. Und auch so eine *Hot and Sour Soup* von dieser Schärfe nicht.

»You like lealy hot?«, hatte die dicke Chinesin gefragt und Harry hatte nichts verstanden. *»Lealy spicy! Lealy!«*,wiederholte die Bedienung.

Bedeutender als die erste Nacht oder der erste Kuss, ist vielleicht das erste gemeinsame Lachen.

»Lealy hot«, imitierte Zoe die chinesische Bedienung. Harry, dessen Englisch damals grauenvoll war, blickte verdattert.

»Lealy«, wiederholte Harry und Zoe musste loslachen.

Dabei zeigte sie ihre etwas zu großen, ein wenig vorstehenden Schneidezähne. Er musste mitlachen, obwohl er nicht recht wusste, worüber. In dem Moment war ihm klar, dass er sich verliebt hatte. Und er hatte eine Ahnung, dass das mit Zoe klappen könnte.

Die schwarze Tänzerin zuzelte an einem Teil, das als Hühnerfuß allerdings nicht mehr zu erkennen war. Irgendjemand bestellte eine neue Runde Budweiser und irgendetwas mit schwarzer Bohnenpaste. Sie redeten über Kunst und junge britische Bands. Die Tänzer lachten laut und die anderen machten ihnen Komplimente.

Nur Harry hatte ständig in Zoes Kajal umränderte Augen sehen müssen.

Geküsst hatten sie sich zwei Tage später. Zuerst hatte Zoe ihn geküsst, in einem völlig unpassenden Moment. Sie hatte gesagt: »Ich zeig dir erst mal New York«, und dann das Standardprogramm mit ihm veranstaltet: Empire State Building in der Abenddämmerung, MOMA und Central Park, der zu der Zeit gerade in herbstlicher Färbung zwischen den Hochhäusern von Upper West und East lag.

Als sie im Whitney-Museum vor Calders anrührendem und komischem kleinem Zirkus standen, den er aus Gebrauchsgegenständen zusammengepuzzelt hatte, wandte sie sich kurz zu ihm und küsste ihn einfach auf den Mund. Sie küssten sich nicht richtig, darauf war Harry gar nicht vorbereitet. Aber es war auch kein kleiner Kuss. Mit ganz leicht geöffnetem Mund, dass kurz etwas von ihren vorstehenden Zähnen zu ahnen war, drückte Zoe ihre Lippen auf seine. Ganz selbstverständlich wie nebensächlich, aber satt und ein kleines bisschen feucht. Es war ein kurzer Augenblick. Und Harry war sich gleich danach nicht mehr sicher, ob er sich das nicht alles nur eingebildet hatte. Er hatte in den letzten beiden Tagen an nichts anderes gedacht, als Zoe zu küssen. Aber in diesem Moment war er ziemlich perplex gewesen. Verstört stierte er auf den Monitor, auf dem ein Film lief, in dem Calder gerade die Seiltänzerin aus Draht aus seinem kleinen Zirkus vorführte.

»Isn't that realy cute?«, sagte Zoe und schüttelte ein bisschen verlegen ihre schwarzen Haare, als wäre nichts gewesen.

Abends hatten sie auf einer großen Wiese im Central Park gepicknickt. Es war ein sonniger, noch recht milder Herbstabend. Die Sonne war hinter dem Dakota-Building, vor dem John Lennon erschossen worden war, untergegangen. Auf den »Strawberry Fields«, der kleinen Gedenkstätte davor im Park, hatten ein paar Jungs aus jener Zeit, die inzwischen graue Haare hatten, nur so zum Spaß Beatles-Songs gespielt. Harry und Zoe hatten sich Tuna-Sandwiches und eine Flasche Rotwein mit Schraubverschluss mitgebracht. Und als sie ihre Wolldecke wieder zusammengelegt hatten, Zoe die Decke und den restlichen Müll in einer afrikanischen Umhängetasche aus Korb verstaut hatte, fasste Harry ihr ins Haar und sie küssten sich – stundenlang, die blöde afrikanische Tasche halb zwischen sich.

»Ich hab mich schon gefragt, wie lange du noch warten wolltest«, sagte Zoe und zeigte ihre Zähne.

In der folgenden Nacht war sie irgendwann zu ihm in das kleine Zimmer mit dem Blick auf die alte Ziegelwand geschlichen. Sie hatte lediglich ihr schwarzgrau gestreiftes unterhemdartiges Shirt an, das sie schon am Abend getragen hatte. Nachdem sie sich lange geküsst hatten, hielt sie Harry ihren Zeigefinger an die Lippen. Sie wollte offensichtlich nicht, dass ihr Vater sie beide hörte. Es machte nicht den Eindruck, dass sie hier mit täglich wechselnden Liebhabern aufkreuzte. Harry fand das ganz beruhigend.

Zunächst behielt sie ihr gestreiftes Hemd an. Erst als sie sich schon langsam auf ihm bewegte, zog er es ihr über den Kopf, wobei sich ihre silbernen Ketten zwischen Kinn und Haaren verfingen. Er versuchte ihre

Brustspitzen zu küssen, was ihm in der Bewegung nicht recht gelang. Sie atmete heftig. Trotzdem war sie es, die Harry ihre Hand gegen seinen Mund presste, worauf beide lachen mussten.

Später hörten sie auf einem Walkman Neil Young, jeder mit einem der beiden Ohrstöpsel. Ihre wilden Haare kitzelten ihn im Gesicht. Die gegenüberliegende Backsteinmauer wirkte in der Nacht wie eine Theaterkulisse. Zwischen zwei Songs war von Weitem die Sirene eines Polizei- oder Unfallwagens zu hören, wie Harry sie nur aus dem Kino kannte.

Harry hatte immer schon Neil Young gehört. Es war eigentlich keiner seiner ganz großen Favoriten. Aber jetzt wurde es ihre gemeinsame Musik. Im Jahr darauf besuchten sie ein Open-Air-Konzert in Massachusetts. Und wenn sie in ihrem alterschwachen Volvokombi ans Meer fuhren zum Wochenende auf die Hamptons oder im Sommer nach North Carolina, dann kam »Albuquerque« von dem »Tonights-the-Night«-Album aus dem Kassettenrecorder. Und wenn das Gerät zwischendurch etwas leierte, dann wimmerten Neil Young und die Bottleneck-Gitarre noch ein bisschen mehr.

»The perfect Neil Young sound«, sagte Harry, dessen Englisch schnell besser wurde. Vor allem hörte er auf zu stottern. Wie von selbst. Eigenartig. Im Englischen stotterte er nicht mehr.

Das Flugzeug verlor noch einmal deutlich an Höhe und flog durch ein luftiges Wölkchen hindurch. Auf einmal tauchte aus der diesigen Hitze verschwommen, aber klar zu erkennen, der Campanile auf. Harry meinte die

Piazza San Marco zu erkennen und mehrere andere Türme: Santa Maria della Salute, San Giorgio Maggiore. Er war sich im Augenblick nicht sicher, ob er das richtig zuordnen konnte. Dazwischen, nur angedeutet, das große seitenverkehrte »S«, mit dem der Canal Grande seinen Bogen durch die Stadt schlug.

Auch der Russe war mit einer Mischung aus Schnarcher und Rülpser wieder aufgewacht. Er würdigte Harry keines Blickes und machte sich lautstark über die Bonbons, die traurigen Reste aus seinen beiden Alitalia-Snacktüten her. Die beiden Ladys in Rosé hatten sich schweren Herzens von ihren Tintorettos getrennt. Der niederländische Junge zeigte aus dem Fenster und sagte noch mal einen Satz mit *»dat«*. Die Italienerin stopfte die Einzelteile ihrer Zeitung in die Gepäcktasche vor sich.

Als die Fokker jetzt zur Landung ansetzte und auf die ins Wasser reichende Rollbahn aufsetzte, tat es Harry schon wieder leid, dass er so überstürzt abgereist war. Dieser Streit, den sie hatten, war ganz sicher kein Grund, sich ins nächste Flugzeug zu setzen und einfach nach Europa abzuhauen. Diese letzten Jahre mit Zoe in New York waren die glücklichsten seines Lebens gewesen.

Zoe hatte ihn befreit. Aber in diesen letzten Wochen hatte er sich auf einmal ein bisschen eingesperrt gefühlt. Erstmals in seiner New Yorker Zeit hatte er das Bedürfnis, allein zu sein. Er musste daran denken, wie es war, unabhängig zu sein, während seiner Studienzeit und der kurzen erfolglosen Zeit als Maler. Warum hatte er es mit der Malerei nicht weiter versucht? Warum war er jetzt mit Anfang Dreißig nicht ein erfolgreicher Maler in Deutschland – wie sein Studienkollege Albrecht Ahlen. Zum ersten Mal ging Zoe ihm auf die Nerven – mit ihren blöden Maklerprospekten mit den stümperhaften Zeichnungen alter Holzhäuser, auf die sie auf einmal abfuhr.

»Darling, ich will nicht leben wie in einem James-Stewart-Film aus den 30ern«, nölte er.

»Wir leben auf dem Lande«, schwärmte sie unbeirrt weiter. »Du malst wieder und ich telefoniere mit Galeristen. Wir leben wie Jackson Pollock und Lee Krasner auf den Hamptons.«

»Und dann fetzen wir uns wie die Pollocks, bis wir uns gegenseitig umbringen.«

»Wir sind ja schon auf dem besten Wege dahin«, sagte sie bockig.

Sie hatten schon öfter kleine Streits gehabt. Aber eigentlich war es nie um etwas gegangen. Bisher hatten sie nur ihre Territorien etwas abstecken müssen, hatte Harry den Eindruck. Aber diesmal war es anders. Irgendwie bekam er auf einmal Panik. Das erste Mal kam es ihm seltsam vor, dass er aus seinem bisherigen Leben geflohen war und in den Staaten jetzt eine vollkommen neue Existenz begonnen hatte. Auf einmal fehlten ihm seine Wurzeln. Kurz hatte er sogar daran gedacht, seine Mutter ausfindig zu machen, zu der er seit Jahren keinen Kontakt mehr hatte und die angeblich wieder in Hamburg lebte. Oder er könnte seinen alten Kumpel Ingo Warncke mal anrufen, seinen Mitbewohner in der schäbigen Studentenwohnung mit der päkigen Küche in St. Pauli. Beides hatte er aber sofort wieder verworfen. Die Sehnsucht nach seiner Yogitee trinkenden Althippie-Mutter und dem verhinderten Stargitarristen Ingo hielt sich in Grenzen.

Aber wenigstens wollte er mal wieder nach Europa reisen – und eigentlich zusammen mit Zoe. Sie hatte ihm New York gezeigt, alles geboten und alles organisiert. Harry hatte das einfach so akzeptiert und genossen. Doch eine echte Wahl hatte er nie gehabt. Sie hatte ihn einfach in ihr Leben integriert. Jetzt sollte Zoe sich mal auf ihn einlassen, auf seine Vergangenheit. Nach Deutschland konnte er schlecht zurück. Womöglich wurde er dort gesucht, wenn auch mit falschem Namen, aber das Risiko wollte er nicht eingehen. Wenn schon nicht Hamburg, dann wenigstens Venedig. Ein paar Tage zuvor war ihm in Sam Liebermans kleiner Bibliothek ein Katalog mit Venedig-Ansichten von Canaletto in die Hände gefallen. Das hatte ihn in seinem Vorhaben bestärkt. Gleich am nächsten Tag erkundigte er sich nach Flügen nach Europa. Rom oder Mailand. Er hatte immer noch gedacht, Zoe würde schon mitkommen, wenn er sie vor vollendete Tatsachen stellen würde. Sie würde ihn doch nicht alleine fliegen lassen. Von dem Guggenheim-Projekt war sie schließlich mindestens so begeistert wie er. Harry war sich eigentlich ganz sicher, dass ihr das in Wahrheit wichtiger war als diese klapprigen Holzhäuser auf dem Land.

Aber als er dann stolz mit dem billigen Flugangebot von J. F. K. nach Milano Malpensa aufkreuzte, reagierte sie kühl und abweisend. Sie hatte für die nächsten Tage Maklertermine in Albany und Connecticut abgemacht, wie sie ihm spitz mitteilte. Darauf war er ausgerastet. Sie hatten sich eine Weile angeschrien.

»Vielleicht fragst du mich ja mal, ob ich da überhaupt hinwill!«, hatte Harry sie beleidigt angefahren.

»Ja, dann düs doch ab nach Italien, wenn du da unbedingt hinmusst!«, hatte sie zurückgegiftet.

»Du wirst dich wundern, das mache ich!« Darauf hatte er wütend und in aller Eile ein paar Sachen gepackt und ein Taxi zum Flughafen genommen. Zwei Stunden später saß er in der Maschine nach Mailand.

Die Fokker rollte jetzt über die Landebahn am Wasser entlang auf den Terminal des Aeroporto Marco Polo zu. Noch während der Fahrt machte der dicke Russe Anstalten, sich aus seinem Sitz hochzuwuchten. Dabei stieß er Harry seinen fleischigen Ellenbogen in die Rippen und grummelte in slawischem Tonfall ein *»Sorry«*. Er hatte die Maschine als Letzter bestiegen und wollte sie jetzt offenbar als Erster wieder verlassen.

Harry holte sein Tweedjackett aus der Gepäckablage. Er wollte Zoe gleich anrufen. Er musste sie überreden nachzukommen.

3

Die Zimmervermittlung am Flughafen hatte nicht viel anzubieten.

»Venezia isse completto full, Signore«, sagte der Mann hinter dem Schalter, der das offenbar für Englisch hielt.

Es war schließlich Hochsaison und außerdem hatte die Biennale gerade begonnen. Kunstliebhaber aus aller Welt waren in der Stadt, Journalisten und Künstler. Das Zimmer Nummer siebenunddreißig im »Seguso«, ohne Bad, aber mit tollem Kanalblick, das ein New Yorker Freund ihm empfohlen hatte, war natürlich ausgebucht und auch die anderen Zimmer im »Seguso«. So landete Harry fürs Erste in der »Pensione Rosa«, die ihm der Zimmervermittler als das beste Ein-Sterne-Hotel Venedigs anpries.

Der Signore an der Rezeption blickte von seiner rosafarbenen »Gazetta dello Sport« kaum auf, als er Harry das Anmeldeformular über den kleinen Tresen schob.

»Passaporto«, sagte er nur knapp und warf ihm über seine Lesebrille einen kurzen kritischen Blick zu.

Er trug ein blau-weiß gestreiftes Hemd mit einem weißen Stehkragen, das wohl seit mehreren Tagen nicht gewechselt worden war. Seine Haut war kalkweiß und sein spärliches Haar hatte er mit Haarwasser zurückgekämmt und anschließend antrocknen lassen. Er schwitzte.

Nachdem er Harrys Pass einkassiert hatte, händigte er ihm den Schlüssel aus.

»Ventisei«, sagte er. *»Secondo piano. If you leave, bring me the key«*, fügte er unmissverständlich hinzu.

Gegenüber vom Empfangstresen saß eine kleine ältere Frau auf einem mit Kunststoff bezogenen Sofa direkt neben einem übergroßen Fernseher. Sie trug zwei Kittel übereinander und sah seitlich auf den Bildschirm, über den ein italienisch lautes, grellbuntes Vormittagsprogramm flimmerte. Signora Rosa höchstpersönlich, vermutete Harry ganz richtig, die Mama des freundlichen Herrn an der Rezeption. An ihr vorbei hatte man einen Blick in einen kleinen dunklen Frühstücksraum, der für den nächsten Morgen schon mit umgedrehten Tassen eingedeckt war. In einer ehemaligen Durchreiche leuchtete ein Aquarium. Darin schwebte wie ein Mobile von Calder träge ein Fisch. An den mit Kork tapezierten Wänden hingen Markusplatz und Gondeln in allen erdenklichen Farben. Im Treppenhaus und in den Fluren tropften schwere traubenartige Lampen aus Muranoglas von der Decke, die bei jedem Luftzug unüberhörbar aneinanderklackerten.

Das Zimmer sechsundzwanzig im obersten Stock war eher schlicht: Ein einfacher Terracottaboden, ein altes Holzbett und gekalkte Wände. Man hatte wirklich einen wunderbaren Blick über den Kanal, der hier im Castello-Viertel gänzlich untouristisch wirkte. Weit und breit war keine einzige Gondel zu sehen, stattdessen ein paar ramponierte Motorboote, auf denen Fischkisten, Kühlschränke und Bauschutt transportiert wurden. Auf den Bootsstegen unter ihm schraubten Männer an ihren Außenbordern herum oder standen einfach nur da und rauchten. Das Zimmer gefiel Harry, abgesehen von dem großen Ölschinken über dem Bett. Er zeigte einen Sonnenuntergang über der Lagune. Zwischen Santa Maria della Salute und einer Gondel perlten dem Betrachter schockfarben ein paar letzte Sonnenstrahlen über das Wasser entgegen. Von den stilvollen Grandhotels, die Zoe und er sich immer vorgestellt hatten, war die »Pensione Rosa« eindeutig ein paar Klassen entfernt.

Harry wollte gleich etwas von der Stadt sehen. Seine Tasche ließ er erst mal unausgepackt. Er fischte sich nur ein Paar Shorts und ein T-Shirt heraus und zog sich kurz um. Auf dem Fußweg vom Arsenale-Anleger zur Pension war er in seinem Tweedjackett mächtig ins Schwitzen gekommen. Im Hochsommer in Venedig konnte man auf eines ganz sicher verzichten: schottische Tweedjacketts. In der Jackentasche fand er Zoes Foto: Zoe in Schwarz-Weiß vor dem Flatiron Building in Manhattan. Er hatte das Bild damals kurz nach seiner Ankunft in New York gemacht. Er steckte es wohl besser in seine Brieftasche.

Unter dem gestrengen Blick von Signora Rosa legte er den Schlüssel auf den Empfangstresen.

Draußen schlug ihm die Nachmittagshitze entgegen. An der Via Garibaldi trank Harry mit Blick auf die Piazzetta San Marco seinen ersten Cappuccino. Irgendwie schmeckte er hier eben doch anders als in New York. Dazu zündete er sich eine Chesterfield an.

Es war schon seltsam: Während seine Hippie-Mutter durch die ganze Welt getrampt war, um sich schließlich in einen indischen Ashram abzusetzen, hatte es Harry immer nach Italien gezogen, obwohl er nur einmal als Schüler und dann noch mal als Student in Rom gewesen war. Und jetzt war er in den USA gelandet.

In der Tabacchi-Bar wechselte er sich Gettoni zum Telefonieren und versuchte, vom dortigen Telefon Zoe anzurufen. Das Freizeichen war gegen die Geräusche eines Spielautomaten kaum zu hören. Zu Hause in Manhattan nahm niemand ab. Wo sollte Zoe gerade sein? Es musste in New York jetzt neun oder zehn Uhr morgens sein. Oder war er mit der Zeitrechnung durcheinandergekommen? Harry musste Zoe unbedingt erreichen. Er wählte die Nummer sicherheitshalber noch einmal. Er ließ es so lange klingeln, bis das Freizeichen abbrach. Dann erst legte er auf. Harry war beunruhigt, aber eigentlich auch sauer. Die schweren kupferfarbenen Gettoni mit den dicken Rillen fielen laut in das Geldfach zurück. Verdammt noch mal, wo war Zoe?

Damals hatte Zoe ihn erlöst aus seinem deutschen Leben, aus seiner unglücklichen Kindheit und Jugend. Nachdem seine ausgeflippte Mutter ihn in roten Klamotten Richtung Indien verlassen hatte, war er bei seiner Großmutter aufgewachsen und hatte erst richtig zu stottern begonnen. Als Gymnasiast bekam er schlimme Akne. Die Narben hatte er jetzt noch. Außerdem glaubte er, mit seiner großen fleischigen Nase beim Küssen eine ziemlich lächerliche Figur abzugeben. Aber so schrecklich viel zum Küssen war er als Jugendlicher sowieso nicht gekommen.

Später, als Student in der Malereiklasse an der Hamburger HFBK, war er dann neben seinen genialen Kommilitonen untergegangen. Als Künstler hatte er letztlich versagt. Und auch seine Karriere als Kunstdieb hatte alles andere als erfolgreich begonnen. Immerhin, die drei Nolde-Aquarelle waren seine Eintrittskarte nach New York gewesen. Sam Lieberman war begeistert von den Bildern und hatte bei einem dubiosen Sammler einen erstaunlich guten Preis erzielen können.

Sam war Mitte sechzig, wirkte aber mit seinem grauen Vollbart eher noch älter. Er hatte einen deutschen Akzent wie Billy Wilder und seine kleinen dunklen Augen waren stets hellwach. In der großen, etwas düsteren Wohnung betrieb er einen recht seltsamen Kunsthandel. Das war keine Galerie mit offiziellen Öffnungszeiten. Seine Kunden meldeten sich telefonisch an.

In den vorderen Räumen zur Straße hin, die mit schweren Vorhängen verhängt waren, standen hohe Regale mit antiquarischen Büchern und dazwischen zwei monströse Schubladenschränke für Zeichnungen. Sam handelte vor allem mit Grafik. Ein beträchtlicher Teil der Grafik war geklaut oder gefälscht. Die echten Klees oder auch neuere Blätter von Hockney und Rauschenberg gingen in den überquellenden Schubladen heillos mit den Fälschungen durcheinander. Sam tat so, als hätte dieser kleine Unterschied keine Bedeutung.

»Was sind schon meine paar falschen Kirchner-Holzdrucke und Kandinsky-Radierungen«, sagte Sam. »Erst erklärten die Nazis die gesamte Kunst des zwanzigsten Jahrhunderts als entartet, dann nahmen sie sie ihren jüdischen Besitzern weg, um sie anschließend zu verscherbeln.« Er machte eine wegwerfende Handbewegung. »Und die Alten Meister haben ihre Schüler malen lassen und dann wie selbstverständlich ihren Namen daruntergesetzt. Was also, bitte schön, ist echt und was ist falsch?«

In einem noch dunkleren Hinterzimmer, mit Blick auf dieselbe Backsteinmauer, die auch Harry aus seinem Zimmer sah, waren Holz, Linol- und Kupferplatten gelagert, allerlei Chemikalien, Werkzeug und sogar eine wunderschöne alte Radierpresse. Eher zum Spaß kopierte Harry dort einen Schmidt-Rottluff und einen Heckel-Holzschnitt. Mit Expressionismus-Kopien hatte er schon in der Schulzeit seine Lehrer beeindruckt.

Auch Sam fand, dass es »handwerklich saubere Arbeiten« waren, wie er sich ausdrückte. Irgendwann führte er ihn dann in die Geheimnisse der künstlichen Öloxidation und Papieralterung ein. Er zeigte ihm, wie man mit Resten aus dem Kaffeefilter täuschend echte Stockflecken erzeugte, und brachte ihm bei, dass man bei der Patina des Guten nicht zu viel tun durfte. »Typischer Anfängerfehler«, brummte Sam. »Den Bildern fehlt im Gegensatz zu den alten Originalen dann die Frische.« Irgendwie hatte Harry das Gefühl, dass er Sams Vorstellungen von einem Schwiegersohn entsprach.

»Hannah, sieh dir das an, der Junge kann wirklich zeichnen«, sagte Sam zu seiner zehn Jahre älteren Schwester, die regelmäßig an den Wochenenden zum Essen kam.

»Aber wie kommt es, dass ich alles, was er zeichnet, schon mal irgendwo im Museum gesehen habe?«, gab Zoes Tante zurück, die Sams Leidenschaft für die Fälscherei überhaupt nicht teilte.

Es waren nur Zoe, ihr Vater Sam und dessen etwas schrullige ältere Schwester Hannah, aber mit ihnen erlebte Harry erstmals so etwas wie eine Familie. Sam kochte Fisch oder sie gingen um die Ecke in »Kolleks Restaurant« essen, wo es auf karierten Tischdecken echtes Pilsner und ungarisches Paprikagulasch mit Klößen gab. Tante Hannah trug eine altmodische Brille aus der Roosevelt-Ära, schwarz umrändert mit Fünfzigerjahre-Schwung nach oben. Sie rauchte Kette, immer mit einer kurzen Zigarettenspitze. Entsprechend klang ihre Stimme, männlicher als die des Bruders, aber mit demselben Billy-Wilder-Akzent.

Hannah Lieberman hatte Anfang der Dreißigerjahre

noch eine Hutmacherlehre in einem der großen jüdischen Konfektionshäuser in Hamburg begonnen, bevor die Familie emigriert war. In New York hatte sie in den Fünfzigern einen gut gehenden Hutsalon am Broadway in South Central.

»Zu meiner Kundschaft gehörte Marlene Dietrich«, erzählte Hannah gerne und zog demonstrativ an ihrer Zigarettenspitze.

»Sie war einmal bei dir im Laden. Und hat sie überhaupt etwas gekauft?«, brummte Sam.

»Sie ist mit ihrer ganzen Entourage vorgefahren, einschließlich Liebhaberin. Und sie hat sich zwölf Hüte machen lassen.« Beleidigt paffte sie den Rauch über den Esstisch.

Hannah und Sam stritten ununterbrochen. Aber eigentlich liebten sie sich. Harry gefiel dieser raue Ton und die spröde Zärtlichkeit, die sich dahinter verbarg. Vor allem stritten sie über ihr Judentum.

»Mein lieber Sam, mach mir hier bitte nicht den Gläubigen! Wenn dieser Verbrecher Hitler nicht gewesen wäre, hätten wir beide doch gar nicht gemerkt, dass wir Juden sind. Fang bloß nicht noch an, koscher zu kochen. Ich würd gern mal einen vernünftigen Schweinsbraten essen. Als Kind in Deutschland hab ich so etwas nie gegessen, aber jetzt hätte ich mal Appetit darauf. Was isst man dazu, Harry? Sauerkraut?«

Harry zuckte die Achseln: »Keine Ahnung, ihr wisst doch, in Norddeutschland gibt's nur Sauerfleisch in Gelee. Ich bin froh, dass ich das nicht mehr sehen muss.«

Harry mochte Sam und Hannah und er mochte sogar ihre gemeinsamen Mittagessen. Er konnte mit Hannah stundenlang über Hamburg reden, obwohl es nicht dieselbe Stadt war, die sie kannten. Sogar die Straßennamen hatten sich nach dem Krieg geändert.

Mit Zoe war er in die kleinen Hinterhoftheater in Soho und im East Village gepilgert. Hinter mit Graffiti vollgesprühten Stahltüren wurden die verrücktesten Stücke inszeniert, grandiose kleine Experimente, aber manchmal auch der letzte Mist. Theaterstudenten, die sich als Avantgarde aufspielten, indem sie Horvath in dilettantischem Deutsch auf die Bühne brachten, fand Harry ziemlich lächerlich. Später waren sie nach Coney Island gefahren oder hatten bei »Katz's« in der Lower East Pastrami-Sandwiches gegessen.

Harrys New Yorker Zeit mit Zoe und seiner neuen Familie war wunderbar gewesen.

4

Harry ließ sich durch die Stadt treiben. Venedig war schwarz vor Touristen. Im Flugzeug hatte er nicht schlafen können vor lauter überdrehter Müdigkeit. Wie benommen taumelte er an Schaufenstern vorüber, in denen sich Figuren aus Muranoglas türmten. Aus allen Winkeln streckten ihm die venezianischen Masken ihre langen Nasen entgegen. Doch er musste sich nur wenige Straßen und Kanäle von der Hauptverkehrsachse zwischen Markusplatz und Rialtobrücke entfernen und schon waren die Japaner und Deutschen in ihren bunt geflammten Sportklamotten verschwunden.

Dem Guggenheim-Museum wollte er erst am nächsten Tag einen ersten Besuch abstatten. Dafür brauchte er einen kühlen Kopf. Und auch die Biennale-Pavillons in den Giardini musste er nicht gleich heute Nachmittag besichtigen.

Auf seinem Weg durch die Stadt sah er an Hauseingängen immer mal wieder das rote Biennale-Zeichen: »45. Esposizione Internationale d'Arte«. Es waren öffentliche Gebäude, ein Bezirksamt oder irgendein Institut der Universität, eine Kirche, aber auch Privathäuser, die sonst nicht zugänglich waren. Dort fanden jetzt über die ganze Stadt verteilt kleine Ausstellungen statt, die Teil der Biennale waren.

In einem dunklen, feuchten Kellerverlies lief auf fünf Monitoren eine Videoinstallation, in der es ebenfalls recht feucht zuging. Die Videos zeigten in statischen Einstellungen das Meer. Dazu tropfte aus einem an der Wand hängenden Plastiksack regelmäßig Wasser in einen Metalleimer. Das Tropfen hallte durch das ganze Kellergewölbe. Es roch nach Schimmel. Als Harry eine Weile vor einem der Monitore saß, wurde er von einer bleiernen Müdigkeit befallen, dass er fast eingeschlafen wäre. Auch der Museumswärter, wahrscheinlich ein Student, war auf seinem Stuhl zwischen Kellertreppe und Tür immer kurz vor dem Einnicken. Beim Verlassen des Kellers meinte Harry eine Ratte in den Ausstellungsraum huschen zu sehen.

»Und das soll Kunst sein?«, sagte ein älterer Mann in einem khakifarbenen Anzug kopfschüttelnd auf Deutsch zu seiner Frau und pfefferte empört die Ausstellungsbroschüre auf den Infotisch zurück.

Ein anderes Biennale-Schild führte ihn in einen der Palazzi am Canal Grande, ganz in der Nähe der Accademia. Das Gebäude war heruntergekommen, der Putz bröckelte stellenweise von den Wänden, die Reste von Blattgold auf dem Stuck waren nur noch zu erahnen. Aber schon der marmorne Treppenaufgang war großartig. Und der Blick aus den großen Räumen der ersten Etage auf den Canal Grande war wirklich grandios. Es gab einen kleinen Balkon. Darunter zogen die Gondolieri, Motorboote, mehrere Wassertaxis und ein Vaporetto vorüber. Im ersten Raum stand ein Ensemble angerosteter Stahlplatten. Als Harry über das knarzende Parkett den zweiten Salon betrat, glaubte er seinen Augen nicht zu trauen. Plötzlich stand er vor einem Bild von Albrecht Ahlen, seinem ehemaligen Kommilitonen an der Hamburger HFBK, der schon zu Studienzeiten so etwas wie ein Star war.

Es war das einzige Objekt in diesem Raum, ein großes Wandbild mit abstrakten gekleckslen Flächen in klaren Farben, darüber dunkle Schlangenlinien und über das gesamte Bild gekratzte Striche. Darunter lugten halb verdeckt mehrere Augen hervor und unten guckte ein Frauenbein heraus. Es waren eindeutig Einflüsse des abstrakten Expressionismus von Willem de Kooning oder Jackson Pollock zu erkennen, mit denen sich auch Harry in Amerika intensiver beschäftigt hatte. Aber das Bild hatte auch surrealistische Elemente. Harry war leider, das musste er sich eingestehen, beeindruckt.

Die Zeiten, als Albrecht Ahlen in den Achtzigern vor allem provozieren wollte, hatte er ganz offensichtlich überwunden. Damals hatte er mit seinem »Selbstporträt mit verschissener Unterhose und blauer Mauritius« sehr erfolgreich auf sich aufmerksam gemacht. Unter seinem neuen Wandgemälde stand nur schlicht »Untitled«.

Harry musste an eine Situation während ihres Studiums im Zeichensaal der Kunsthochschule denken. Beim Malen war Ahlen ein Bild von der Wand gerutscht. Mit seinem dicken Pinsel hatte er versucht, den Absturz der Kunst zu verhindern. Dabei entstand eine schartige ockerfarbene Bremsspur, die sich fast über das ganze Bild zog. »Das war der entscheidende Moment«, hatte Ahlen gleich darauf großspurig verkündet und seine Ausbildung in der Malereiklasse von Herburger für beendet erklärt.

Er war schon ein ziemlicher Kotzbrocken gewesen, der allen auf die Nerven ging. Auch Harry war für ihn ein Kunstspießer. Ahlen hatte sich immer über sein Faible für die deutschen Expressionisten lustig gemacht. Alle »Neuen Wilden«, die damals gerade in Mode kamen, waren für ihn Spießer. Der einzig wahre Wilde war er selbst. Aber am schlimmsten war es, wenn er ihn genüsslich »Harald« nannte. »Hübsch wild, Harald«, hatte er im Vorbeigehen mit süffisantem Blick auf eines seiner Bilder gesagt. In der Kunsthochschule hatte Harry streng darauf geachtet, dass sie ihn immer Harry nannten. Harald, so hieß doch kein Maler. Harry Oldenburg dagegen, das klang schon besser, irgendwie nach amerikanischer Popart.

»Can I help you with some information about the artist?«, fragte eine Frau mit unverkennbar deutschem Akzent. *»Do you speak English?«*

»Ja, aber ich spreche auch Deutsch«, sagte Harry.

»Ah ja, schön«, sagte sie und sah Harry an. Dabei zog sie zweimal hintereinander kurz ihre Augenbrauen nach oben.

Die Frau hatte an dem improvisierten kleinen Infotisch am Eingang des oberen Stockwerks gestanden. Dabei hatte sie nicht wie eine Besucherin gewirkt, eher als wenn sie hier wohnte. Sie war einen Kopf kleiner und vielleicht zwanzig Jahre älter als Harry. Sie trug ein leuchtend rotes Seidenshirt, das zu ihren tiefrot geschminkten Lippen passte, und einen gerafften Rock aus einem taftartigen schwarzen Stoff. Überall an ihrem Hals und an den Handgelenken klimperten kleine Kettchen, die auf den ersten Blick nicht auseinanderzuhalten waren, ein diffuses Gehänge aus dünnem gehämmertem Gold mit mehreren wertvollen Steinen darin. An ihrem Shirt steckte in einem etwas anderen Rot ein kleines Schmuckstück aus Glas, wahrscheinlich aus Murano, dachte Harry. Sie sah ihn aus ihren dunklen Augen immer noch erwartungsvoll an.

»Ich hab mit A-Albrecht Ahlen zusammen studiert«, sagte er und kam dabei ein bisschen ins Stottern.

Seltsam, eigentlich hatte er mit dem Stottern einfach aufgehört, seit er in den USA lebte. Aber sobald er Deutsch sprach, schien das alte Problem wieder da zu sein.

»Das ist ja spannend. Darf ich fragen, wie Sie heißen?«

»Harry Oldenburg.« Irgendwie klang das auf einmal ganz eigenartig. Es hörte sich so deutsch an. Ganz anders, als wenn er in den USA seinen Namen nannte.

Ihm war das nie richtig aufgefallen. Zoe, aber auch er selbst waren dazu übergegangen, seinen Namen Englisch auszusprechen.

»Harry Oldenburg. Ja, das kommt mir bekannt vor.« Sie sah zu ihm hoch und zuckte mit den Augenbrauen. Und irgendwie hatte Harry das Gefühl, als wollte sie auch erkannt werden.

»Ach, das ist eigentlich unwahrscheinlich«, wandte Harry ein und ließ seinen Blick über das Ahlen-Wandbild streifen. »Ich male zurzeit gar nicht.«

»Ach ja?« Es klang fast etwas vorwurfsvoll. Und Harry hatte tatsächlich ein schlechtes Gewissen. Warum malte er eigentlich nicht mehr? Früher hatte er doch eigentlich wunderbare grellbunte halb abstrakte Landschaften gemalt, die oft auch Seelenlandschaften waren. Aber seine ersten Ausstellungen waren ein Fiasko gewesen. Danach hatte es sich irgendwie ergeben, dass er sich eher auf das Klauen und Fälschen von Bildern verlegte.

»Ich bin jetzt … ähh … Kunsthändler«, sagte Harry. »In New York.« Das klang ganz überzeugend, fand er.

Ihr Blick leuchtete gleich wieder auf und ihre Augenbrauen hörten gar nicht mehr auf zu zucken.

»Ah ja, spannend«, sagte sie.

Sie sah immer noch gut aus, dachte Harry, wie ein älter gewordenes Hippiemädchen, mit ihren leicht gelockten, etwas widerspenstigen Haaren, in denen sich Grau mit Blond mischte. Er meinte, sie tatsächlich schon mal gesehen zu haben. Aber er konnte sie überhaupt nicht einordnen.

»Da müssen Sie unbedingt zu unserem Empfang

kommen«, sagte sie. »Ach, ich hab mich bei Ihnen gar nicht vorgestellt. Ich bin Britt Benning.«

Harry nickte nur.

»Wir haben hier so eine Art, na ja, ich mag das Wort ›Verein‹ nicht so. Nennen wir es mal Club: ›Amici dei musei‹.«

»Amici dei musei«, wiederholte Harry.

»Wir sind eher so ein bunt gemischter Haufen. Ganz kosmopolitisch. Wir setzen uns hier für die Förderung der zeitgenössischen Kunst ein, mit Vernissagen und kleinen Ausstellungen an ungewöhnlichen Plätzen. Die Leute suchen hier ja immer nur Tizian und Tintoretto. Aber Venedig ist ja auch für moderne Kunst eine grandiose Kulisse. Die Biennale beweist es doch immer wieder!«

»Aber natürlich«, sagte Harry. »Es kann ein Ereignis sein, wenn beides aufeinandertrifft …«

»Genau das ist es, das ist eine sehr spannende Inszenierung«, unterbrach Britt Benning ihn gleich wieder. »Wissen Sie, ich bin ja Schauspielerin … ich weiß nicht, ob Sie mich kennen?«

Harry zögerte.

»Na ja, Sie leben ja in den Staaten. Aber ich hab auch mit Roger Moore gedreht. In Cinecittà.« Sie lachte.

»Doch, doch, Sie kamen mir gleich bekannt vor«, sagte Harry, der sie jetzt tatsächlich mit einer deutschen Fernsehserie aus seiner Jugend in Verbindung brachte.

Das zeigte Wirkung. Ein regelrechtes Gewitter von Zuckungen ging über ihre Augenbrauen hinweg, was ein Klimpern ihrer Silberketten und Armreifen zur Folge hatte. Britt Benning kam jetzt richtig in Schwung.

»Ihr alter Studienfreund ist leider vor zwei Tagen abgereist. Aber sie müssen unbedingt heute Abend zu unserer Veranstaltung kommen.«

Dass der arrogante Kotzbrocken sich nicht mehr in Venedig aufhielt, war Harry ganz recht.

»Wir haben nämlich in einem anderen Palazzo, gleich nebenan im Dorsoduro, ein ganz aufregendes ... wie soll man das nennen? Ja, ein regelrechtes Happening. Zwei finnische Künstler, die in einem großen Raum leben und malen. Die leben dort wirklich, die ganzen Wochen während der Biennale. Sie arbeiten dort, essen und trinken. Und die Leute können sich das ansehen, sie dabei beobachten.«

Ist ja toll, dachte Harry.

»Spannend? Oder?«

»Mmh, interessantes Projekt.«

Jetzt fiel ihm auch ein, woher er sie kannte. Tatsächlich aus dem Fernsehen. Sie hatte in einem alten »Derrick« mal eine Zahnarzttochter gespielt, die im Rollstuhl durch eine dieser Grünwalder »Derrick«-Arztvillen kutschierte. Ganz tragisch. Und dann war sie auch noch die Mörderin gewesen, wenn er sich richtig erinnerte.

»Derrick? Die Frau im Rollstuhl?«

»Ach ja, das ist lange her. Ich hab ja viel Fernsehen gemacht.«

Britt Benning war glücklich und klimperte mit den Armreifen.

»Das ist jetzt auch ein bisschen weniger geworden. Ich habe mich in den letzten Jahren mehr auf die Fotografie verlegt. Ich arbeite grade an einem Bildband über Türen in Venedig.«

»Türen?«, fragte Harry, vielleicht eine Spur zu interessiert. »Ah ja.«

»Das ist Wahnsinn. Die alten Türen in Venedig, das haut mich um. Wir leben ja hier, wenn wir nicht in der Schweiz sind. Mein Mann ist Schweizer. Er hat eine chemische Fabrik für Lacke und Farben gehabt. Wir haben auch die Aktion mit den beiden finnischen Künstlern gesponsert.«

Harry stierte zur Abwechslung mal wieder auf den braunen Strich auf dem Wandbild von Ahlen.

»Sie müssen unbedingt die anderen ›Amici‹ kennenlernen.« Bei dem Wort »Amici« lachte sie.

Harry war sich gar nicht so sicher, ob er in Venedig gleich neue Bekanntschaften machen wollte. Aber irgendwie hatte er auch das Gefühl, in Europa wieder aufgenommen zu werden. Doch, es war ihm ganz recht, heute Abend gleich etwas vorzuhaben. Bei so einem Empfang konnte man ja jederzeit wieder gehen. Er ließ sich die Adresse geben.

Zum Hotel zurück nahm er das Vaporetto. Er genoss es, auf dem offenen Heck des Schiffes den Canal Grande hinabzufahren. Der Campanile und die Piazzetta San Marco zogen vorüber. Von Süden wehte ein angenehmes Lüftchen über die Lagune. Bevor er abends loszog, wollte er sich in seinem Zimmer für ein Stündchen hinlegen. In der Tabacchi-Bar versuchte er noch einmal, bei Zoe in New York anzurufen. Diesmal war sie sofort dran. Aber besonders erfreut wirkte sie nicht, ihn zu hören.

»Harry, where are you?«

»Ich hab es dir doch gesagt. In Venedig.«

»Das ist nicht dein Ernst. *You have a lot of nerve, to fly to Venice all at once*. So können wir nicht miteinander umgehen!«

»Ja, ja, ich weiß.«

Das Piepen und Klingeln des Spielautomaten, der sich bislang ruhig verhalten hatte, setzte erneut ein. Harry versuchte, Zoe den Namen und die Adresse seines Hotels durchzugeben. Zoe konnte er kaum mehr verstehen.

»Darling, denk an unsere Venedig-Pläne! Du weißt, was wir hier vorhatten!« Harry sprach in gepresstem Flüsterton, ganz dicht an der Sprechmuschel. Als ob ihn hier jemand verstehen könnte.

»Ich seh mir das Museum morgen gleich an. Außerdem, du wirst Venedig lieben.«

Dann brach das Gespräch ab. Harry hörte den letzten Gettone hinunterfallen.

5

Als Harry am Abend den Palazzo betrat, kam ihm schon aus der Halle Stimmengewirr entgegen. Er war spät dran. Als er sich eben im Hotelzimmer für einen Moment aufs Bett gelegt hatte, war er sofort eingedöst und hatte sehr viel länger geschlafen als beabsichtigt.

Die Veranstaltung war schon in vollem Gange. Er hörte verschiedene Sprachen, auch ein paar deutsche Brocken. In dem großen, hohen Raum standen etwa dreißig Leute, alle mit Proseccogläsern in den Händen. Es war eine bunte Gesellschaft unterschiedlichen Alters, in der Mehrzahl Frauen, die sich chic gemacht hatten, ein paar junge gut aussehende Italiener und ein paar nicht ganz so gut aussehende Deutsche und Skandinavier. Hinter einem improvisierten Sekttresen schenkte ein Teenager in einer durchsichtigen Bluse gelangweilt den Prosecco ein. Die Hälfte kippte das Mädchen neben die Gläser. Auch ein paar Kinder tobten durch den Raum. Es gab Männer mit Glatzen und Vollbärten. Einige trugen weite weiße Hosen und grobe Leinenhemden ohne richtigen Kragen. Die Frauen hatten auffällige Ohrringe und Kettenkreationen angelegt. Sie begrüßten sich laut. Eine Amerikanerin rief auf Italienisch *»Grandiosa«* und gleich hinterher *»Amaiiizing«*.

Die beiden finnischen Künstler, die mittendrin auf einem alten Sofa saßen, fanden nur am Rande Beachtung. Der eine las einen Comic, der andere kaute gelangweilt an einem Sandwich herum. Zwischendurch legte er eine Platte auf. Die beiden hatten ein altes Koffergerät mit einem eingebauten Lautsprecher im Deckel und noch richtige Vinylplatten mit großen bunten Hüllen. Die Sammlung reichte von Velvet Underground bis zu russischen Trinkliedern. Was Künstler eben so hören, dachte Harry und musste schmunzeln. Gerade lief eine historische Charlie-Parker-Aufnahme.

Es war so eine Mischung aus Atelier, Studentenbude und Baustelle. Unter einem der großen Fenster mit einem hohen bis zur Decke reichenden Bogen gab es ein ungemachtes Bett. Zwischen den steinernen Säulen, die den Raum unterteilten, standen scheinbar ungeordnet ein paar alte Sperrholzmöbel, Stühle mit Stahlrohrbeinen und giftgrünen durchgesessenen Polstern und eine Staffelei mit einer großen, halb bemalten Leinwand. Davor lagen ausgedrückte Tuben Ölfarbe und verschiedene Dosen, darunter einige auffällig neue mit der deutlichen Aufschrift »BUCOLOR«. An einer der Steinsäulen lehnte ein Bild im Stil des frühen Picasso mit einem gitarrespielenden Nackten. An einer anderen Säule stand die echte Gitarre. An der Backsteinwand hing bewusst schief noch einmal derselbe Gitarrenspieler. Der stattliche Kaminsims quoll über vor leeren Bier- und Schnapsflaschen. Auch vor dem Kamin drängte sich eine eindrucksvolle Flaschenbatterie.

Der eine der beiden Typen war ein Bilderbuch-Finne, blond und etwas grobschlächtig. Der andere war dünner und hatte schmierige, im Nacken ausrasierte dunkelblonde Haare, die Harry an eine Hitlerjungenfrisur erinnerten. Sie trugen dekorativ mit Farbe bespritzte Klamotten und wirkten nicht sonderlich gepflegt. Der Blonde sah so aus, als könnte er nach ein paar Schnäpsen schon mal handgreiflich werden. Aber im Augenblick schienen sie die Party um sie herum überhaupt nicht zu beachten.

Aus einer Gruppe stürmte Britt Benning auf Harry zu.

»Signor Oldenburg«, rief sie, wobei sie das »Signor« ironisch betonte.

»Das ist ja wundervoll, dass Sie es geschafft haben. War es schwierig uns zu finden?« Sie zuckte zweimal mit den Augenbrauen. Ihre Lippen waren noch ein bisschen roter als heute Nachmittag.

»Nein, nein. Ich hatte nur etwas mit meinem Jetlag zu kämpfen.«

»Aber jetzt sind Sie hier. Ich muss Sie gleich den anderen vorstellen. Ich hab schon von Ihnen erzählt. Es sind natürlich alle ganz gespannt auf den New Yorker Maler und Galeristen.«

»Die Veranstaltung mit den beiden Künstlern ist sehr witzig«, sagte Harry. »Gefällt mir, diese Persiflage auf das wilde Künstlertum.«

»Sie heißen Miika und Päiviö. Die beiden leben hier tatsächlich. Die ganze Zeit. Ist das nicht irre? Sie malen immer wieder dasselbe Motiv, diesen nackten Jüngling mit Gitarre. Spannend? Oder?«

»Finnischer Humor«, sagte Harry. »Das ist doch finnisch, oder? Mit ihren unbewegten Minen. Und diesen ganzen Flaschen.«

»Päiviö sagt, proportional zur Anzahl der Gemälde wird auch die der leeren Bierflaschen zunehmen. Einfach toll!«

Britt Benning zog Harry mit zu einer Gruppe hinüber, die neben dem nackten Gitarrenspieler stand.

»Selina, bring unserem Gast bitte einen Drink«, rief sie dem Teenager in der Indienbluse hinter der Bar zu.

»Echt, Mama, du machst hier einen Stress«, nölte das Mädchen in schwyzerdütschem Akzent.

»Selina, bitte, sei so gut.«

Harry machte die paar Schritte zum Sekttresen und ließ sich ein Glas geben.

»Da ist er, unser New Yorker Maler«, stellte Britt Benning ihn der Runde vor. Harry war das fast etwas unangenehm.

»Und das ist unsere kleine, aber feine venezianische Clique«, sagte die »Derrick«-Schauspielerin, lachte kurz hysterisch auf und zuckte ein paar Mal mit den Augenbrauen.

Selbst ernannter Chef der Gruppe war ganz offensichtlich Giovanni, der eigentlich Hans-Dieter hieß. Er war Lehrer für Latein und Sport und kam aus Schneverdingen in der Nordheide. Hans-Dieter war Mitte vierzig oder vielleicht auch fünfzig. Er hatte eine weiße von Sommersprossen übersäte Haut, einen leicht schütteren graublonden Stoppelschnitt und einen zu einem schmalen Strich rasierten Kotelettenbart, der sich wie die Linie auf einem Tennisball um den halben Kopf zog. Harry sah ihn sofort beim Deklamieren lateinischer Konjugationen oder im engen altmodischen blauen Trainingsanzug mit Trillerpfeife vor sich. Im Augenblick allerdings trug er ein weißes Leinenhemd mit nur drei Knöpfen, die Giovanni-Dieter alle geöffnet hatte. Er sah aus wie einer dieser mittelalten Männer, die sich mit Marathonläufen gegen das Altern wehren.

»Benvenuto dagli amici dei musei di Venezia«, rief er mit meckernder Stimme. Dabei sah er Harry prüfend an. »Sie verstehen doch Italienisch?«

Harry fühlte sich sofort an quälende Lateinstunden erinnert und kam automatisch ein bisschen ins Stottern.

»Na ja, m-mein Italienisch hält sich in Grenzen. Zum Cappuccinobestellen reicht es gerade.«

»Da entgeht Ihnen etwas: *Italiano!*«, bellte er betont italienisch, aber gleichzeitig auch militärisch. »Das ist eine wunderbare Sprache. Sie sind Deutsch-Amerikaner, habe ich gehört?«

»So etwas in der Art.« Deutsch-Amerikaner, das hörte sich doch gar nicht so schlecht an, fand Harry.

»Leben Sie direkt in Manhattan?«, schaltete sich eine kleine Frau ein. Sie stellte sich als Doris vor. Sie hatte einen erstaunlich runden Kopf und trug Zentimeter kurze, nach vorn gekämmte Haare, die das Runde des Kopfes noch betonten, und eine auffällige, in verschiedenen Farben gefleckte Brille.

»Lower East Side«, sagte Harry.

Doris sah ihn von unten ausgesprochen freundlich durch ihre bunte Brille an: »Schön. Ich war letztes Jahr da. Wirklich schön.«

Doris war Psychotherapeutin, trug ein zeltartiges Kleid, in dem ebenfalls eine Anstecknadel aus Muranoglas steckte, und fand alles schön. Deshalb schrieb sie auch Gedichte.

»Japanische Haikus«, sagte ein Mann auf Schwyzerdütsch und legte dabei den Kopf schief. Der ältere Typ mit dem sanften Blick war Britt Bennings Mann Beat, Erbe einer Schweizer Fabrik für Lacke und Farben. Er trug ein edles, aber abgetragenes currygelbes Sherlock-Holmes-Jackett mit riesigen Karos und Lederflecken auf den Ärmeln.

»Der Beat«, sagte Britt, strich sich mit der Hand durch ihre Haare und tätschelte ihm anschließend gönnerhaft die Wange, »der Beat hat hier finanziell etwas geholfen.« Diesmal zog sie die Augenbrauen nur einmal nach oben.

»Ja ja, Burger-Farben«, sagte er langsam und sanft auf Schwyzerisch.

Daher auch die »BUCOLOR«-Farbtöpfe. Harry wunderte sich, dass der sanfte Lackfabrikant in seinem wollenen Jackett gar nicht schwitzte. Alle anderen waren eher sommerlich gekleidet. Seine Tochter reichte zwischendurch ein Tablett mit *cicchetti*, kleinen Häppchen mit Fisch. Sie hatte denselben verträumten Blick wie ihr Vater. Aber sie machte eindeutig den Eindruck, dass sie noch etwas anderes zu sich genommen hatte als Prosecco und Thunfischhäppchen. Britt Benning prostete Harry mit einer vertraulichen Geste zu.

Es waren zwar nicht die Maler- und Jungfilmerfreunde aus dem East Village, die venezianischen »Amici dei musei« waren deutlich älter, aber Harry fand sie ganz amüsant. Dabei bekam er auf einmal größte Bedenken, ob es schlau war, sich gleich so viele Bekannte zu schaffen. Er hatte immerhin vor, in ein paar Tagen hier gleich um die Ecke in ein Museum einzusteigen. Da war es wohl eher ungeschickt, dass viele Leute seine Anwesenheit in Venedig bezeugen konnten. Doch für diese Bedenken war es jetzt ohnehin zu spät.

Draußen dämmerte es inzwischen. Durch die großen Fenster zum Kanal fiel das letzte violette Abendlicht in den Raum. Päiviö oder auch Miika, so genau hatte Harry sich das nicht gemerkt, hatten inzwischen eine unbekannte skandinavische Tanzcombo aus den Siebzigern aufgelegt. An den Wänden brannten zwei alte Leuchter mit Schalen aus Muranoglas. Eigentlich fand Harry sie scheußlich. Aber hier in den Palazzo Michiel dal Brusà am Canal Grande, ganz in der Nähe von der Ca' d'Oro, passten sie perfekt.

Sie sprachen über die Biennale, vor allem über den

deutschen Beitrag mit dem Titel »Bodenlos« von Hans Haake, der gerade den »Goldenen Löwen« gewonnen hatte.

»Spannend«, sagte Britt.

Hans-Dieter fand es *»incredibile«* und Doris ausnahmsweise nicht »schön«, sondern »wichtig«.

»Der muss bei Ihnen in New York doch gleich um die Ecke wohnen, oder?«, fragte Beat freundlich.

»Ja ja, kann sein«, sagte Harry. Er hatte keine Ahnung. »Jeder zweite Künstler lebt ja mittlerweile in New York.«

Beat legte lächelnd den Kopf schief.

Sie stellten fest, dass dieser Sommer in Venedig besonders heiß war und die Kanäle noch etwas unangenehmer rochen als sonst.

»Fa un gran caldo quest'estate.« Giovanni-Dieter ließ immer wieder einzelne Sätze aus seinem Italienischkurs für Fortgeschrittene einfließen.

Sie fragten Harry über die New Yorker Kunstszene aus. Und nach anfänglichem Zögern gefiel es ihm sogar, den weltläufigen Junggaleristen zu spielen und über Andy Warhol und den Niedergang der Galerienszene in Soho zu parlieren. Von dem, was er in Sam Liebermans Hinterzimmer sonst noch so trieb, konnte er den venezianischen Museumsfreunden ja schlecht erzählen. Doris sagte wieder »schön«. Der Beat legte den Kopf schief. Und der große blonde Finne räumte den Rest der *cicchetti*-Platten ab. Harry hatte schon langweiligere Stehpartys erlebt. Und der Abend begann erst.

Die Museumsfreunde wechselten in eine kleine Bar im gegenüberliegenden Stadtteil Santa Croce. Inzwischen war es dunkel. Die Steinbrücken und die Häuserfassaden leuchteten in warmen Ocker- und Rottönen, die sich in den tiefdunklen Kanälen träge verzerrt widerspiegelten. Auf den kleinen Plätzen, die auf ihrem Fußweg ganz unvermutet auftauchten, saßen Leute bei einem Drink. Die Straßenlaternen warfen überall kleine Spots auf Brückentreppen, auf die eingemauerten Straßenschilder und den abbröckelnden Putz, der den darunterliegenden Backstein freigab. Das nächtliche Venedig sah aus wie eine einzige Theaterkulisse. Harry kam sich vor wie in einem surrealen Labyrinth.

Die proseccobeschwingte Gesellschaft schaukelte mit dem Traghetto über den nächtlichen Canal Grande. Einige der Palazzi strahlten von den Ufern über das Wasser, die spätgotische Marmorfassade der Ca' d'Oro, das barocke Ca' Pesaro und die roten Markisen der Fischmarkthalle, des Campo di Pescaria. Auf dem Kanal waren immer noch einige Gondeln mit Touristen unterwegs, ebenso ein paar Motorboote und ein Vaporetto, das gerade an der Haltestelle Rialto festmachte.

Aus einem Seitenkanal hallte die Stimme eines Sängers heraus, nicht das übliche *»O sole mio«*, sondern *»Una festa sui prati«*. Und die Reibeisenstimme klang ganz genauso wie die von Adriano Celentano. Als die Spitze des lang gestreckten Bootes sichtbar wurde, erwartete Harry, den Gondoliere zu sehen, stattdessen sah er, dass das Boot mannshoch mit Müllsäcken bepackt war. Und als es in den Canal Grande einbog, kam der singende Müllgondoliere ins Bild: *»... una bella compagnia«*.

Von dem auf und ab wippenden Traghetto aus begannen die Lichter zu tanzen. Es war vermutlich auch seine Müdigkeit, die Harry einen Streich spielte. In New York musste jetzt früher Nachmittag sein. Aber im Jetlag glitzerte Venedig ganz besonders.

Doris strahlte Harry durch ihr gesprenkeltes Brillengestell an.

»Schön! Oder?«

6

»Da Filippo« war eine ganz normale Tabacchi-Bar. Der Laden hatte es noch nicht zum urigen Insidertipp im Reiseführer geschafft. Das machte ihn für die Museumsfreunde erst richtig attraktiv.

»Autentico«, sagte Hans-Dieter mit quakender Stimme und fuhr sich mit seinem Daumen die Linie seines Tennisballbartes entlang.

Auch Britt Benning fand die Bar »Toll! So ganz einfach«.

»Buona sera, Dottore«, wurde Hans-Dieter von dem kleinen Filippo überschwänglich begrüßt. *»Amico migliore, Giovanni.«*

Er wies der Gruppe gleich einen Tisch zu. »Was darf ich bringen?«

»Die *sarde in saor* sind die besten der Stadt«, meckerte der Lehrer.

Beat wiegte skeptisch den Kopf. Das kulinarische Angebot sah alles andere als verlockend aus. Unter einer durchsichtigen Plastikglocke trockneten ein paar übrig gebliebene Sandwiches vor sich hin.

Der Laden war trotzdem brechend voll. In einer Ecke stand erhöht ein großer Fernseher, auf dem in Schwarzweiß ein alter Western mit John Wayne lief. John Wayne sprach Italienisch. Einzelne Satzfetzen durchdrangen gelegentlich die enorme Geräuschkulisse. In der anderen Ecke gab es einen kleinen Tabacchi-Tresen mit Zigaretten, ein paar Zeitungen, Postkarten und Briefmarken. Hier bediente Filippos Frau, die einen Damenbart hatte und so klein war, dass sie hinter den Venezia-Postkarten und einem Ständer mit Pfefferminzbonbons kaum zu sehen war. Sie war die Einzige, die mit einer leichten Verrenkung des Kopfes den Western verfolgte. Der rege Betrieb in ihrer Bar und auch Bestellungen ihrer Gäste ließen sie weitgehend unbeeindruckt. Wenn sie den Tresen kurz verließ, wurde sie von ihrer Tochter abgelöst, die schon denselben Ansatz eines Damenbartes hatte.

»Das ist das echte Venedig«, tuschelte Britt Benning Harry zu.

»Tipicamente«, krähte der Heidelehrer.

»Man muss nur ein paar Schritte von der Piazza San Marco weggehen, schon bist du die Touristen los. Und auch die Inseln können einen ganz morbiden Charme haben. Doris, wie hieß noch mal diese umheimliche Insel in der Lagune?«, fragte Britt.

Doris lächelte freundlich und zuckte die Acheln.

»Sacca Sessola«, antwortete stattdessen Beat. »Es ist nicht weiter als der Lido, aber keiner kennt sie. Dort war Anfang des Jahrhunderts ein großes Sanatorium für Cholera- und Tuberkulosekranke. Vor zwanzig Jahren haben sie das dicht gemacht. Seitdem soll das vor sich hin gammeln. Oder?«

»Da zieht es mich aber auch nicht hin.« Britt machte ein Gesicht, als ob ihr grauste. »Harry, du musst wissen, neben der Kunst interessiert sich der Beat auch für Immobilien.«

»Ach was, nein nein«, beruhigte ihr Mann sie.

Die Runde der Kunstfreunde war bester Laune. Nur Selina im Indienhemd zog eine Flappe. Wenigstens hatte sie mittlerweile einen klareren Blick. Sie unterhielt sich auf trägem Schwyzerenglisch mit einem der beiden finnischen Künstler, der mitgekommen war. Der mit der Nazifrisur.

Dann kamen noch zwei Italiener, die im Palazzo Michiel nicht dabei gewesen waren, aber ganz offensichtlich fest zu dieser Runde gehörten. Das heißt, der schöne Roberto und die mindestens ebenso schöne Francesca kamen nicht einfach dazu, sie hatten ihren Auftritt. Küsschen hier, *Ciao bella* dort. Harry wurde mit den beiden bekannt gemacht.

»Un americano. Eccitante, how exiting«, flötete Roberto, der hundertprozentig schwul war. Das sah Harry auf den ersten Blick.

Er war ein dunkler mediterraner Typ mit langen gewellten Haaren, langen Wimpern und Augenbrauen, die wie geschminkt aussahen.

»Sono Franca«, stellte sich Francesca noch einmal vor.

Harry erkannte sie natürlich sofort wieder. Es war die Frau aus dem Flugzeug vom Sitz gegenüber. Aber sie erinnerte sich umgekehrt offensichtlich nicht an ihn.

»Wie war es in Mailand?«, fragte Doris. »Erfolgreiche Geschäfte?«

»*Very successful, Doris*«, sagte sie mit betörend italienischem Akzent und einem rollenden R.

Wie schon heute Morgen im Flugzeug kaute sie ungeniert Kaugummi und sah ihm tief in die Augen. Aber vielleicht bildete sich Harry das auch nur ein. Wahrscheinlich lag es an den unglaublich dunklen Augen, die durch den dicken schwarzen Lidstrich, der einen kleinen Schwung über das Lid hinausging, noch dunkler wirkten.

»Harry ... Ich darf doch Harry sagen?«, fragte Britt Benning.

»Sicher«, sagte er. »Britt?« Sie zuckte mit den Augenbrauen und klimperte mit den Armreifen.

»Ich muss dich vor unserer Franca warnen«, flüsterte die Zahnarzttochter aus dem »Derrick« verschwörerisch. »Sie killt die Männer.«

»Und das ist kein Witz«, sagte Hans-Dieter, ausnahmsweise mal nicht auf Italienisch.

Franca warf ihm einen Blick zu, der tatsächlich töten konnte. Aber sie sah dabei wirklich umwerfend aus mit den kunstvoll verwehten schwarzen Haaren und der weiten weißen Bluse, die nicht besonders weit zugeknöpft war. Harrys Jetlag war auf einmal wie weggeblasen.

Irgendwie gefiel es ihm in der Gesellschaft dieser gut aussehenden Frauen. Auch Britt sah immer noch toll aus, obwohl sie ein anderer Jahrgang als Harry war. Flirteten die europäischen Frauen offener als die amerikanischen? Er konnte das eigentlich wirklich nicht beurteilen. Harry war noch nie ein großer Flirter gewesen. Aber in diesem Moment genoss er es.

Hans-Dieter orderte bei Filippo einen Pinot aus dem Veneto.

»Un vino di campagna semplice«, meckerte der Lehrer aus Schneverdingen. »Ganz einfach. *Semplicissimo.* Aber perfekt. Ich kenne den Besitzer der Fattoria. Alles noch ganz *tradizionale.*«

»No no, Harry must try un Sprizz«, funkte Francesca resolut dazwischen. *»You know Sprizz?«* Ihr italienischer Akzent klang wirklich umwerfend. Das Kaugummikauen nahm ihm nichts von seiner Wirkung. Im Gegenteil.

»Specialità tipica veneziana«, verkündete Filippo jovial. *»Du musse probieren. Due? Tre? Quanti sprisseti? Bella Britt? Doris, cara mia?«*

»Sì Filippo!«, rief Britt Benning. »Was ist mit dir, Doris?«

»Aperol o Campari?«

»Aperol«, sagten Doris und Britt.

»Due Campari«, bestimmte Franca. *»Believe me, Harry. Campari is better.«*

Während Filippos Tochter die leuchtend roten Drinks brachte, öffnete Filippo mit großer Geste die Flasche.

»Der beste Pinot Grigio kommt aus dem Veneto«, dozierte Hans-Dieter. »Es gibt natürlich auch viel ungenießbare Massenware. *Incredibile!*«

»Aber auch noch diese kleinen gemütlichen Weingüter«, versuchte es Beat mit schräg gelegtem Kopf vorsichtig dazwischen. Aber Britt fiel ihm gleich ins Wort:

»Der Beat hat so eine ganz süße Fattoria im Friaul entdeckt.«

»Ja, ganz schöööön«, fand auch Doris.

Britt erklärte Harry, dass Doris einen Band mit Venedig-Gedichten plane und dass Franca Bildhauerin sei. »Beeindruckende Plastiken aus Stein und Metall.«

»I like to work with metal and stones«, sagte Franca. Dabei zeigte sie ihre Hände und spreizte die Finger. Im Gegensatz zu ihrer Frisur und dem penibel gezogenen Lidstrich sahen die Hände tatsächlich nach Arbeit aus. Unter den Nägeln und auf den Handrücken waren überall Spuren von Gips und Dreck. Harry gefiel dieser Kontrast. Er sah sie an und sie erwiderte seinen Blick herausfordernd.

»Sie gefällt sich darin, Michelangelo zu spielen«, spottete Giovanni-Dieter hämisch, ohne sie eines Blickes zu würdigen.

»Dir hat das doch auch mal gefallen«, stichelte Britt Benning.

»Borghesucolo«, giftete Franca zurück und kaute demonstrativ ordinär ihren Kaugummi.

»*Borghe…* Was heißt denn das, Giovanni?«, fragte Doris freundlich lächelnd.

»Ach, uninteressant«, fand Hans-Dieter.

»Na, sag doch mal«, wollte Britt wissen.

»So etwas wie Spießer«, übersetzte Beat Burger vom Italienischen ins Schwyzerdütsch.

»Immer noch besser ein Spießer als eine …« Hans-Dieter zögerte einen Augenblick, aber dann sagte er es doch: » … eine Männermörderin.«

Für einen Moment wurde es ganz still in der Runde.

Aus dem Fernseher kam nur ein italienischer Satz von John Wayne. Harry hielt unweigerlich die Luft an.

»Borghesucolo«, feixte jetzt auch Selina.

Franca lachte kurz, aber laut, mit weit geöffnetem Mund und stieß die Tochter des Lackmillionärs kumpelhaft an. Bei den »Amici dei musei« kam langsam Stimmung auf.

»Ich hab heute ein neues Haiku über den venezianischen Sommer geschrieben«, versuchte Doris die Spannung zu lösen.

»Echt, so 'n Gedicht, das fehlt mir jetzt grad noch«, maulte Selina.

»Selina, bitte!«, sagte Britt Bening streng und hob nachdrücklich die Augenbrauen.

»Ihr langweilt mich mit eurem pseudokünstlerischen Gehabe. Und du ganz besonders, Mama.«

»Also, wirklich«, versuchte auch der Lackmillionär böse zu werden, was ihm gründlich misslang. »Wie redest du mit deiner Mutter. Britt ist eine große Schauspielerin.«

»Mein Gott. Sie hat diese Arzttussen in deutschen TV-Krimis gespielt.«

»Deine Mutter hat mit Roger Moore zusammen gespielt!«

»Wer ist denn Roger …? Wie heißt der?« Auf einmal zeigte das Mädchen Ansätze von Leben. »Franca bearbeitet Steine und schweißt Metall. Sie schafft etwas mit ihren Händen. Franca, bringst du mir das Schweißen bei?«

»*Saldare*, Schweißen. *Sì!*«, antwortete Franca mit einem kurzen kehligen Lachen.

Aus Richtung des Fernsehers waren jetzt Schüsse und Pferdegetrappel zu hören, die sich mit dem Kneipenlärm mischten. Aus dem Augenwinkel registrierte Harry, dass sich Francesca und Selina unauffällig etwas in ihre Drinks schütteten, die daraufhin trüb und braun wurden. Was war das?

Der schöne Roberto prostete Giovanni-Dieter mit einem Augenaufschlag zu und der hob etwas gespreizt das Glas. Hämisch äffte Franca Hans-Dieters Geste nach. Dabei nahm sie sich das Kaugummi aus dem Mund und klebte es ziemlich ungeniert unter die Tischplatte.

»Die beiden hatten mal was miteinander«, flüsterte Britt Benning Harry zu.

»Wer jetzt?« Harry blickte nicht recht durch.

»Franca und Hans-Dieter.«

»Ich dachte, also eben sah es so aus, dass Hans-Dieter mit ....«

»Mit Roberto«, sagte sie jetzt noch leiser. »Das ist das Neuste. Giovanni hat das eigene Geschlecht entdeckt.« Sie gluckste, klimperte mit den Armreifen und zuckte mit den Augenbrauen, alles auf einmal. »Seine Frau daheim in der Nordheide darf das aber auf keinen Fall wissen.«

»Seine Frau hat das Geld«, tuschelte Doris.

Trotz Animositäten und getuschelter Hinterhältigkeiten herrschte eine ausgelassene Stimmung. Man diskutierte unter anderem die in Venedig alles entscheidende Frage, ob man den Sprizz mit Aperol oder Campari trinkt.

»Aperol sieht besser aus, das warme Orange«, sagte Beat. »Aber es ist einfach zu süß.«

»*Vero, Aperol ise too sweet*«, sagte Francesca mit rauchiger Stimme und nahm Harry wie selbstverständlich seine brennende Chesterfield aus der Hand.

Sie nahm einen Zug und inhalierte tief. Während sie Harry die Zigarette zurückreichte, blies sie ihm den inhalierten Rauch ins Gesicht und zupfte sich anschließend mit Daumen und Zeigefinger ein paar Tabakkrümel von der Zunge. Die filterlose Zigarette hatte jetzt deutliche Spuren von Francas Lippenstift. Das Zigarettenpapier war ein bisschen fettig und feucht, als er den nächsten Zug nahm.

Harry merkte, dass sie ihn ansah. Er hatte das Gefühl, sie genoss es regelrecht, wie sie ihn damit verunsicherte. Britt und Doris warfen sich vielsagende Blicke zu.

Nach einer Weile wusste Harry nicht mehr, wie viele Sprizz er eigentlich getrunken hatte. Er sah nur Francesca vor sich. Sie prostete ihm schon wieder mit einem neuen Sprizz zu. Mit dem beschlagenen roten Glas in der Hand sah sie aus wie in einer Campari-Reklame.

Als sie aufstand, um zum Klo zu gehen, wehte eine Parfümwolke über den Tisch zu ihm herüber, Limone mit einem Hauch Kokos. Sie trug wieder diese Cowboystiefeletten, die bei diesem Wetter recht warm sein mussten. Das Nietenband um die Stiefel sah aus wie ein kleiner Patronengürtel. Irgendwie hatte sie einen seltsamen Gang. Selina, die Tochter des Lackmillionärs folgte ihr.

Als die beiden zurückkamen, berührte Franca ihn wie aus Versehen unterm Tisch mit dem Bein. Vielleicht war es ja tatsächlich reiner Zufall. Ihr Kokosduft war jetzt noch intensiver und ihre Augen wirkten noch ein bisschen dunkler. Es lag vor allem wohl an der deutlichen Vergrößerung der Pupillen. Sie sah Harry an. Doch dabei blickte sie durch ihn hindurch, als wolle sie gleich mit ihm aus dem Raum schweben. War ihr Oberhemd noch einen Knopf weiter geöffnet? Allzu offensichtlich mochte er ihr auch nicht in den Ausschnitt starren, in dem jetzt ein dunkelfarbiger BH zu erkennen war.

»I wanna show you my studio«, hauchte sie ihm ins Ohr. »Mein Atelier liegt auf der Giudecca in einer alten Werft«, fuhr sie fort. »Dort wird es dir gefallen.«

»Das würde mich sehr interessieren«, antwortete Harry ganz automatisch, ohne zu überlegen. »Arbeitest du dort in den nächsten Tagen?«

Im selben Augenblick fragte er sich selbst, ob er wirklich so blauäugig war. Britt Benning neben ihm guckte skeptisch. Das spürte er, ohne sie anzusehen. Er zündete sich eine Chesterfield an.

»I show you my studio tonight«, sagte sie und sah dabei unwiderstehlich durch ihn hindurch. Sie kramte in ihrem Handtäschchen und zog eine kleine Dose heraus.

»Francesca, meine Süße, nun lass unseren New Yorker erst mal seinen Jetlag ausschlafen.« Britt Benning ließ die Augenbrauen zucken. Aber sie wirkte jetzt irgendwie müde. Auf einmal sah Harry am Hals und um den Mund herum die Falten einer durch etliche Diäten schlank gehungerten Mittfünfzigerin.

Die Schießerei im Fernsehen war vorbei. Gerade steckte John Wayne einem anderen einen Sheriffstern an. Beat und Doris waren in ein intensives Gespräch über die Biennale vertieft.

»Wenn du müde bist, nimm dies.«

Halb unter dem Tisch hielt Franca ihm die Dose hin, in der sich ein bräunliches Pulver befand. Darin lagen mehrere kleine Brocken, die aussahen wie kleine, kaum einen Zentimeter große Schokoladentrüffel. Britt und Giovanni-Dieter warfen Harry und Franca einen argwöhnischen Blick zu.

»Das wächst bei mir hinter der Werft auf der Giudecca wie Unkraut. *Hawaiian Baby Woodrose.*«

»Hawaiianische Holzrose?« Irgendwie glaubte er schon mal davon gehört zu haben. Aber welche Wirkung der Hawaiianischen Holzrose zugeschrieben wurde, hatte er vergessen.

»Versuch etwas davon. *It makes you feel good.*«

Harry wusste nicht, warum, aber er ließ es zu, dass Francesca ihm einen Espressolöffel voll braunem Pulver in sein Campari-Glas rieseln ließ. Die Schweizer Millionärstochter lächelte ihn weggetreten an. Harry hätte gewarnt sein können. Aber die nach Kokos duftende Franca konnte ihm heute Abend alles einflößen. Der rot leuchtende Campari färbte sich bräunlich und so schmeckte er auch. Er kippte den Rest hinunter.

Während Britt Benning fast zu müde war, sich von ihm zu verabschieden, kam es zwischen Hans-Dieter und Franca noch zu einem giftigen Wortwechsel, den Harry nicht ganz verstand.

»Das würde deine Frau sicher auch interessieren, was du hier so treibst mit *bellino Roberto.*« Nur diesen Satz bekam er mit.

Als Harry bezahlte, fiel ihm das Foto von Zoe vor dem Flatiron Building aus der Brieftasche. Ihm war so, dass Franca einen kurzen interessierten Blick auf das Bild warf, als er es aufhob und ins Portemonnaie zurücksteckte. Für einen kurzen Moment kamen ihm Bedenken. Zoe fände das bestimmt alle andere als lustig. Aber sie war weit weg. Und dieser seltsame Drink hatte eine ziemlich anregende Wirkung.

Als er zusammen mit Franca die Bar verließ, flackerte auf dem Fersehbildschirm zu einer schwülstigen Filmmusik gerade »The End« auf.

7

Franca bestellte ein Wassertaxi. Das wird teuer, dachte sich Harry. Schon für den Alilaguna, den Wasserbus vom Flughafen, hatte er siebzehntausend Lire bezahlt. Aber diese Blöße konnte er sich jetzt natürlich nicht geben. Der Bootsführer, ein älterer, etwas derber Typ, der eher wie ein Fischer aussah, der sich für eine Familienfeier in Schale geworfen hatte, half Franca und dann auch ihm mit kräftigem Griff ins Boot. Der Motor blubberte währenddessen leise, aber satt vor sich hin. Die Fahrt in dem schnittigen Holzboot über den nächtlichen Canal Grande erlebte Harry wie im Rausch. Die Hawaiianische Holzrose entfaltete plötzlich ihre Wirkung.

»Was ist das für ein Zeug, das du mir da gegeben hast?«

»Wie fühlst du dich, Harry? Gut, oder?« Das erste Mal verzog sie ihren Mund dabei zu einem leicht spöttischen Grinsen. Das »Harry« sprach sie eher Deutsch als Englisch aus. Mit einem vorn am Gaumen gerollten R.

Die beleuchteten Fassaden am Canal Grande flogen an ihnen vorüber und verwischten dabei zu Leuchtstreifen. Wie aus einem tiefen dunklen Raum tauchten Lichtreflexe auf dem Wasser auf, die zu kleinen brennenden Bällen wurden, kurz über die Wasseroberfläche tanzten und ebenso schnell wieder verglühten. Dann wieder schaukelten leuchtende Platten vom Ufer auf ihn zu. Der Himmel wirkte wie heruntergezogen. Und irgendwie hatte er das Gefühl, schneller zu denken. Franca ließ den Fahrtwind durch ihre Haare wehen, dann sah sie ihn an. Er sah in ihre riesigen Pupillen. Er konnte sich nicht erinnern, jemals so große Pupillen gesehen zu haben. Ihre Gesichter kamen sich näher. Franca fasste ihm mit ihren Bildhauerfingern kräftig ins Haar. Die Vorstellung, dass diese Hände Steine bearbeiteten, mit Ton und Gips Skulpturen formten, erregte ihn. Er wollte sie küssen, aber dann ließ sie ihn wieder los und legte ihre Hände auf seine Schultern.

»*Look, look,* die Villa von Peggy Guggenheim! Mit der Plastik von Marino Marini. ›The Angel of the City‹, der Reiter oben auf der Treppe.«

Dort lag also das Guggenheim-Museum. Verheißungsvoll leuchtete der lang gestreckte, etwas bizarre Palazzo weiß über das Wasser zu ihnen herüber. Die Räume waren alle dunkel. Sollte er nachts vom Kanal aus dort einsteigen? Vielleicht wäre das eine Möglichkeit. Morgen wollte Harry sich gleich mal etwas näher umsehen.

»Und dort Santa Maria della Salute.« Francesca zeigte zum Ufer und warf wieder ihre Haare in den Fahrtwind.

Als das Boot aus dem Canal Grande herauskam, öffnete sich die Lagune. Für einen Moment hatten sie einen Blick auf Campanile und Piazzetta San Marco. Und für einen noch kürzeren Augenblick leuchteten die hellen Kuppeln des Markusdomes auf. Dann drehte das Boot ab, um die Punta della Dogana herum und steuerte auf die Giudecca zu, die Insel, die lang gezogen wie ein Fisch südlich der eigentlichen Stadt liegt, wie ein schwimmender Damm, der sich schützend vor das Herz der Lagunenstadt gelegt hat.

»*Look, Harry,* die Giudecca!« Und wie sie das »Giudecca« aussprach, Dschuudekka, klang es für ihn wie eine Verheißung.

»I love Giudecca«, sagte sie. »Wenn nur diese Grundstücksspekulanten nicht wären. Im Augenblick hab ich nur mein Atelier dort. Aber ich will mir nebenan auch eine Wohnung einrichten. Noch wohne ich in Dorsoduro, gegenüber von Hans-Dieter.« Das »Hans-Dieter« sprach sie voller Verachtung aus.

»Giovanni, dieser Spießer! Pahh! *Borghesucolo!* Der ist doch nur scharf auf mein Werft-Atelier.«

Sie legten an. Das Wassertaxi war tatsächlich unverschämt teuer. Aber in dieser Nacht war Harry das egal. Auf keinen Fall wollte er sich als *»borghesucolo«* outen. Er reichte dem Chauffeur einen Fünfzigtausend-Lire-Schein und ließ sich zehn zurückgeben.

Auf der Giudecca war alles etwas bescheidener und selbstverständlicher. Die Häuser hatten ein Stockwerk weniger. Die Boote waren aus Kunststoff und die Brücken aus Holz. Es gab keinen einzigen Andenkenladen, kaum Restaurants und auch Hotels konnte Harry keine entdecken. Hier wohnten die ganz normalen Leute, die in Venedig arbeiteten.

In der Nähe, wo das Wassertaxi sie abgesetzt hatte, gab es direkt am Kai eine Tankstelle und eine kleine Slipanlage für Motorboote. Zwischen den Häusern lagen kleine Handwerksbetriebe und richtige Gärten. Im Zentrum Venedigs gab es dagegen nur ein paar begrünte Innenhöfe. In der Nacht wirkte die Giudecca wie ausgestorben. Franca hakte sich bei ihm ein. Die Tritte ihrer Schritte in den Westernstiefeln hallten von den Wänden wider. Kam es Harry nur so vor, oder zog sie tatsächlich das eine Bein etwas nach?

Der Weg zu ihrem Atelier führte sie an einem Kanal im Inneren der Insel an reichlich baufälligen Häusern vorbei. Die *»Vendesi«*-Schilder an Türen zeigten an, dass viele Häuser zum Verkauf standen. Vor einigen Fenstern hingen Blumentöpfe. Andere Häuser wirkten unbewohnt. Es war stockdunkel. Aber einzelne Türen und Fassaden leuchteten dort, wo sie von Laternen angestrahlt wurden, orange, grün und blau. Das Eckhaus, das plötzlich vor ihnen lag, strahlte in einem unglaublich knalligen Pink. Und über den Kanal spannte sich ein wunderschöner Regenbogen. Harry fühlte sich fast geblendet. Die Farben bildeten einen Tunnel, in den er sich wie durch einen Sog hineingezogen fühlte. Ihm wurde etwas schwindelig. Das war eindeutig die Wirkung der Hawaiianischen Holzrose. Aber vor allem fühlte Harry sich euphorisch. Von Müdigkeit keine Spur mehr.

Er schwankte leicht und legte seinen Arm um Francas Schultern. Der Kanal mit der tiefschwarzen, sich unwirklich spiegelnden Wasseroberfläche wirkte wie ein riesiger Behälter mit Altöl, das träge vor sich hin waberte. Die Planen der darauf am Rande liegenden Boote leuchteten in Blau und Türkis. Francas Schultern und Oberarme wirkten muskulös und sehnig. Doch ihre vollen Lippen und die dunkel glühenden Augen waren durch und durch weiblich.

Francescas Atelier befand sich in einer ausgedienten Werft. Es war ein einstöckiges Backsteingebäude mit hohen Bogenfenstern direkt am Kanal. Zum Wasser hin gab es ein grün lackiertes Stahltor und eine kleine Anlegestelle. Hinter der Stahltür stand man gleich in einem etwa fünf Meter hohen Raum. Neben einem Baugerüst, dessen Eisenständer fast bis zur Decke reichten, stand eine monumentale Plastik, ein abstrakter wuchtiger Körper aus einem hellen Stein. Im Schlaglicht von zwei Pendelleuchten aus Blech, die hoch oben von der Decke hingen, warf die Skulptur starke Schatten. Durch eines der Fenster zum Kanal kam etwas Licht von einer Außenlaterne. Viel war nicht zu sehen. Weite Teile des Raumes blieben im Dunkeln. Doch Harry fiel auf, dass der gesamte Raum mit einer hellen Staubschicht überzogen war.

Die Plastiken, das Gerüst, Gipssäcke und Eimer, die herumstanden, Elektromeißel, Bohrmaschine und eine Flex, alles weiß überpudert. Nur zwischen dem Schlagbohrer und verschiedenen Maurerkellen blitzte etwas Silbernes auf. Es sah wie eine Pistole aus. Aber eigentlich war der Gegenstand zu klein, und es war zu schummrig, um ihn richtig erkennen zu können. Du siehst Gespenster, dachte Harry, es ist vermutlich die Droge.

»Was sagst du?« Franca blickte auf die Plastik, die sie gerade in Arbeit hatte.

»Marmor?«, fragte Harry.

»*Naturalmente*. Nur Marmor aus Carrara.«

Harry ging etwas tiefer in den Raum hinein und entdeckte noch mehr Skulpturen, zwei Riesenwulste und eine schmale hoch aufragende Schalenform mit Bruchstellen, aus denen seitlich eine Art Stahlkamm herausstakte. Er fand die Plastiken reichlich schwülstig, kitschig und grausam zugleich. In der Plastik neben dem Gerüst, an der Franca offensichtlich gerade arbeitete, sah er auf einmal ineinanderverschlungene Gliedmaßen und sich bewegende Pobacken. Ihm wurde richtig schwindelig.

»Das sind ja wirklich riesige Skulpturen«, sagte Harry, nur um irgendetwas zu sagen.

»Ich arbeite meist vom Gerüst aus«, sagte Franca. »Dabei ist es dann auch passiert. *Porca Miseria!* Vor zwei Jahren bin ich mitsamt dem ganzen Gerüst umgekippt. Irgendwie ist die ganze Scheiße ins Kippen gekommen. Ich weiß auch nicht. Mein Bein wird wohl für immer hinüber sein.«

»So eine schöne zierliche Frau. Und diese gewaltigen Figuren«, flüsterte Harry, ohne sich zu ihr umzudrehen.

Was redete er da nur für einen Quatsch? Aber irgendwie war ihm das alles völlig egal.

Francesca schmiegte sich von hinten an ihn und umfasste seine Hüfte. Während er auf die Skulptur sah, zogen ihre Hände sein Hemd aus der Jeans und glitten über seinen Bauch. Franca öffnete den oberen Knopf seiner Jeans. Sie zwängte ihre Hand unter Hose und Boxershorts, nur kurz, als ob sie seinen Erregungszustand prüfen wollte, wie man die Temperatur eines einlaufenden Bades testet. Dann zog sie ihre Bildhauerhand wieder aus seiner Levis und fasste ihm ins Haar. Er spürte ihren Atem. Harry drehte sich zu ihr um und sie küssten sich. Franca unterbrach den Kuss, um den oberen Knopf seines Hemdes zu öffnen. Dann küssten sie sich weiter. Ihre Zunge war nicht zu bremsen, während sie ihm die restlichen Knöpfe öffnete. Er roch seinen eigenen Schweiß.

Nach seiner Ankunft in Venedig hatte er sich in der »Pensione Rosa« über dem Zimmerwaschbecken nur schnell etwas Wasser ins Gesicht gekippt. Wenigstens hatte er sich ein frisches Hemd angezogen. Auch Franca schwitzte. Der süß-säuerliche Geruch von Limone, Kokos und Schweiß mischte sich mit dem von Mörtel und Baustellenstaub. Als Harry sich an das Gerüst lehnte und auf eines der Bretter fasste, hatte er sofort ganz weiße Hände. In diesem Raum war außer ihnen beiden alles von diesem weißen Staub überzogen. Er zögerte kurz, sie damit zu berühren. Aber dann fasste er ihr mit seinen kreidigen Fingern unter ihr Hemd.

Franca zog ihn in einen kleineren Nebenraum. Auf einem alten Resopaltisch standen ein benutzter Teller, ein halb voller Aschenbecher und ein altes Telefon. An der Wand, von der stellenweise der Putz bröckelte, hingen ein älteres Biennale-Poster und ein Plakat für eine Boxveranstaltung. Unter dem Fenster, durch das Licht von der Außenlaterne hereinfiel, stand ein altes Sofa, eine nachgemachte antike Chaiselongue. Hier war es nicht ganz so staubig wie in dem eigentlichen Atelier.

Francesca holte zwei Gläser aus dem Spülbecken und schenkte sie aus einer Flasche, die nach Wodka aussah, ein Viertel voll. Dann hielt sie ihm zwei rote Pillen hin. Er hatte gar nicht mitbekommen, wo sie die so schnell hergeholt hatte. Sie legte sich eine der roten Pillen lasziv auf ihre Zunge. Die andere hielt sie ihm hin.

»Wir müssen ja sehen, dass du uns hier nicht schlappmachst.«

»Keine Sorge. Ich bin noch ganz gut mit deiner *Woodrose* versorgt.« In dem einfallenden Licht bildete sich tatsächlich grade wieder ein Prisma.

»Wooling Morning Glory«, sang sie beschwörend und balancierte die rote Pille auf ihrer Zunge, schluckte sie und spülte sie mit einem Schluck Wodka hinunter.

»Was ist das überhaupt, was du da nimmst?«, fragte Harry.

»Nur ein bisschen Speed. Wir wollen doch etwas Spaß haben.« Ihre Augen sahen jetzt fiebrig aus.

Als Harry ihr vor der Couch stehend das Hemd aufknöpfen wollte, schubste sie ihn auf die Chaiselongue. Harry fiel in die Polster. Sie schlüpfte aus ihren Stiefeletten, indem sie sich mit einer Hacke auf die andere trat und kniete sich vor ihn. Sie zog sich, ohne es aufzuknöpfen, das Hemd über den Kopf. Zu Kokos und Schweiß kam ein kurzer pudriger Duftschwall ihres Shampoos. Harry hatte Probleme mit dem Haken ihres BHs. Ihm fehlte einfach die Erfahrung, um mit den unterschiedlichen Verschlüssen vertraut zu sein. Bei Zoe wusste er inzwischen, wo die Haken und Ösen waren. Er knöpfte Francas Jeans auf. Sie saßen so eng, dass er sie ihr mit beiden Händen und einem kräftigeren Ruck über den Po ziehen musste.

Sein Herz schlug heftig. Draußen hörte er ein Motorboot vorbeifahren. Und dann glaubte er ein Klappern aus dem Atelier zu hören. Ein Schlagen auf Metall. Wahrscheinlich auch ein Geräusch von draußen. Harry versuchte, gegen das Schwindelgefühl anzukämpfen. Ganz kurz musste er an Zoe denken, an New York, an das Guggenheim-Museum. Aber er wollte sich jetzt nicht ablenken lassen. Er konzentriere sich. Auf Franca, ihren Körper, ihre Brüste. Sie waren etwas größer als Zoes. Nein, sie waren deutlich größer. Oder lag das an der Wirkung der Hawaiianischen Holzrose?

Dann ging alles sehr schnell. Mit routinierten kräftigen Griffen ihrer Bildhauerhände zog Franca seine Hosen herunter. Dabei kamen die rot-weiß karierten Boxershorts gleich mit. Sie ging zielstrebig zur Sache. Durch das Hantieren mit den schweren Steinen trainiert wirkten all ihre Bewegungen athletisch. Nicht nur das Denken, auch der Sex kam ihm unter dem Einfluss der Droge irgendwie schneller vor.

Inzwischen waren sie beide auf der Chaiselongue gelandet. Als sie ihn zu sich heranzog, flogen noch einmal ein paar sattbunte Regenbogenfarben durch Harrys Kopf. Das war jetzt ganz eindeutig die Wirkung der Hawaiianischen Holzrose.

Als Harry mitten in der Nacht aufwachte, hatte er einen trockenen Mund, einen völlig verlegenen Hals und solvente Kopfschmerzen. Er fühlte sich völlig zerschlagen und erschöpft. Im ersten Moment hatte er nicht die blasseste Ahnung, wo er sich befand. Warum war er nackt und wer war diese Fremde, die ganz dicht neben ihm auf einer Chaiselongue lag? Der weinrote Bezug der Liege roch muffig und kratzte. Er hatte ein Muster auf seiner Haut hinterlassen. Sein eines Bein, eingeklemmt zwischen ihren Beinen, war eingeschlafen.

Er hatte ihr Gesicht direkt vor Augen. Der Schwung ihres schwarzen Lidstrichs, der über das Lid hinausging, saß immer noch perfekt. Sie atmete regelmäßig durch ihren leicht geöffneten Mund. Harry hatte ein ganz seltsames Gefühl. Diese Frau war ihm einerseits fremd und dann doch sehr vertraut. Völlig verrückt.

Und dann wusste er plötzlich, was es war: ihre Mundpartie, die leicht vorstehenden Schneidezähne. Sie hatte dieselbe Mundpartie wie Zoe. Komisch, dass ihm das gestern nicht aufgefallen war. Die Lippen waren etwas voller. Aber wenn sie den Mund leicht geöffnet hatte, sah es genauso aus wie bei Zoe, wenn sie Kaugummi kaute, wenn sie am Strand auf Ocracoke in North Carolina in die Sonne blinzelte oder etwas Provozierendes gesagt hatte. Vermutlich hatte er das unbewusst gestern Abend in der Bar schon wahrgenommen. Vielleicht war er deshalb von Francesca gleich so fasziniert gewesen.

Vorsichtig zog er sein Bein hervor. Besonders stolz war er nicht auf sich. Er war keinen Tag in Europa, gerade eine Nacht ohne Zoe, schon lag er hier mit einer anderen Frau. Dabei war das eigentlich überhaupt nicht seine Art.

Er quälte sich von der Couch hoch. Augenblicklich schoss ihm ein blitzartiger Stich in den Kopf. Mund und Hals waren völlig ausgetrocknet. Durch sein taubes

Bein lief ein ganzer Ameisenhaufen. Er nahm eines der Wodkagläser, um sich Wasser zu holen. Irgendwo musste es hier doch einen Wasserhahn geben. Und außerdem brauchte er ein Klo. Er tapste nach nebenan in das Atelier. Er musste aufpassen, dass er mit dem tauben Fuß nicht umknickte. Aber nach ein paar Schritten kam das Gefühl langsam zurück.

Inzwischen schien der Mond durch die hohen Fenster und leuchtete die Wölbungen der Plastiken dramatisch aus. Er war barfuß und spürte sofort den feinen weißen Staub unter den schwitzigen Füßen. Es fühlte sich an wie die Kreide in der Schule beim Reckturnen. Die eine Tür sah nach Toilettentür aus. Davor hing ein Blechwaschbecken. Er hatte zwar einen immensen Druck auf der Blase, aber noch größer war sein Durst. Seine Zunge lag ihm wie ein fremder pelziger Gegenstand im Mund. Er schüttete den Rest Wodka in das Becken und ließ sich aus dem alten Hahn Wasser in das Glas laufen.

Begierig leerte er das Wasserglas in einem Zug und füllte es sofort ein zweites und ein drittes Mal nach. Während er in kleineren, aber immer noch hastigen Schlucken trank, blickte er sich um und entdeckte plötzlich auf der anderen Seite des Gerüstes eine Art Haufen. Was lag da im Halbdunkel? Verpackte Marmorblöcke? Gipssäcke? Ein Ballen mit irgendwelchen Planen?

Er musste sich konzentrieren, um in dem schummerigen Licht überhaupt etwas zu sehen. Harry machte ein paar Schritte auf das seltsame Etwas zu und wurde durch das hereinfallende Mondlicht fast geblendet. Aber jetzt erkannte er auf einmal einen Fuß, einen Fuß in einem leichten italienischen Slipper.

Was, verdammte Scheiße, ist das?, fragte er sich.

Harrys Magen krampfte sich zusammen. Was er da sah, erinnerte ihn an einen menschlichen Körper. War das vielleicht so eine Plastik wie diese Alltagsfiguren des Popartkünstlers Duane Hanson, diese hyperrealistischen Putzfrauen oder Penner mit Einkaufswagen, die auf einmal wie ein Museumswächter zwischen den Bildern sitzen und dem Besucher einen richtigen Schrecken einjagen können.

Harry fragte sich, ob er immer noch unter dem Einfluss der Hawaiianischen Holzrose stand. Aber wie eine Halluzination sah der Typ ganz und gar nicht aus, Zögernd ging Harry näher heran. Der Mann lag auf dem Bauch, der Kopf war zur Seite gedreht. Das Ohr, das halb aus dem verklebten Haar herauslugte, war blutverschmiert. Mitten auf der Stirn seines bleichen großflächigen, reichlich aufgedunsenen Gesichts hatte der Dicke ein unschönes kleines Loch. Hier war kein Blut zu sehen, nur eine dunkle Öffnung, die an den Rändern leicht ausfranste. Das sah gar nicht gut aus. Eine fette Fliege flog von dem hässlich düsteren Einschussloch auf.

Draußen auf dem Kanal war ein vorbeifahrendes Motorboot zu hören. Über die Marmorwulste der monumentalen Skulpturen flog ein Lichtreflex. In der Fensterfront zum Kanal sah Harry plötzlich sein geisterhaftes Spiegelbild, und er bemerkte, dass er vollkommen nackt war. Er stand hier splitternackt mit einem Toten zu seinen Füßen. Eben hatte Harry noch geschwitzt, aber jetzt war ihm bitterkalt.

Als er sich ein Stück zu der korpulenten Gestalt hinunterbeugte, hatte er das Gefühl, dass der Typ ihn ansah. Es war tatsächlich wie bei einer Hanson-Figur. Harry wurde übel. Das kalte Wasser, das er in sich hineingeschüttet hatte, lag ihm schwer im Magen, als hätte ihm dort jemand hineingeschlagen. Er war kurz davor, sich zu übergeben. Aber dann musste er nur rülpsen.

Mit erstauntem Gesichtsausdruck starrte der Tote Harry an. Dass ihm jemand eine Kugel mitten in den Kopf gejagt hatte, damit hatte er offenbar nicht gerechnet. Die Augen waren weit geöffnet und blutunterlaufen. Sie traten unnatürlich und ausdruckslos aus den Augenhöhlen heraus. Die Fliege, die in dem spärlichen Licht vielfarbig schillerte, zog schnelle brummende Kreise über dem Kopf des Toten und stürzte sich dann zielstrebig auf sein blutig verklebtes Ohr.

Harry stieß den Mann mit seinem nackten Fuß vorsichtig an. Die Fliege flog auf. Aber der Kerl reagierte nicht. Seine Gliedmaßen wirkten steif. Er hatte längere pomadige Haare, war unrasiert und trug ein limonengrünes Leinenjackett über einem schlabbrigen Poloshirt. Beide Kleidungsstücke waren etwas nach oben gerutscht, sodass seine dicken Hüften und der Bauch seitlich hervorquollen. Die schwarze Bundfaltenhose hing unter seiner Wampe. Seine Haut war kalkweiß, gesprenkelt mit blauvioletten Totenflecken, die an einigen Stellen zusammengelaufen waren. Um seinen breiten Hals trug er mehrere Goldkettchen. Seine für die massige Statur erstaunlich filigranen Slipper waren restlos mit weißem Staub überpudert. Harry lief es kalt den Rücken herunter. Vielleicht sollte er sich jetzt auch erst mal was überziehen.

Er konnte es nicht fassen. Hier lag eindeutig ein Toter. Ging denn das schon wieder damit los, dass ihm, sobald er nur daran dachte, ein Bild zu klauen, die Toten nur so vor die Füße purzelten? Hatte die Gestalt hier vorhin auch schon gelegen, als Franca und er sich vor den Skulpturen geküsst hatten? Es war durchaus möglich. Sie hatten an der anderen Seite des Gerüstes gestanden. Harry hatte die Plastiken begutachtet, und vor allem hatte Francesca seine ganze Aufmerksamkeit gefordert. Harry beugte sich noch einmal zu dem Toten hinunter. Er sah tatsächlich wie eine Duane-Hanson-Figur aus, nur nicht so echt. Irgendwas war mit dessen Hand. Dann sah er es: In dem steifen, halb gekrümmten Zeigefinger des Italieners steckte eine Nadel mit einer grün leuchtenden Glasscherbe. Sie sah aus wie ein Schmuckstück, wie eine dieser Anstecknadeln. Der Finger mit der Nadel zeigte starr auf ihn. Abrupt richtete sich Harry wieder auf, ihm war jetzt speiübel. Sein Puls hämmerte dumpf in der Halsschlagader.

8

Als das Klopfen an der Zimmertür lauter wurde, schreckte er aus tiefem Schlaf hoch und richtete sich im Bett auf. Ein dumpfer Schmerz breitete sich augenblicklich in seinem Kopf aus. Er hatte keine Ahnung, wo er war und wie spät es war. Er sah schmale waagerechte Lichtstreifen, die durch die Fensterläden in den Raum fielen. Sie waren so grell, dass sie über ihre Ränder hinwegstrahlten. Hatte es überhaupt geklopft? Aber dann hörte er die Stimme einer Frau: *»Signore! Signor Oolden-burg-e!«*

Harry fühlte sich außerstande zu reagieren. Mühsam versuchte er, seiner trockenen Kehle einen Laut zu entlocken.

»Sì«, krächzte er schließlich und hatte das Gefühl, dass diese Stimme gar nicht ihm gehörte.

»Una signora per Lei!«

Harry rappelte sich aus seinem Bett auf. Er trug immer noch Jeans und sein Hemd. Die Sachen klebten ihm am Körper. Seine Arme und Beine waren schwer wie Blei. Jeder Schritt war Schwerstarbeit. Die Zimmertür schien meilenweit entfernt. Er versuchte sich an die letzte Nacht zu erinnern. Er wusste, dass er in Venedig war. Und Francesca fiel ihm ein. Aber sonst?

Mit jedem Schritt zur Tür schossen ihm neue Bilder durch den Kopf. Hatte er das wirklich alles erlebt in der letzten Nacht? Er hatte mit Francesca geschlafen. Und dann lag da dieser Tote in ihrem Atelier. Und dann … Mit einem Mal standen ihm die Geschehnisse der Nacht wie ein überdeutlicher Albtraum wieder vor Augen. Einen kurzen Moment hatte er geglaubt, sich davonstehlen zu können. Einfach anziehen und abhauen.

Dann war ihm plötzlich schwindelig geworden. Sein Kreislauf hatte verrückt gespielt. Er war zum WC gewankt und hatte sich auf die Schüssel gesetzt, auf der sich keine Brille befand, nur das kalte Porzellan. Während er pinkelte, wurde ihm wieder speiübel. Schwankend war er aufgestanden und hatte fast den Boden unter den Füßen verloren. Während er sich hinkniete, musste er schon einen Schwall in die Schüssel kotzen. Für einen Moment blieb er noch vor dem Klo hocken. Als er auf die fleckigen Ränder der in Jahrzehnten verfärbten und beschädigten Keramik starrte, musste er sich gleich noch einmal übergeben. Ihm fielen die Bemerkungen der Kunstfreunde über Francesca ein. Was hatte Hans-Dieter gesagt? Sie bringt Männer um? Aber das war doch ein Scherz gewesen. Oder etwa doch nicht?

Und dann hatte auch schon Franca hinter ihm gestanden.

»*Cazzo*, was macht der Typ da in meinem Atelier!«, keifte sie Harry an, als ob er dafür verantwortlich war. Angesichts der ganzen Drogen, die sie in den letzten paar Stunden zu sich genommen hatte, war sie schon wieder erstaunlich munter. Denn zuletzt hatte sie sich, um zur Ruhe zu kommen, zusammen mit einem Wodka ein paar blau-gelbe »Benzos« genehmigt.

»Ich hab jetzt genug«, sagte Harry. »Mit deinem Toten will ich nichts zu tun haben. Ich hol meine Klamotten und dann bin ich weg!«

»Das kannst du nicht machen! Weißt du, wer das ist? Dieser Scheißtyp in dem scheißgrünen Jackett?«

»Nein, verdammt noch mal. Woher soll ich das wissen? Ich kenn den Typen nicht und ich hab mit der ganzen Sache nichts zu tun. Ich hol mir jetzt meine Hose.« Er versuchte, sich an ihr vorbeizudrängen, aber sie stellte sich ihm in den Weg und sah ihn bedrohlich an. Im Gegensatz zu Harry war sie bereits angezogen.

»*Porca miseria!*«, brüllte sie. »Das ist mein Vermieter. Carlo! Wo kommt dieser Scheißkerl auf einmal her?«

Irgendwie klang das nicht so, als hätte sie ihn eben um die Ecke gebracht.

»Woher soll ich das denn wissen?« Harry war immer noch vollkommen nackt, was seine Hilflosigkeit auf lächerliche Art und Weise unterstrich. Konnte er sich jetzt endlich mal anziehen? Aber Franca blieb mit verschränkten Armen einfach vor ihm stehen.

»Carlo ist ein echtes Arschloch, also, er war eins. Ihm gehört diese Bootswerft hier. Er hat mich laufend mit neuen Mieterhöhungen bedrängt.«

Das klang auf einmal doch wieder nach einem Mordmotiv, fand Harry.

»Dabei hat er zig Gondellizenzen, mit denen er die dicke Kohle macht. Er beutet die armen Gondolieri total aus!« Sie machte eine wegwerfende Handbewegung.

»Und außerdem war er ein schmieriger geiler Sack. Er hat mir regelrecht nachgestellt. Ich sollte ein bisschen nett zu ihm sein, wenn ich mein Atelier behalten wollte. Gleichzeitig war er schon in Verhandlungen für die Werft.«

Francas Stimme überschlug sich fast. »Ich hab den Idioten nicht auf dem Gewissen, wirklich nicht. *Cazzo!* Der Kerl war wie eine lästige Fliege. Aber ich habe ihn nicht umgebracht.«

»Ich glaub dir ja«, sagte Harry, um sie zu beschwichtigen. »Lass mich einfach abhauen. Und dann hol die Polizei oder mach, was du willst.«

»Es ist doch immer wieder dasselbe mit euch!«,

schimpfte sie. Die dunklen Augen funkelten, als das hereinfallende Mondlicht kurz ihr Gesicht streifte. »Sobald es Probleme gibt, macht ihr euch aus dem Staub.«

Als er seine auf dem Boden des Nebenraums verteilten Klamotten zusammensammeln wollte, stand Franca wieder hinter ihm. Jetzt hatte sie einen seltsamen kleinen Revolver in der Hand. Er sah wirklich ungewöhnlich aus. War das ein historischer Damenrevolver? Der Lauf war extrem kurz. Er sah nicht so aus, als ob man damit besonders gut zielen könnte. Sie hielt ihn wie zufällig in seine Richtung. Harry konnte jetzt den geschwungenen Schriftzug »Kolibri« auf der Waffe erkennen.

Harry verharrte beim Aufheben der Jeans für einen Moment in der Hocke. Er sah die langen sehnigen Muskeln ihrer Beine und den hässlich schimmernden Revolver in ihrer Rechten.

»*Caro mio*, ich will dir wirklich nicht wehtun. Wirklich nicht.« Sie grinste etwas schief und fuchtelte mit der Waffe herum. »Deswegen solltest du mir jetzt lieber helfen.«

Ihre Stimme hatte wieder diese erotische Stimmlage. Aber Harry fand daran nichts mehr erregend. Langsam richtete er sich auf und zog sich die Hosen an. Er überlegte fieberhaft. Hatte Franca diesen Carlo wirklich umgelegt? Und wie, um Himmels willen, konnte er sich hierbei aus der Affäre ziehen? Franca redete wild gestikulierend weiter:

»Ich hatte heftige Auseinandersetzungen mit dem Typen. Aus dem Grund muss der hier weg, und zwar heute Nacht noch. *Ben presto* und ohne *Polizia.* Keine *Polizia!*«

Da war er ausnahmsweise mal ihrer Meinung. Auch Harry wollte nichts mit der Polizei zu tun haben.

»Du wirst mir jetzt helfen, den Typen zu entsorgen. Ich weiß auch schon wo. Ein kleines Stück weiter befindet sich die alte verfallene Mühle, »›Molino Stucky‹.«

»Aber dazu darf ich mich schon richtig anziehen, oder?«

Das hatte ihm gerade noch gefehlt, jetzt mit einem Toten über die nächtliche Giudecca zu kutschieren. Aber mit Francesca war nicht zu spaßen. Sie schien alles im Griff zu haben und wusste ihre Mittelchen, ihre Upper und Downer, offenbar sehr genau zu dosieren. Harry dagegen war unfähig, einen klaren Gedanken zu fassen. Er taumelte, während er sich seine Klamotten anzog. Die Wirkung der Hawaiianischen Holzrose war offensichtlich noch nicht vorüber.

Der Abtransport von Vermieter Carlo ging dann erstaunlich routiniert vonstatten. Nachdem Franca sie beide mit rosa Gummihandschuhen ausstaffiert hatte, wickelten sie den Toten in Reste einer staubigen Baufolie. Doch die reichten für den massigen Großgondoliere nicht aus. Seine Gliedmaßen staken immer wieder aus dem Plastik heraus. Die Totenstarre hatte bereits eingesetzt. Francas Vermieter war so schwer und sperrig, dass er sich auch zu zweit nur mit Mühe bewegen ließ. Beim Hantieren mit dem Körper brach in einem Arm die Leichenstarre der Muskeln mit einem Knirschen. Carlos dicke Zunge fiel halb aus dem Mund. Harry lief ein kalter Schauder über den Rücken.

Franca, die sich die »Kolibri« in die Gesäßtasche ihrer Jeans gesteckt hatte, schnitt drei ausgediente Gipssäcke zu größeren Papierbahnen zurecht. Den Rest Gips aus einer der Tüten schüttete sie neben das Gerüst auf den Boden. Die kleinere Schrift auf dem dicken mehrschichtigen Papier war durch die Staubschicht nicht mehr zu erkennen, nur die großen Buchstaben »GESSO« – Gips.

Auch der Tote war mittlerweile vollständig mit einer weißen Staubschicht überzogen. Sie verschnürten ihn mit einem Kunststoffseil und wuchteten ihn auf eine Schubkarre. Harry hatte zunächst Probleme, die Karre an den beiden Handgriffen hochzubekommen. Die eine Stufe aus dem Atelier heraus schaffte er allein kaum. Franca gab dem toten Carlo etwas Schwung.

»Wir müssen die Fondamenta entlang. Es ist nicht weit«, versprach sie. »Wir müssen nur über *eine* Brücke.«

Sie schoben die Befestigung an dem Rio delle Convertite entlang. Die Giudecca wirkte immer noch wie ausgestorben, und Franca schien keine Bedenken zu haben, dass sie beobachtet werden könnten. Harry war sich da nicht so sicher. Ständig schaute er um sich und konnte nur mit größter Anstrengung seine aufsteigende Panik unterdrücken.

Francesca ging voraus. Ihre Westernstiefel hallten durch die Nacht. Ihr Hinken war jetzt deutlicher. Harry schob die Karre mit Carlo hinterher. Jeder Meter war für ihn eine Tortur. Dabei war er eigentlich ganz gut in Form. Vor einer Woche noch war er mit Zoe zusammen am Strand auf den Hamptons meilenweit gejoggt. Das war sicher der Jetlag und natürlich diese Scheißdroge. Die Tatsache, dass die Schubkarre fast einen Platten hatte, machte die Sache auch nicht gerade leichter. Die wenigen Straßenlaternen, die doch eigentlich eher schummrig waren, leuchteten so grell, dass er sich regelrecht geblendet fühlte.

Auch auf ebener Strecke drohte der »GESSO«-Sack immer wieder von der Karre zu hüpfen. Harry brach der Schweiß aus. Die Gummihandschuhe leuchteten rosa durch die Nacht und das Rad der altersschwachen Schubkarre quietschte in seinen Ohren wie eine Feuersirene. In was, um Himmels willen, war er da nur hineingeraten und wie sollte er das jemals Zoe erklären?

Er mühte sich wieder mit der tonnenschweren Schubkarre, als er sie vor Schreck beinahe hätte fallen lassen. Vor ihm, im Schatten eines Torbogens, stand plötzlich eine gebückte Gestalt. Der Mann hatte einen verzerrten Gesichtsausdruck und gab unverständliche Laute von sich. Dann ein *»Buona sera«*. Harry fröstelte.

»Buona sera, buona sera… sera.«

»Ist alles gut, Andrea«, rief Franca ihm zu.

»Buena sera, Buena sera.« Dann humpelte die Gestalt Richtung Giudecca-Kanal davon und stieß ein meckerndes Lachen aus.

»Wer war das denn?«, fragte Harry panisch.

»*Stai calmo*. Das war nur der verrückte Andrea. Der ist harmlos.«

Der »Molino« sah ganz anders aus, als Harry sich das vorgestellt hatte. Es war ein riesiges Backsteingebäude aus dem neunzehnten Jahrhundert, das gar nicht recht nach Venedig passte, sondern Harry eher an die Hamburger Speicherstadt erinnerte. Er hatte bestimmt sechs oder sieben Stockwerke. Der Mond beschien einen Innenhof, in den sie jetzt ihre Schubkarre schoben. Die meisten der Türen und Fenster waren vernagelt. In anderen waren die Reste zerbrochener Scheiben zu sehen. Das marode Mauerwerk war mit Graffiti übersät. Oben im Gebäude schlug ein loser Fensterflügel mehrmals gegen den Rahmen.

»Das steht hier seit den Fünfzigerjahren leer«, sagte Franca.

Ein paar Fledermäuse flatterten ein Stockwerk über ihnen von einem Gebäude zum anderen. Der Mond leuchtete so hell, dass sie die Taschenlampe, die Franca mitgenommen hatte, nicht brauchten. Die Szenerie war gespenstisch.

»Kein schlechter Platz für Carlo«, sagte Francesca, packte den auf der Schubkarre steckenden Spaten und stach in den von allerlei Unkraut überwucherten Boden.

»Hier direkt neben den Gebäuden?«, fragte Harry.

»Damit passiert so schnell nichts. Es wird immer mal diskutiert, ein Hotel daraus zu machen. Aber bis dahin ist Carlo verrottet.«

Sie stieß ihr kurzes kehliges Lachen aus, was Harry mit einem Mal sehr abstoßend fand.

»*Avanti,* Harry!« Sie hielt ihm den Spaten hin. Mit der anderen Hand wühlte sie in ihrer Tasche nach dem Damenrevolver.

Er hatte keine Vorstellung, wie lange er dort auf dem Gelände des »Molino Stucky« gegraben hatte. Aber es kam ihm wie eine Ewigkeit vor. Der Boden war staubtrocken und steinig. Immer wieder stieß er beim Graben auf Hindernisse, alten Schutt und Steine, die im

Weg waren. Jeder Spatenstich war eine Qual. Franca stand über ihm am Rand der Grube und spielte mit ihrer »Kolibri«. Sonderlich tief war das Loch nicht, das er zustande gebracht hatte. Aber es schien ihr zu reichen. Gemeinsam ließen sie Francas lästigen Vermieter mit einem Schwung von der Schubkarre in sein Grab rutschen. Der sorgfältig verpackte Carlo hatte gerade eben hineingepasst. Auf seiner Brust war im Mondlicht, wie die Aufschrift auf einem T-Shirt, das Wort »GESSO« zu erkennen gewesen.

Die großen blauen Buchstaben standen Harry noch deutlich vor Augen, als er sich zu seiner Zimmertür schleppte.

9

»Signor Ooldenburg-e, una signora per Lei«, hörte er die Stimme vor der Tür noch einmal.

»Ja ja«, sagte Harry jetzt auf Deutsch. War das etwa schon die Polizei, die ihn sprechen wollte? *»Signora«* hörte sich eigentlich nicht nach Polizei an.

Als er den schwer gängigen Zimmerschlüssel im Schloss drehte und die Tür öffnete, stand Signora Rosa höchstpersönlich vor ihm. Sie trug wieder zwei Kittel übereinander.

»Ecco qui è il Signor Ooldenburg-e, Signora, prego«, rief Signora Rosa laut in Richtung der Muranoglas-Trauben im Treppenhaus. Sie warf ihm einen kurzen missbilligenden Blick zu. Dann versuchte sie neugierig,

an ihm vorbei in das Zimmer zu sehen. Dass er nachts unterwegs war und am Tag in seiner Kleidung schlief, weckte in ihr wohl die größten Befürchtungen hinsichtlich ihres Inventars.

Welche Signora sollte ihn wohl heute Morgen besuchen? War überhaupt Morgen? Während er überlegte, wie spät es wohl sei, kam Britt Benning energisch mit leicht wippenden Schritten und klimpernden Armringen den Flur entlang. Harry war richtig froh, dass sie es war. Er hatte schon wieder Franca befürchtet.

»Wir wollten doch mal nach dir sehen«, sagte sie und zuckte ein paar Mal mit den Augenbrauen. »Harry, du scheinst die Nacht ja überlebt zu haben. Wir hatten uns doch aufs Du geeinigt?«

»Ja ja«, murmelte er zerstreut. Er fühlte sich unfähig zu irgendeiner Konversation. Er konnte den Fragen von Britt kaum folgen.

»Ich hab so grade eben überlebt«, sagte er. Das Grinsen dabei gelang ihm nicht recht.

»Doris, Giovanni und noch ein paar von unserer Clique wollen uns heute Nachmittag noch ein paar Pavillons in den Giardini ansehen. Willst du nicht mitkommen? Eintritt ist für uns überall frei. *Ingresso libero.*«

»Wie spät haben wir es überhaupt?«

»Gleich drei Uhr.«

»Mein Gott,. ich habe bis eben geschlafen wie ein Stein.«

»Was hat dir die Giftmischerin Franca denn in den Tee getan?«

»Ich weiß auch nicht«, sagte er unsicher.

»Die Frau ist mit Vorsicht zu genießen, Harry.«

»Das habe ich bemerkt.«

»Nein, im Ernst. Ich will ja niemandem etwas Böses nachsagen. Aber Giovanni könnte dir Storys erzählen … Nimm dich in acht, Franca ist wirklich gefährlich.«

In Harry tauchten wieder schemenhaft die Bilder der vergangenen Nacht auf. Nicht schon wieder! Er weigerte sich, länger darüber nachzudenken. Er hatte einen Kater und ein schlechtes Gewissen und … Angst.

»Weißt du, wie wir das jetzt machen«, ergriff Britt die Initiative. »Du duschst erst mal in Ruhe und ziehst dir etwas anderes an. Doris und ich warten in dem kleinen Café hier gleich um die Ecke in der Via Garibaldi. Du weißt, wo die Via Garibaldi ist?«

»Ja. Ich hab da gestern meinen ersten Cappuccino getrunken.« Harry fühlte sich überrumpelt, aber es schien ihm am einfachsten, das zu machen, was Britt vorschlug.

»Außerdem will dir Giovanni ein interessantes Angebot machen«, sagte sie flüsternd hinter vorgehaltener Hand. »Denn diese Pension hier … na ja.«

Was denn für ein Angebot, fragte sich Harry.

Er rasierte sich, duschte warm und kalt. Danach erkannte er sich im Spiegel halbwegs wieder. Jetzt hatte er ungeheuren Hunger. Er war in der Morgendämmerung mit dem ersten Vaporetto der Linie 41 zurückgekommen. Kurz vor sechs hatte er den Sohn von Signora Rosa aus dem Bett geklingelt. Ungekämmt und in Trainingsjacke hatte dieser ihm wortlos seinen Zimmerschlüssel in die Hand gedrückt. Als er den Schlüssel jetzt wieder an der Rezeption abgab, suchte der Signore, der immer noch dasselbe gestreifte Hemd mit dem kleinen Stehkragen trug, in dem Schlüsselbord hinter sich nach einem Zettel.

»Signor Oldenburg, gestern Nacht sehr spät hat eine Signora für Sie angerufen.« Er hatte die Nachricht jetzt gefunden. »Eine Signora … ähh Lieberman-e.«

Er gab Harry den Zettel. Darauf stand ihr Name: »Lieberman«. Und darunter: *»Dopodomani 12:05 Flight Alitalia 227 a Milano.«*

Zoe. Übermorgen Mittag wollte sie also kommen. So schnell hatte er mit Zoe gar nicht gerechnet, aber er freute sich und war fast erleichtert. Sie musste nach ihrem Telefonat gestern sofort einen Flug gebucht haben. Vielleicht war das ganz gut so. Von der Geschichte mit Franca musste sie vielleicht nicht unbedingt gleich erfahren.

Britt Benning und Psychologin Doris winkten ihm freudig zu, als Harry sie an einem der Tische vor dem Café in der Via Garibaldi entdeckte. Sie begrüßten ihn mit Küsschen wie einen alten Bekannten.

»Wir sind ja froh, Sie wohlauf zu sehen«, sagte Doris. Sie trug wieder eines ihrer körperfernen Zeltkleider, heute Nachmittag in Lindgrün.

»*Ciao,* Harry! Auf die Schnelle auch noch einen Cappuccino?«, fragte Britt.

»Nett, dass ihr mich mitnehmt und hier auf mich gewartet habt.«

»Wir haben die Männer schon vorgeschickt. Wir verpassen nichts. Wir waren außerdem schon zweimal in den Giardini.« Britt war regelrecht aufgekratzt.

Sie hatte ein duftiges Kleid in verschiedenen Rottönen an. Es wirkte irgendwie blumig mit seinen getupften Flecken. Dazu passend trug sie ein Tuch um den Kopf, wie ein Stirnband. Sie sah aus wie ein Hippiemädchen, das in die Jahre und zu Geld gekommen war, ein Prada-Hippie. Die Haare trug sie immer noch wie eine Fünfundzwanzigjährige. Gerade mit den grauen Strähnen sah das toll aus, fand Harry.

»Ich hab heute zwei fantastische alte Türen für mein Buch fotografiert. Und dann hatten wir eine exklusive Führung in Robertos Glasbläserwerkstatt. Du weißt, Giovannis kleiner italienischer Freund.«

»Das ist doch wichtig, und ich finde es schön, dass der Hans-Dieter sich jetzt auch zu dieser Seite in sich bekennt«, stellte Doris fest.

»Nur seine Frau Gisela daheim in Schneverdingen darf es auf keinen Fall erfahren.«

Harry empfand diesen Klatsch als richtig wohltuend. Das war so wunderbar harmlos nach dieser Nacht.

»Er hat in unserem Beisein ein paar Gläser geblasen. Toll.«

»So ganz zart. Schööön«, sagte Doris und rührte in ihrem Cappuccino. »Das zu sehen ist ein ganz besonderes Erlebnis. Er hat vor unseren Augen einen Schwan gemacht.«

»Doris hat sich einen Schwan gewünscht.«

»Ja, ein Schwan, schööön.«

Harry bestellte sich ein Tramezzino zu seinem Cappuccino und erzählte den beiden, dass er seine amerikanische Frau übermorgen in Venedig erwarte. Dann zündete er sich eine Chesterfield an.

»Sie will wohl nach dem Rechten sehen, dass du hier keine Dummheiten machst?« Britt zuckte mit den Augenbrauen und hob scherzhaft den Zeigefinger.

»Aber wir können schweigen, nicht wahr Doris?«

»Therapeuten sind für ihre Verschwiegenheit bekannt.« Doris machte ein betont ernstes Gesicht. Aber ihre Augen hinter der bunt gefleckten Brille lachten.

Dann schlenderten sie zu dem Biennale-Gelände, den Giardini, die gleich um die Ecke lagen.

Zuallererst wollte Harry natürlich den deutschen Pavillon sehen, der in diesem Jahr den »Goldenen Löwen« gewonnen hatte. Der Künstler Hans Haacke hatte die Steinböden aus dem deutschen Pavillon, der während des Faschismus gebaut worden war, herausgerissen und den Hauptraum in ein regelrechtes Trümmerfeld verwandelt. Nachdem der Besucher den monumentalen Säuleneingang, über dem der Schriftzug »Germania« prangte, passiert hatte, stand er auf gebrochenen hin und her kippelnden Steinplatten. Jeder Tritt war unsicher und hallte von den Wänden wieder.

»Spannend. Oder?« Die kleine Doris blinzelte freundlich zu Harry hoch.

»Ist das nicht toll«, rief Britt Benning laut durch den Raum, während sie über die Steinplatten tänzelte, »ich bin ja schon zum dritten Mal hier!«

»Wir stehen unsicher auf den Trümmern unserer deutschen Geschichte«, sagte Doris.

»Ja, ein gutes Bild«, fand Harry.

»Aber du bist ja gar kein richtiger Deutscher mehr.«

»Na ja, ein richtiger Amerikaner auch nicht.«

Sinnierend machte er ein paar Schritte über den Steinbruch. Man ging wie über ein Geröllfeld bei einer Bergtour. Großartig. Aber dann erinnerte ihn der staubige Boden gleich wieder an Francas Atelier und er musste sofort an den toten Carlo im »GESSO«-Sack denken.

»Was heute alles so als Kunst bezeichnet wird«, schnaubte ein Mann beleidigt seiner Frau zu, während er an ihnen vorbeimarschierte. Es war ein anderer als gestern bei der Installation im Keller. Aber er trug auch einen khakifarbenen Anzug.

Zusammen mit Britt und Doris schlenderte Harry über das Giardini-Gelände. Er ließ sich von den beiden die Lage der Pavillons, in denen die einzelnen Nationen alle zwei Jahre ihre Wettbewerbsbeiträge ausstellten, erklären. Er war während der Studienzeit mal mit seiner damaligen Freundin Maja hier gewesen. Aber so genau erinnerte er sich nicht mehr. Die Häuser waren alle verschieden. Aber irgendwie passten sie zu den jeweiligen Ländern. Der amerikanische Pavillon sah aus wie eine Miniaturausgabe des Capitols, der russische wie ein kitschiger kleiner Kreml und die skandinavischen wirkten ganz schlicht unprätentiös, wie die funktionale offene skandinavische Architektur der Nachkriegszeit.

Im Ausstellungsgebäude des ehemaligen Jugoslawien hatten sieben internationale Künstler »Friedens-Maschinen« installiert. Und im japanischen Pavillon zwischen den Spiegeln, stilisierten Kürbissen und gepunkteten halluzinatorischen Gebilden der japanischen Popartkünstlerin Yayoi Kusuma hatte Harry das Gefühl, die Hawaiianische Holzrose würde noch einmal nachwirken.

Im amerikanischen Pavillon trafen die drei auf Britts Mann Beat, Giovanni-Dieter und den schönen Roberto.

Alle drei sahen ihn prüfend an. Es sah tatsächlich fast so aus, als wunderten sie sich, dass er noch lebte.

»*Ciao,* Harry«, flötete Roberto.

Beat, der wieder sein currygelbes Jackett mit den großen Karos trug, nickte ihm nur freundlich zu.

»Na, Signor Oldenburg, ist doch richtig?«, fragte der Schneverdinger Gymnasiallehrer für Sport und Latein gönnerhaft. »Wie war der erste Eindruck von der Biennale?«

»Sehr schön«, sagte Harry. »Aber ich hatte ja auch eine charmante Führung.«

»Wir hatten ja schon vorab eine erste Besichtigung, bevor die Esposizione überhaupt eröffnet wurde. Ich kenne den Kurator, Signor Oliva, gut. Er hat mit uns und ein paar anderen eine spezielle Führung gemacht. Die Künstler waren natürlich auch dabei.«

»Wir haben es praktisch zuerst gesehen«, bestätigte Britt stolz.

»Die jungfräulichen Exponate, das ist ein ganz besonderes Erlebnis, *incredibile*«, schwärmte Giovanni-Dieter und fuhr selbstverliebt die Tennisballlinie seines Bartes entlang. »Danach beginnt dann der Rummel für die Touristen. Wissen Sie, die eigentliche Biennale ist vorbei, wenn sie eröffnet. Die wichtigen Leute sind abgereist. Die Händler, die Kuratoren von Tate oder MoMA.« Dabei setzte der Lehrer sein Kunsttheoretikergrinsen auf. Er sah aus wie ein Frosch, der ein Rieseninsekt quer im Maul hatte.

»Na, wir sind ja noch da und unser amerikanischer Freund auch noch«, wandte Beat mit schief gelegtem Kopf ein.

»Sì, certamente.«

»Giovanni hat uns heute Abend einen Tisch bei Bruno im ›Alle Testiere‹ bestellt. Was ist mit dir Harry?«, fragte Britt.

»Eine süße kleine Osteria«, schwärmte Roberto.

»Bruno macht den besten Fisch der Stadt«, konstatierte Giovanni.

»Wissen Sie, Venedig ist nicht gerade berühmt für seine Küche«, sagte Beat, der sich bei kulinarischen Themen immer mal zu Wort meldete.

»Aber die Linguine mit Seeteufelragout von Bruno sind ein kleiner Traum«, unterbrach Britt ihn sofort.

Harry zögerte. »Wer kommt denn alles mit?«, fragte er möglichst unschuldig.

Britt zuckte mit den Augenbrauen und grinste erst ihn und dann Doris an. »Da will sich einer seine Abendgesellschaft aber ganz genau aussuchen.«

»Die letzte Nacht ist unserem jungen Freund aus Amerika offensichtlich nicht so gut bekommen?«, bemerkte Hans-Dieter hämisch.

»Keine Sorge«, beruhigte ihn Britt. »Deine Freundin Franca ist nicht dabei.«

Harry versuchte sich locker zu geben. »Das war gestern offensichtlich ein Sprizz zu viel für mich.«

Darauf konnte sich nicht einmal Beat ein Grinsen verkneifen.

»So schnell lässt unsere Franca nicht locker.«

»Wann sie mit ihren Männern fertig ist, das möchte sie gerne selbst bestimmen«, orakelte Doris mit sanfter Therapeutenstimme.

»Ich möchte einen Abend lang bitte mal nicht diesen

Namen hören!« Giovanni-Dieters meckernde Stimme wurde lauter.

»Was ist los mit dir?«, fragte Britt. »Einen schlechten Tag erwischt? Du siehst nicht gut aus.«

»Nun lass doch«, beschwichtigte Doris. »Wir können nicht alle immer nur gut drauf sein. Aber du siehst tatsächlich blass aus. Ist etwas? Vielleicht magst du es einfach erzählen. Möchtest du darüber reden? Nur wenn du magst.«

»Lasst mich doch einfach mal in Frieden!«, bellte Giovanni im Kasernenton.

»Er ist etwas angespannt«, sagte Roberto und strich sich seine Tolle aus dem Gesicht. »Aber ich finde diese Frau ja auch wa-a-ahnsinnig anstrengend, *molto capricciosa*.«

Das »Alle Testiere« war ein winziges Lokal im Stadtteil Castello in einer schmalen Gasse unweit der Piazza San Marco. Es hatte wohl nicht mal vierzig Plätze an kleinen Tischen, die eng gestellt und nur mit Sets und schlichten edlen Weingläsern eingedeckt waren. Man saß auf einfachen alten Stühlen. An den Wänden hingen schmiedeeiserne Bettgestelle, die dem Restaurant den Namen gaben. Die Einrichtung war spartanisch, aber die Preise auf der handgeschriebenen Speisekarte waren üppig.

Hans-Dieter und Roberto wurden auch hier wieder wie alte Bekannte begrüßt. Der kahlköpfige Sommelier Luca warf ihnen Küsschen zu, und Bruno winkte überschwänglich aus der Küche.

»Bruno hat heute *gnocchi* gemacht, dazu kleine Tintenfischchen. Ganz zart. Sie zergehen auf der Zunge. Was haltet ihr davon?«

»Ich liebe Tintenfisch«, sagte Britt mit kehliger Schauspielerstimme. »Aber für mich bitte nur eine halbe Portion. *Mezza porzione.*« Britt bestellte überall nur halbe Portionen und später eine zweite halbe.

»Ich habe ein Haiku über den Tintenfisch geschrieben«, sagte Doris. Aber ihr Gedicht interessierte im Augenblick niemanden.

»Anschließend macht Bruno eine Platte mit verschiedenen Fischen. Und ich habe einen ganz tollen Weißen aus dem Friaul für euch. Giovanni, *caro*, ich geb dir einen Schluck zum Kosten.«

»Was habt ihr heute für Fisch?«, wollte Beat wissen.

»*Soglio,* Petersfisch, *pesce spada*. Alles ganz einfach mit Kräutern in einer Zitronenmarinade. *Delicato.*«

»Beim Fisch gibt es eine wichtige Grundregel«, dozierte Giovanni-Dieter. »Er muss auf den Punkt gegart sein. Der Bruno macht das perfekt.« Seine Laune hatte sich merklich gebessert.

»Wir hatten neulich Seezunge in einem dieser Touristenschuppen, grauenhaft«, quakte Roberto. »Ungenießbar, die haben wir zurückgehen lassen. Zum Trost hat Giovanni mich auf einen Bellini in ›Harrys Bar‹ eingeladen. Ist das nicht süß?«

Er streichelte Hans-Dieter kurz über seinen Bart.

»›Harrys Bar‹!«, gluckste er. »Sie heißt genauso wie du!« Er warf Harry einen tiefen Blick zu.

Die Calamaretti waren wirklich vorzüglich und der Chardonnay aus dem Friaul war nicht so voluminös wie die kalifornischen. Der Wein, von dem Hans-Dieter schon die dritte Flasche bestellte, tat seine Wirkung. Er war nicht mehr ganz so oberlehrerhaft und wurde etwas vertraulicher.

»Signor Harry, ganz im Ernst, ich kann Sie vor Francesca nur warnen«, flüsterte er. »Mich würde nicht wundern, wenn sie in ihrem Atelier auf der Giudecca einen Toten versteckt hat.«

»Einen T-T-Toten?«, stotterte Harry. Wusste Hans-Dieter etwa von dem Großgondoliere Carlo? Das konnte doch eigentlich nicht sein.

»Na, erzählt Giovanni dir Schauermärchen?« Britt biss mit gespitztem Mund von einem der Calamaretti ab, den sie demonstrativ auf der Gabelspitze vor sich hielt.

»Harry, du bist ja ganz blass geworden. Aber er hat recht, sie verschlingt die Männer mit Haut und Haaren und spuckt sie dann wieder aus.« Genüsslich zerkaute sie den Tintenfisch.

»Sie ist eine *serpe*, eine Schlange«, Roberto blickte melodramatisch. Im nächsten Moment aber prostete er Doris mit einem Augenaufschlag zu.

»Sie versucht ... wie soll man das nennen? Ja, es ist nichts anderes als Erpressung.« Hans-Dieter wurde schon wieder ärgerlich. »Aber wenn mir erst mal die Werft auf der Giudecca gehört, dann schmeiß ich sie raus. Sie wird schon sehen.«

»Die kleinen Werften auf der Giudecca sind ein Traum«, rief Britt laut durch den Raum, dass die Amerikaner am Nebentisch sich umdrehten. »Beat, ich möchte auch eine Werft!«

»Die Werft hat Giovanni mir aber schon versprochen«, maulte Roberto darauf beleidigt.

Geld schien in dieser Runde keine so besonders große Rolle zu spielen. Dass der Schneverdinger Lehrer gleich mehrfach in venezianische Immobilien investierte, wunderte Harry.

»Giovanni, wolltest du unserem amerikanischen Freund nicht etwas anbieten?«, fragte Britt.

»Meine Wohnung in Cannaregio ist die nächste Woche frei. Ich hab gehört, Ihre Pensione im Castello ist …« Er zupfte an seinem Bart. »*Come si dice?* … na ja.«

»Die Wohnung ist ein Traum«, rief Britt Benning, die mit jedem Glas lauter wurde.

»Ja, ganz nett«, sagte Giovanni-Dieter jovial.

»Schön, wirklich«, bestätigte Doris. »Von der Dachterrasse hast du einen herrlichen Blick über ganz Venedig. Campanile, Santi Giovanni e Paolo und dahinter die Lagune.«

»Bei klarem Wetter bis zum Lido«, vervollständigte Giovanni-Dieter das Panorama.

»Und der Blick ist bezahlbar. Du machst Harry doch einen guten Preis?« Britt fasste Hans-Dieter auf seinen sehnigen blond behaarten Unterarm, der aus dem penibel gebügelten kurzärmeligen Hemd herausguckte.

»*Settecentomila per settimana,* Signor Harry.«

»Siebenhunderttausend in der Woche«, übersetzte Doris.

»Nicht erschrecken, es sind nur Lire«, sagte Beat und alle lachten.

Harry lachte mit und hatte sich entschieden.

Nach dem Essen in dem Restaurant ging Harry noch mit zu Hans-Dieter, um sich die Schlüssel, ein paar Instruktionen und die Wegbeschreibung für die Mietwohnung geben zu lassen. Er wollte die nächsten beiden Nächte noch in der »Pensione Rosa« bleiben und übermorgen zusammen mit Zoe in Hans-Dieters Wohnung umziehen. Harry hatte beschlossen, mit dem Alilaguna zum Flughafen zu fahren, um Zoe abzuholen. Er stellte sich das romantisch vor, noch einmal mit ihr zusammen mit dem Boot auf Venedig zuzufahren. Vor allem aber wollte er sein schlechtes Gewissen bekämpfen.

Die Mietwohnung lag in Cannaregio. Aber Hans-Dieter wohnte auf der anderen Seite des Canal Grande im vornehmeren Dorsoduro ganz in der Nähe der Zattere. Francas Appartment lag genau gegenüber. Denn in ihrem Atelier, wo sie gestern Nacht waren, wohnte sie eigentlich nicht.

Giovanni-Dieters Wohnung war ein Minipalazzo. Um alles etwas großzügiger zu gestalten, hatte er verschiedene Wände herausgerissen, wie er Harry haarklein beschrieb.

»Die ganze Wohnung war eine Ruine. Ich musste praktisch alles völlig neu aufbauen. Und das mit italienischen Handwerkern! *Terribile!* Signor Harry, ich könnte Ihnen Sachen erzählen. Die Italiener sind einfach nicht in der Lage … wozu erzähle ich Ihnen das eigentlich?« Er drückte auf die Starttaste an einem CD-Player.

»Der Italiener bekommt doch nichts auf die Reihe.«

»Was ist mit Tintoretto und Tizian?«, wandte Harry ein, dem dieser Kleinkrämer langsam auf die Nerven ging.

»Na ja sicher, Tintoretto!« Hans-Dieter betonte den Namen besonders italienisch.

»Oder Verdi?« Harry deutete zur Musikanlage.

»Die Callas. 1957 in der Scala«, meckerte Giovanni.

Seine Wohnung hing voller Leuchter aus Muranoglas. Es gab ein ganzes Sortiment bunter Glastiere, aus der Werkstatt von Roberto, vermutete Harry. Zwischen verschiedenen Reptilien, Echsen und Schlangen erhob sich ein großer türkiser Glaskarpfen mit gewaltigen Flossen, in denen sich das Blaugrün in einem milchigen Weiß verlor.

Die Tische und Stühle waren nachgemachte venezianische Stilmöbel. Nur ein paar chromglänzende Hanteln, die im Schlafzimmer herumlagen, passten nicht in das Bild. Aber Harry registrierte das nur am Rande, denn eine Sache wollte ihm nicht aus dem Kopf gehen. Beim Bezahlen eben im Restaurant hatte er bemerkt, dass das Schwarzweißfoto von Zoe vor dem Flatiron Building nicht mehr in seiner Brieftasche steckte. Gestern Nacht war es noch da gewesen. Und er hatte es inzwischen nicht herausgenommen. Da war er sich sicher.

Wo, verdammt, war das Foto von Zoe? Er hatte es doch nicht etwa bei Franca im Atelier verloren oder, schlimmer noch, beim Abtransport der Leiche? Das durfte einfach nicht wahr sein. Harry konnte Hans-Dieters Ausführungen kaum folgen.

Die Wegbeschreibung allein war schon kompliziert genug, ein Hin und Her an Kanälen und Fondamenti entlang, durch ein Labyrinth von Calle und Sottoporteghi. Aber das war nichts gegen die Instruktionen für die Wohnung. Giovanni-Dieter bombardierte ihn mit Beschreibungen von Schaltern, Hebeln und Reglern, die in einer bestimmten Reihenfolge zu betätigen waren, um den Herd oder den Gasboiler in Gang zu setzen. Er instruierte ihn, wo verschiedene Zähler vor und nach der Nutzung des Appartments abzulesen waren und wie der Außenborder in Gang zu bringen war, falls er das zur Wohnung gehörende Motorboot benutzen wollte.

»Signor Oldenburg, achten Sie bitte darauf, dass die Fenster und Balkontüren verschlossen sind, wenn Sie die Wohnung verlassen.«

Eigentlich war es ganz schön lächerlich, dass dieser Typ aus einem Kaff in der Lüneburger Heide ihn ständig mit *Signore* anredete.

»... und der Marmortisch im Wohnzimmer ist sehr, sehr empfindlich. Nehmen Sie doch bitte Untersetzer für Flaschen und Gläser. Sie finden sie in der Küche. Es sind kleine Dinge. Aber Sie machen es uns allen einfacher.«

Harry bereute es schon fast, das Angebot mit der Wohnung angenommen zu haben. Selbst seine Trinkgewohnheiten wollte ihm dieser Spießer noch vorschreiben.

»In der Küche steht ein Grappa aus Bassano del Grappa, das ist nicht weit von hier, *qualcosa di speciale.* Den müssen Sie unbedingt probieren.« Harry nickte abwesend.

»Aber lassen Sie noch etwas für die nächsten Gäste übrig!« Soll der Oberlehrer seinen blöden Grappa doch alleine trinken, dachte Harry.

Als Giovanni ihm das Leid mit seinem Klempner klagte, der in den nächsten Tagen vorbeikommen sollte, um den Boiler zu richten, wurde auf dem Balkon des gegenüberliegenden Hauses die Tür geöffnet. Es war Franca, die auf dem Balkon erschien und zu ihnen herüberwinkte. Sie hatte Harry natürlich bemerkt und bedeutete ihm mit einer Handbewegung, gleich zu ihr herüberzukommen.

»Das war genau das, was ich heute Abend vermeiden wollte«, murmelte Harry.

Hans-Dieter zuckte die Achseln und fuhr mit dem Zeigefinger seinen Bartstrich am Kinn entlang.

Als sich Harry klammheimlich über die dunkle Calle wegstehlen wollte, rief ihm Franca etwas aus dem gegenüberliegenden Hauseingang zu. Notgedrungen ging er zu ihr hinüber. Er musste wenigstens kurz mit ihr reden, ihr nur erklären, dass er heute Abend in seine Pension wollte. Er wollte ihr sagen, dass es eine aufregende Nacht mit ihr war und dass es vielleicht besser wäre, wenn es dabei bleiben würde. Doch er bekam keine Chance, überhaupt nur ein Wort zu sagen. Sie zerrte ihn sofort in den dunklen Hauseingang, zog ihn entschlossen zu sich heran und küsste ihn heftig. Er war augenblicklich von ihrem Kokosduft umnebelt. Harry küsste sie etwas halbherzig und dann entzog er sich ihr.

»Franca, ich möchte heute ....«

»Pssst.« Sie legte ihm ihren Zeigefinger auf die Lippen und wollte ihn weiter küssen.

»Nur auf einen Drink«, sagte sie, als Harry sich weigerte. »Wir sind jetzt schließlich Komplizen. Wir müssen uns absprechen, wie wir uns verhalten wollen. *Venga!*« Sie zog ihn an der Hand die Treppe nach oben zu ihrem Appartment.

Im Gegensatz zu Hans-Dieters Wohnung waren Francas Zimmer fast unmöbliert. In dem Raum mit der Balkontür befand sich nur ein altes Stahlrohrbett und eine Plastik, die wahrscheinlich auch von Franca war, aber weniger monströs wirkte. Am Fenster stand ein Stativ mit einer Kamera. Das große Objektiv war ganz eindeutig auf die Wohnung von Hans-Dieter gegenüber gerichtet, aus deren offenen Fenstern die Stimme der Callas herübertönte. Seltsam, dachte Harry. Aber vielleicht auch nur ein Zufall. In der kargen nur mit einer Glühbirne ausgeleuchteten Küche, in der Herd, Kühlschrank und ein Tisch mit Stahlrohrbeinen standen, spülte sie in dem voll gestellten Becken notdürftig zwei Gläser und füllte sie zu einem Viertel mit Wodka.

»Aber wirklich nur ein Drink«, sagte Harry. Er war fest entschlossen, hier gleich wieder zu gehen. »Ich bin von gestern noch ziemlich fertig.«

»Gegen Müdigkeit gibt es Mittel«, sagte sie und setzte ihren herausfordernden Blick auf.

»Nein, wirklich nicht, keine Mittel, nicht heute Nacht.«

Bald kam Zoe. Und überhaupt, er wollte hier nichts wie weg.

»Harry, *caro*, hast du es gar nicht bemerkt? Ich hab mir meine Haare anders gemacht für dich. Du siehst mich gar nicht an. Gestern Abend konntest du dich nicht satt sehen.«

Er hatte es tatsächlich nicht bemerkt. Sie war nicht so frisiert wie gestern, eher etwas verzottelt. Am Vortag hatten ihre Haare noch wie in einer Shampoo-Reklame ausgesehen. Als er Franca ansah, wie sie in ihrem schwarzen Shirt und dem schwarzen Leinenjackett im Schein der Glühbirne an den alten Kühlschrank gelehnt dastand, lief ihm ein Schauder über den Rücken. Es war nicht nur die Mundpartie, jetzt waren es auch die Haare und die schwarzen Klamotten. Franca sah fast aus wie Zoe auf dem Foto vor dem Flatiron.

10

Der Aeroporto Marco Polo kam Harry heute noch kleiner vor als bei seiner Ankunft vor zwei Tagen. Venedig ist weltberühmt und voller Touristen aus aller Herren Länder. Aber eigentlich ist es eine Kleinstadt. Er war morgens mit der Alilaguna von der Anlegestelle Arsenale zum Flughafen gefahren, um Zoe in Empfang zu nehmen. In der Wartehalle herrschte schon Hochbetrieb. Japanische Touristen mit beängstigend großen Rucksäcken und voluminösen Plakatrollen, Amerikanerinnen mit Riesensonnenhüten und eine deutsche Reisegruppe, die sich über den hohen Preis des Wasserbusses beschwerte. Harry war direkt etwas aufgeregt. Er hatte Zoe gerade mal vier Tage nicht gesehen. Aber das war länger als sonst irgendwann in den letzten drei Jahren, seit Harry in den USA lebte. Und sie hatten sich im Streit getrennt.

Die Anzeigetafel für die ankommenden Flüge, die alle paar Minuten mit einem surrenden Tickern der Buchstabenschilder aktualisiert wurde, hatte er direkt im Blick. Der Flug Alitalia 227 aus Milano war schon angezeigt, aber noch nicht gelandet. Nach einem Espresso im Stehen und einem weiteren Tickern der Anzeigetafel blinkte eine rote Lampe hinter Alitalia 227. Zoe musste gelandet sein, wenn sie denn in der Maschine aus Mailand gesessen hatte. Seine Unsicherheit wuchs.

Bevor er zum Flughafen gefahren war, hatte er in der »Pensione Rosa« ausgecheckt. Zusammen mit Zoe wollte er gleich Hans-Dieters Wohnung in Cannaregio beziehen. Vorgestern war er wider Erwarten recht zügig bei Francesca weggekommen. Er hatte sich auf gar keine Diskussionen eingelassen, was sonst nicht unbedingt seine Art war. Aber er hatte einfach seinen Wodka hinuntergekippt, hatte sie flüchtig auf beide Wangen geküsst und war gegangen. Sie war stinksauer gewesen. Gestern hatte sie ihm in seiner Pension noch eine Nachricht hinterlassen, auf die er aber nicht reagiert hatte. Auch die anderen »Amici« hatte er gestern nicht gesehen. Er wollte allein und in aller Ruhe dem Guggenheim-Museum einen ausführlichen Besuch abstatten. Dafür verzichtete er auch auf den *ingresso libero*, den er durch die Kunstfreunde gehabt hätte. Vor allem wollte er kein unnötiges Aufsehen.

Er war in Salute ausgestiegen und zur Guggenheim-Villa hinübergegangen. Sie war gar nicht so leicht zu finden. Die Ansicht vom Canal Grande aus wirkte hell und offen, fast etwas pompös. Der Eingang lag allerdings recht versteckt. Gleich hinter dem Eingangstor stand eine wunderbare Calder-Plastik, die Harry auch gern besessen hätte. Calder war schon lange einer seiner Lieblingskünstler, erst recht, seit Zoe ihn vor Calders kleinem Zirkus im »Whitney« in New York zum ersten

Mal geküsst hatte. Aber mit den mehrere Meter hohen Stahlplatten hätte der Calder ihn dann doch vor einige Probleme beim Abtransport gestellt.

Harry erkundete zunächst alle Räume, durch Ost- und Westflügel, Vorder- und Hinterräume. Er verschaffte sich erst mal einen Überblick, ehe er sich den einzelnen Objekten widmete. Er ertappte sich dabei, dass er seine Aufmerksamkeit gar nicht so sehr den Bildern, sondern vor allem den Türen zu irgendwelchen Nebenräumen, den verschnörkelten schmiedeeisernen Gittern vor den Fernstern und den kleinen Überwachungskameras, die über den Köpfen der Besucher in den Deckenecken hingen, widmete.

Auf einer nicht besonders großen Ausstellungsfläche standen und hingen relativ dicht die hochkarätigsten Exponate. In der Mitte des Gebäudes, im Zugang zur Terrasse, die über Treppen zum Kanal hinunterführte, hing neben »On the Beach«, einem Picasso in mediterranen Blau- und Beigetönen, noch einmal ein Calder, diesmal eines seiner typischen Mobiles. Im ehemaligen Esszimmer der Villa waren Braque, Léger und noch mal Picasso vereint, in der früheren Küche Max Ernst, Delaunay und Kandinsky. Und dann stand Harry im großen Raum des Ostflügels vor seinem Miró mit dem prosaischen Titel »Sitzende Frau II«.

Er hatte Herzklopfen. Das Bild war größer, als er gedacht hatte. Die Farben beschränkten sich auf Schwarz, Weiß, Ocker und ein paar wenige Flecken in Rostbraun. Die Frauenfigur war auf den ersten Blick kaum zu erkennen. Größere schwarze Flächen, darauf kleine Fische, insektenartige Fantasietiere und ein Schlangenhals setzten sich zu einer Figur zusammen, die etwas Außerirdisches hatte, unentschlossen zwischen surrealistischer Gegenständlichkeit und Abstraktion. Harry liebte dieses Bild. Schon immer, seit er es das erste Mal gesehen hatte. Die totale Abstraktion, etwa bei Rothko, den er auch sehr verehrte, oder bei den monochromen blauen Leinwänden von Yves Klein war irgendwann ausgereizt. Danach verlangte die Malerei schon wieder nach Gegenständlichkeit. Das Problem kannten Kandinsky oder Miró noch nicht.

Als er jetzt vor dem Bild stand, kam Harry die Aufgabe, die er sich gestellt hatte, durchaus lösbar vor. Nur die Größe der »Sitzenden Frau II« bereitete ihm Kopfzerbrechen. Mit Rahmen war das Bild sicher nicht zu transportieren. Sie mussten die Leinwand aus dem Spannrahmen heraustrennen. Das Bild war deutlich breiter als einen Meter und hatte sicher eine Höhe von eineinhalb Metern. Hatte er nicht richtig nachgeschlagen oder waren die Angaben im Katalog falsch? Und dann gab es noch ein anderes Problem. Harry hatte sich auf Anhieb noch in eine andere Frau verguckt, die »Stehende Frau« von Alberto Giacometti. Aber deren Abtransport aus dem Museum wäre ganz sicher noch komplizierter als bei der »Sitzenden Frau«.

Für den Miró hatte er schon einen Auftraggeber, einen Stammkunden von Sam Lieberman, den Harry schon mit einer von ihm selbst angefertigten Klee-Radierung beliefert hatte. Über eine Frau hatte dieser etwas dubiose Sammler telefonisch mit ihm Kontakt aufgenommen und sein Interesse an dem Miró bekundet, ohne dass Sam davon wusste. Sam wäre mit diesem

Kunstcoup niemals einverstanden gewesen. Er konzentrierte sich auf Fälschungen und die »Vermittlung« von Originalen, wie er die Hehlerei freundlich umschrieb. Diebstahl war ihm viel zu riskant.

Wäre es tatsächlich unprofessionell, wenn sie, nur weil es Harry gefiel, noch ein anderes Werk klauten? Bei seinem ersten Coup war es sein Glück gewesen, dass er sich nicht auf ein Bild beschränkt hatte. Das Bild, weswegen er eigentlich in das Museum eingestiegen war, hatte er in Deutschland zurücklassen müssen. Aber die drei Aquarelle, die er spontan einfach mitgenommen hatte, waren später seine Existenzgrundlage in New York gewesen.

Er sah schon Zoe und sich nachts mit dem Giacometti unterm Arm durch den Garten der Guggenheim-Villa schleichen. Er hatte sich das genau ausgemalt, während er in der Cafeteria einen Cappuccino trank und anschließend neben dem Grab von Peggy Guggenheim und ihren seltsamen Hunden, die ebenfalls im Garten der Villa begraben sind, eine Chesterfield rauchte.

Sie war eine der Ersten des Milano-Fluges, die durch die breite Schwingtür in die Halle kamen. Auf den ersten Blick erkannte er sie überhaupt nicht wieder. Sie trug ein neues gestreiftes Shirt, einen Jeans-Rock und eine ins Haar gesteckte Sonnenbrille, die irgendwie nach Sophia Loren aussah. Als einziges Gepäckstück hatte sie einen riesigen Seesack dabei, unter dem sie fast zusammenbrach.

Aber es waren nicht ihre Klamotten, die ihn irritierten. Zoe hatte eine vollkommen neue Frisur. Harry glaubte seinen Augen nicht zu trauen. Sie hatte sich die langen schwarzen Haare streichholzkurz geschnitten und blond gefärbt. Im ersten Moment war Harry schockiert, aber dann gefiel es ihm. Sie erinnerte ihn ein bisschen an Mia Farrow in »Rosemaries Baby«, oder nein, besser: an Jean Seberg in »Außer Atem«.

»Na, neue Frisur fürs *country life*«, sagte er bemüht lakonisch. Sie lachten beide und er nahm sie in die Arme.

Zoe war schlank und groß. Ihre Figur war weniger fraulich als Francas, und Harry roch kein Kokos, sondern Zoes vertrauten metallischen Parfümduft und den obligatorischen Spearmintkaugummi. Alles an Zoe war so vertraut und doch plötzlich ganz neu. Er hatte ein komisches Gefühl, als sie eng umschlungen mitten in der Halle des Aeroporto Marco Polo standen und sich küssten. Nach einer kleinen Ewigkeit blickte sie ihn mit ihrem ironischen Blick an.

»Komm, Harry, zeig mir Europa. Ich war noch nie da.«

Diesmal nahmen sie die blaue Alilaguna-Linie, die nicht Richtung San Marco und Canal Grande fährt, sondern Venedig nördlich umschifft. Die Fahrt an der Isola San Pietro und am Arsenale vorbei, dem historischen Militär- und Werftgelände, dessen riesige Hallen der Biennale ebenfalls als Ausstellungsfläche dienten, war weniger spektakulär. Statt mondäner Palazzi waren hier kleine Werften, Kräne und Lagerhallen zu sehen, die Rückseite von Venedig.

Die Hitze stand in dem niedrigen Passagierraum des

Wasserbusses. Die Fenster ließen sich nur einen Spalt öffnen. Zoe hatte ihren Kopf auf seine Schulter gelegt. Harry war froh, dass sie da war.

»Mit dem Pass, das ging auf einmal ganz schnell. Ich musste nur neue Fotos machen lassen.«

Ihre Haare kitzelten ihn am Kinn. Ihre neue Sophia-Loren-Sonnenbrille hatte Zoe jetzt auf der Nase. Zwischen Nase und Oberlippe hatte sie ein paar Schweißperlen stehen. Aber sonderlich beeindruckt von Venedig war sie anscheinend noch nicht.

»Wart mal ab, du wirst sehen. Das hier ist noch nicht Venedig.«

Im Gegensatz zu ihr schwitzte Harry richtig in seinem Tweedjackett. Er hatte das Ding einfach nicht mehr in die Reisetasche bekommen, die er den ganzen Morgen mit sich herumschleppen musste, nachdem er in der »Pensione Rosa« ausgecheckt hatte.

An den Fondamenta Nuove wuchteten sie Zoes Seesack und Harrys Tasche von Bord. Während Venedig auf der anderen Seite um diese Zeit schwarz vor Menschen war, gab es an den Fondamenta Nuove keinen einzigen Touristen. Die kleinen Gassen waren wie ausgestorben. Die Hitze stand zwischen den eng stehenden Häusern, die hier in Cannaregio nicht so prächtig wirkten wie im restlichen Venedig. Sie waren froh über die pedantische Wegbeschreibung von Giovanni-Dieter durch Hausunterführungen und über kleine Brücken. Es war gar nicht weit zu seiner Wohnung, aber der Weg war kompliziert und sie waren beide ziemlich schnell erschöpft. Aber auf Zoe machte das anscheinend schon mehr Eindruck.

»*Really picturesque*«, hechelte sie.

In Cannaregio hatten sich die Leute vor der brütenden Hitze in Sicherheit gebracht. Nur vor einer kleinen Pizzeria saß verloren ein junges japanisches Paar und knusperte etwas lustlos an einer gemeinsamen *quattro stagioni*. Und an dem unvermutet auftauchenden kleinen Platz an den Fondamenta della Misericordia sah Harry einen Mann im azurblauen Trikot der italienischen Nationalmannschaft mit der Drei auf dem Rücken unter einem Sonnenschirm auf einem Campingstuhl sitzen und die rosafarbene »Gazzetta dello Sport« lesen.

Hans-Dieters Wohnung lag am Ende einer Sackgasse. Nur der kleine Kanal führte weiter an dem Haus vorbei. Die Wohnung lag im obersten Stockwerk. Darüber gab es nur eine Dachterrasse, die über eine leiterartige Treppe zu erreichen war. Der Blick auf Venedig war atemberaubend.

»*This is …*«, Zoe fehlten die Worte. »*… amaiiizing.*« Auf einmal redete sie wie eine amerikanische Touristin.

Aber der Blick von hier oben war wirklich wunderschön. Es gab nur zwei alte Gartenstühle, einen Tontopf mit Oleander und ein wackeliges Geländer. Sonst nichts, was von der grandiosen Kulisse mit den Türmen der Stadt und der dahinter im sommerlichen Dunst verschwimmenden Lagune ablenken konnte.

Die Wohnung war dagegen ernüchternd. Das Wohnzimmer, das in die Küche überging, war mit Möbeln in demselben venezianischen Rokoko wie in Hans-Dieters anderer Wohnung eingerichtet. Die etwas schäbige Salonsitzgruppe mit Sofa und Fauteuil allerdings stammte nicht aus dem frühen achtzehnten, sondern eher aus dem mittleren zwanzigsten Jahrhundert. Unter der abgestoßenen Lasur schien überall das hellere Holz durch. Der Marmorboden war wirklich alt, der Läufer mit dem Motiv der geflügelten Löwen vor dem Esstisch zwar abgetreten, aber alles andere als antik.

In einem Schrank und auf einem Regal im Küchen- und Essbereich standen wieder zahlreiche Glaskreationen des schönen Roberto, eine erlesene kleine Sammlung von Glastieren: Kraniche, Elefanten und Hasen, ein hellblaues Schwein und eine rote Kröte. Die ganze Szenerie aber wurde von einem mehrere Kilo schweren, in sämtlichen Regenbogenfarben schillernden Koi-Karpfen aus Muranoglas bestimmt. Es war der gleiche Fisch wie in Hans-Dieters Wohnung, nur noch viel bunter. Und er hatte exakt die gleiche dolchartige Schwanzflosse.

»Das Ding muss hier raus«, sagte Harry sofort. »Unbedingt.«

»Wir sollten hier sowieso erst mal umdekorieren«, gab Zoe ihm recht.

Mit letzter Kraft hievte Harry den monströsen Murano-Koi auf den Küchenschrank. Er hatte mit dem etwas kippeligen Glasfuß dort oben keinen sicheren Stand, aber er war fürs Erste außer Sichtweite. Nur die schillernde Schwanzflosse lugte noch über den Rand des Schrankes hinweg. Zoe begann währenddessen ihren Seesack auszupacken. Für Harry hatte sie ein Schüttelbild der Freiheitsstatue und drei Schachteln Chesterfield mitgebracht.

»Damit du dein neues Zuhause nicht gleich wieder vergisst.«

Er gab ihr einen Kuss. Er fand das irgendwie rührend.

Aber ein bisschen ärgerte es ihn auch. Sie benahm sich wie ein GI nach dem Krieg, der den Deutschen amerikanische Zigaretten und die Freiheit brachte.

Während Zoe mitten im Auspacken auf dem durchgelegenen Bett in dem kleinen Schlafzimmer eingeschlafen war, machte sich Harry ans Abarbeiten von Hans-Dieters Anweisungen auf dem Zettel. Er begab sich auf die Suche nach Stromzählern, Sicherungskästen, Kippschaltern und Gashebeln. Den Herd brachte er auf Anhieb in Gang und setzte eine Espressokanne auf die Gasflamme. Eine angebrochene Kaffeepackung stand noch herum. Der Boiler für das Warmwasser allerdings verhielt sich wenig vertrauenerweckend. Nach Aufdrehen des Wasserhahnes mit dem C, für *caldo*, flammte das Gas kurz auf, erlosch aber sofort wieder. Danach war ein Zischen zu hören, als wenn Gas ausströmte, gefolgt von einem unguten Hämmern in der Leitung.

Während der Kaffee gerade durch die Blechkanne dampfte, hörte Harry Stimmen vor der Tür und dann das Surren einer mechanischen Drehklingel. Der Schneverdinger Lehrer höchstpersönlich und sein junger Glasbläser standen vor der Tür. Harry war noch gar nicht dazu gekommen, Zoe auf seine neuen Bekannten vorzubereiten. Dazu war es jetzt zu spät. Er hoffte nur, dass Giovanni-Dieter den Umzug seines Murano-Karpfens nicht bemerkte. Er schloss die Tür zum Schlafzimmer, um Zoe nicht zu wecken. Außerdem traute er es Hans-Dieter durchaus zu, dass er Andeutungen über Harrys Nacht mit Franca machen würde.

»Sind Sie gerade dabei, sich einzurichten, Signor Harry?«

»Ja, es ist sehr schön hier. Mit dem Blick von der Dachterrasse haben Sie nicht zu viel versprochen.«

Mit gedämpfter Stimme und mit Blick auf die geschlossene Schlafzimmertür fügte Harry hinzu: »Meine Freundin hat sich ein bisschen hingelegt. Ich hab sie grad vom Flughafen abgeholt.«

»Wir wollen auch gar nicht lange stören. Übrigens gibt es unschöne Neuigkeiten«, meckerte der Lateinlehrer wichtigtuerisch und ließ währenddessen seinen Blick durch die Wohnung schweifen.

»Die Polizei hat unsere Freundin Francesca vorgeladen. Der Vermieter ihres Ateliers ist tot auf einem brachen Industriegelände auf der Giudecca gefunden worden. Ein gewisser Carlo Materazzi. Ich hab ihn gekannt. *Incredibile!*«

»Giovanni ist ganz geschockt«, sagte Roberto mit einem Augenaufschlag und fuhr sich mit den Fingern durch das gewellte Haar. »Er war ein ganz ungehobelter Kerl. Aber so etwas wünscht man ja seinem schlimmsten Feind nicht.«

Auch Harry wusste nicht, was er sagen sollte. Damit hatte er zu diesem Zeitpunkt nun wirklich nicht gerechnet. Wie hatte man den toten Carlo so schnell finden können? Es war gerade mal drei Tage her, dass Franca und er ihn im »Molino Stucky« unter die Erde gebracht hatten. War das ein Zufall? Oder waren sie beim Abtransport der Leiche vielleicht doch von jemand anders beobachtet worden?

»Ich traue der Frau ja alles zu. Es wäre nicht der erste Mann, den sie auf dem Gewissen hätte.«

Hans-Dieter tat sehr wichtig und schien es regelrecht

zu genießen, Harry zu schockieren. Dabei wanderte sein Blick fortwährend durch den Raum – hoffentlich nicht auf der Suche nach seinem Murano-Karpfen, wie Harry befürchtete. Der schöne Roberto wickelte inzwischen gelangweilt mit dem Zeigefinger seine langen Haare auf.

»Möglicherweise hat sie auch einen Komplizen gehabt«, sagte Giovanni-Dieter. »Sie hat die Männer schon immer ausgenutzt, Signor Harry.«

Jetzt fixierte er ihn auf einmal durchdringend. Harry wurde immer unsicherer. Wusste dieser neunmalkluge Oberlehrer etwas? Das konnte eigentlich nicht sein. Franca und er waren sich spinnefeind. Von ihr hatte er kaum etwas erfahren.

Diese »Amici dei musei« wurden ihm allmählich wirklich etwas lästig, denn der Besuch von Giovanni und Roberto blieb nicht der einzige an diesem Tag. Kurz vor Mitternacht surrte die Handklingel noch einmal.

Zoe und er waren bester Laune vom Essen zurückgekommen. Vorher hatten sie den Stadtteil erkundet. Sie waren über den Campo di Ghetto Nuovo gelaufen, das Zentrum des jüdischen Viertels in Venedig, das allen anderen europäischen Ghettos den Namen gegeben hat. Auch wenn seine Freundin keine gläubige Jüdin war, ihn berührte es, mit Zoe Lieberman im venezianischen Ghetto die Synagoge zu besichtigen.

Danach zeigte er ihr, was ein Sprizz ist. Dass er das selbst erst seit drei Tagen wusste, erzählte er ihr nicht. Sie nahmen ihren Aperitivo in einer kleinen Bar an den Fondamenta della Misericordia. Die meisten der jungen

Leute standen mit ihren Gläsern draußen am Kanal. Dazu gab es ein paar kleine *cicchetti* mit *fegato* und *baccala*, mit Leber und Stockfisch. In einem Fernseher über der Bar sah er die letzten Bilder eines Berichtes über den Mord an Großgondoliere Carlo. Harry meinte den Namen Carlo *Materazzi* und die Worte *»speculatore«* und *»immobili«* zu verstehen. Er erkannte auch das Gelände vom »Molino Stucky« wieder. Der dicke Carlo kam nicht ins Bild, nur eine Blechwanne, die von Sanitätern getragen wurde. Im Anschluss wurden sehr viel ausführlicher die Spieler von Inter Mailand im Training gezeigt.

Zum Dinner gingen Harry und Zoe ein paar Häuser weiter ins »Antica Mola«, ein unprätentiöses, traditionelles Restaurant. Es war durch und durch venezianisch und glücklicherweise, auch was die Preise betraf, das glatte Gegenteil vom »Alle Testiere« vorgestern.

Sie saßen im Hintergarten des Lokals unter einer Pergola aus Glyzinien und einer Lichterkette auf weißen Plastikstühlen. Am Nebentisch saß eine englische Familie mit zwei gelangweilten Töchtern, die an dem Fischgericht herummäkelten und für die die ganze Venedigreise sowieso eine Zumutung zu sein schien. Harry aß *polpo nero*, in seiner eigenen Tinte gekochten Tintenfisch, und Zoe *sarde in saor.*

Die mit Zwiebeln sauer eingelegten Sardinen lösten bei ihr einen Sturm der Begeisterung aus. Dazu tranken sie offenen Prosecco aus einer großen Glaskaraffe. Er erzählte ihr von den Kunstfreunden, von der dichtenden Doris, von Britt Benning, die sie natürlich nicht kannte, obwohl sie einen Film mit Roger Moore gedreht hatte, und von Giovanni-Dieter, dessen Wohnung sie gemietet hatten. Nur von Franca erzählte er ihr nichts.

Sie waren kaum zurück in der Wohnung an den Fondamenta del Trapolin, da stürzte Zoe auf die Toilette und musste sich über der Kloschüssel hängend lautstark gleich wieder von den *sarde in saor* und einem *mezzo prosecco* trennen. Harry war besorgt. Hatte sich Zoe einen Magen-Darm-Virus eingefangen? Aber sie wirkte eigentlich nicht krank. Kurz darauf war sie in ihrem Neil-Young-T-Shirt, das sie als Nachthemd dabeihatte, selig eingeschlafen. Harry schenkte sich in der Küche gerade ein Glas Wasser ein, als er das Schnarren der Klingel hörte.

»Harry, *caro*, wo steckst du? Ich warte seit Tagen, dass du dich meldest.«

Mit Franca hatte er jetzt wirklich nicht gerechnet. Woher wusste sie überhaupt, dass er Hans Dieters Wohnung gemietet hatte. Der Informationsaustausch funktionierte offensichtlich perfekt bei den Kunstfreunden.

»Francesca, können wir uns für morgen verabreden?«, druckste Harry herum.

»Was ist denn das überhaupt für eine Begrüßung?« Sie gab ihm einen Kuss, den Harry nur flüchtig erwiderte.

Er wollte unbedingt verhindern, dass sie in die Wohnung kam und mit Zoe zusammentraf.

»Lass uns um die Ecke noch einen Drink nehmen«, sagte er, einfach nur, um sie aus der Wohnung zu bekommen. »Warte hier.« Er schnappte sich einen Pullover, seine Brieftasche und den Schlüssel und zog die Wohnungstür hinter sich zu.

»Ich hab es schon gehört, die Polizei war bei dir«, sagte er flüsternd, als sie die dunklen Fondamenta entlanggingen.

»Sie haben mich über eine Stunde auf dem Revier festgehalten. Sie haben dieses Arschloch Carlo gefunden. Aber keine Angst, ich hab dich da rausgehalten.«

Im Gehen legte sie ihren Arm um Harry, der das etwas widerwillig über sich ergehen ließ. Heute fiel ihm ihr Hinken noch mehr auf. Ihm kam die ganze Situation vor wie ein böser Traum. Eben war er noch mit Zoe zusammen essen gewesen und jetzt lief er mit Francesca die ausgestorben Fondamenenta entlang.

In der Strada Nova fanden sie noch eine offene Bar. Franca bestellte Wodka und Harry ein Glas Weißen.

»Auf einen Drink«, sagte er. »Ich bin todmüde.« Harry wusste nicht recht, wie er ihr beibringen sollte, dass er die Nacht nicht mit ihr verbringen wollte.

Er beugte sich zu ihr über den kleinen Resopaltisch. »Wie haben sie die Leiche überhaupt so schnell gefunden? Wir haben den Typ immerhin vergraben.« Sie flüsterten, obwohl sie die letzten Gäste in der Bar waren.

»*Cazzo*, ich weiß es nicht!«

»Und wie kommen sie auf dich?«

»Auf uns, *caro mio*, auf uns. Ich weiß es nicht. Vielleicht muss uns doch jemand beobachtet haben.«

»Du meinst den Verrückten?«

»Nein, ich meine Hans-e-Dieter, diesen Spießer«, zischte sie. »Er stellt mir auch schon die ganze Zeit nach. Er will mich aus den ›Amici dei musei‹ rausschmeißen und er will mein Atelier kaufen und daraus eine dieser öden Galerien für Spießer machen. Mit diesem Glas-Kunstgewerbe von seiner neuen Flamme.«

»Aber wieso sollte er uns deshalb nachspioniert haben?«

»Ich weiß es nicht!«, zischelte sie. Aber irgendwie hatte Harry das Gefühl, dass sie ihm etwas verheimlichte.

Harry nippte lustlos an seinem Pinot Grigio, der nach nichts schmeckte. Als er Franca anschaute, stellte er erschrocken fest, dass sie Zoe tatsächlich immer ähnlicher wurde. Sie hatte fast dieselbe Frisur. Nicht wie die jetzige Zoe, sondern wie Zoe vor drei Jahren vor dem Flatiron. Jetzt wurde ihm auch klar, wo sein Foto von Zoe geblieben war. Franca musste es ihm in jener Nacht aus seiner Brieftasche genommen haben. Bei der Entsorgung der Leiche hatte er es also nicht verloren. Aber die Vorstellung, dass Franca allmählich Zoes Äußeres annahm, war ihm noch unheimlicher.

Statt Jeans und weißem Oberhemd trug sie jetzt eine schwarze Bluse und ein lässiges Leinensakko. Alles Sachen, die auch Zoe hätte tragen können, mal abgesehen von den Nietenstiefeln. Ihren Gesichtsausdruck kannte er von Zoe allerdings auch nicht. Denn Franca wurde richtig sauer, als Harry sich nach nur einem Drink schon wieder von ihr verabschieden wollte. Sie zog ihn mit ihrem kräftigen Bildhauergriff an seinem Pullover ein Stück zu sich heran. Dabei war durch den Ausschnitt ihrer Bluse ihr ebenfalls schwarzer BH zu sehen. Aber der hatte heute keine Wirkung auf Harry. Er wollte einfach nur weg.

»Harry, *caro*, ich lass dich nicht einfach gehen.« Sie lachte ihn herausfordernd an. »Wir hatten Spaß und wir haben zusammen den guten Carlo unter die Erde gebracht. So etwas verbindet.«

Nachdem er bezahlt hatte und gehen wollte, forderte Franca einen Abschiedskuss. Sie küsste ihn kurz und heftig.

Als er die Kneipe verließ, rief sie ihm mit heiserer Stimme hinterher: »Heute Nacht lass ich dich schlafen. Aber ich bin noch nicht fertig mit dir.«

Er hatte ein reichlich ungutes Gefühl, als er die alten Steintreppen in den obersten Stock hinaufstieg.

»Harry, wo kommst du her?«, Zoe saß aufrecht im Bett. Ihre blonde Kurzhaarfrisur war leicht zerstrubbelt, sodass sie fast punkig aussah. Harry hätte sie am liebsten einfach in den Arm genommen. Aber irgendwie traute er sich nicht.

»Mir w-war auch nicht so ganz gut nach dem Essen«, stotterte er. »Ich musste einfach noch mal raus.« In diesem Augenblick fühlte er sich tatsächlich hundeelend.

»Harry, was ist los mit dir? Was erzählst du mir da für einen Mist?« Zoe guckte recht ungnädig. »Wer war diese Frau?«

Verdammt noch mal, sie hatte mitbekommen, dass Franca hier vor der Tür gestanden hatte. Sie hatte ihn und Franca gehört oder sogar vom Fenster aus gesehen. Harry hatte keinen Schimmer, was er ihr erzählen sollte.

Sollte er ihr die Nacht mit Francesca beichten? Und auch gleich noch die Geschichte mit dem toten Carlo?

Harry überlegte nur den Bruchteil einer Sekunde und traf eine Entscheidung:

Er erzählte Zoe alles. Bei seiner Eskapade mit Franca allerdings fasste er sich kurz und verzichtete auf Details. Er schob alles auf die Wirkung der Hawaiianischen Holzrose. Die Sache mit dem toten Großgondoliere dagegen schilderte er, auf der Bettkante sitzend, in allen Einzelheiten. Zoe saß ganz still im Bett und schaute ihn einfach nur an. Als Harrys Geschichte zu Ende war, kam wieder Bewegung in sie. Zuerst war Zoes Tonfall verdächtig leise.

»I don't believe that.«

Im nächsten Moment schrie sie ihn an. »Ich reise das erste Mal in meinem Leben nach Europa. Ich freue mich auf dich und dieses Museum, dieses Scheiß... dieses Guggenheim ...« Sie war außer sich. »... und dir scheint das alles überhaupt nichts zu bedeuten. Du hast kaum New York verlassen und schon hast du nichts Besseres zu tun, als es hier ... es ist nicht zu fassen!«

»Zoe, das stimmt doch nicht.« Er versuchte sie zu beruhigen.

Doch Zoe wollte sich aufregen, machte ihm heftigste Vorhaltungen und schlug empört immer wieder auf die Bettdecke ein.

»Am besten, ich erkundige mich gleich morgen früh nach den Flügen zurück nach New York«, drohte sie schließlich.

Aber irgendwann wurde sie müde. Sie schmiss Harry von der Bettkante, drehte sich von ihm weg und stellte sich schlafend. Harry legte sich für ein paar Stunden auf das Rokokosofa mit Blick auf Hans-Dieters Glastier-Kollektion. Er konnte lange nicht einschlafen, das Sofa war eng und unbequem. Schließlich quälte er sich wieder hoch, taperte ins Schlafzimmer und legte sich zu der schlafenden Zoe ins Bett, die in ihrem »Tonight's-the-Night«-Shirt leise schnorchelte.

11

Am nächsten Morgen sah Zoe immer noch bemüht an Harry vorbei. Für eine Weile wollte sie noch sauer sein. Aber es funktionierte nicht mehr so richtig, das merkte er. Nach einem ersten italienischen Espresso aus der traditionellen achteckigen Alukanne sprach sie sogar schon wieder ein paar Worte mit ihm. Und nach einem heiß-kalten Wechselbad aus dem defekten Gasboiler durfte er ihr einen flüchtigen Kuss auf den Nacken drücken.

»*It's unbelievable*, Harry, sag doch selbst. Du bist einen Tag in Europa und schon mitten in einen Mordfall hineingerutscht.« Eingehüllt in ein großes Handtuch schlürfte sie auf der Dachterrasse mit Blick auf das morgendliche Venedig ihren Kaffee.

»Und dass diese Frau genauso aussieht wie ich, find ich nicht besonders komisch.« Sie schien sich noch einmal in Rage reden wollen, wurde aber von dem plötzlichen Surren der Klingel unterbrochen. Gott sei Dank war es nicht schon wieder Franca, sondern der Klempner, der nach dem defekten Gasboiler sehen wollte. Harry fiel ein Stein vom Herzen.

»Azienda Brizzi«, stellte er sich kurz vor. Der Namenszug »Brizzi« stand auch gelb auf seinem blauen

Overall. Die Punkte auf den beiden »I« hatten die Form von Gasflammen.

Er stellte seine Werkzeugtasche auf den durchgetretenen Teppich und machte erst mal Frühstück. Er holte ein mit Mortadella belegtes Panino heraus, trank den angebotenen Kaffee und rauchte eine von Harrys Chesterfields. Nach einem kurzen Blick auf den Boiler stellte er fest, dass ihm das entscheidende Ersatzteil fehlte, und er verabschiedete sich wieder.

Beim nächsten Klingeln kurz darauf stand Hans-Dieter vor der Tür. Harry machte ihn und Zoe miteinander bekannt.

»Ich habe schon viel von Ihnen gehört«, sagte sie.

»Ich hoffe nur Gutes.« In Zoes Beisein wurde der Lateinlehrer gleich etwas lockerer.

Sie lächelte, wobei sie ein kleines bisschen ihre Zähne zeigte. »Harry hat mir erzählt, Sie sind nicht nur ein Kunstkenner, sondern auch schon ein echter Venezianer.«

Die Bemerkung reichte, um bei Giovanni-Dieter alle Schleusen zu öffnen. Er setzte zu einem nicht enden wollenden Vortrag über die Malerei der venezianischen Renaissance an, kurz unterbrochen von einer Suada über das italienische Klempnerwesen.

Auf der Dachterrasse erklärte er ihnen die Türme, Kirchen und Paläste.

»Und dort hinten ist die Scuola Grande di San Rocco zu sehen. Waren Sie schon da? Haben Sie den Saal mit den Spiegeln und den phantastischen Deckenbildern von Tintoretto schon besichtigt? *Incredibile!*«

Harry sagte gar nichts mehr. Aber als Zoe verneinte, legte Hans-Dieter erst richtig los.

»Die *scuole* waren Bruderschaften, die oft sehr wohlhabend waren und sich für die Künste einsetzten. Eigentlich ganz ähnlich, wie wir es jetzt mit unseren ›Amici dei musei di Venezia‹ machen.«

Zoe blinzelte in die Morgensonne, während der Lehrer aus der Lüneburger Heide weiter über die Scuola von San Rocco referierte, die Mitte des sechzehnten Jahrhunderts einen Wettbewerb für die Ausgestaltung ihrer Sala dell'Albergo öffentlich ausschrieb. Statt der geforderten Skizzen lieferte Tintoretto gleich das erste Ölbild. Er erhielt den Auftrag und schuf für die Scuola von San Rocca in den folgenden zwanzig Jahren ein Meisterwerk nach dem anderen.

»Oh, really?«, sagte Zoe, als ob sie es wirklich kaum glauben konnte.

Sie wirkte an diesem Morgen hier in Europa auf einmal herrlich amerikanisch. Harry musste innerlich grinsen. Aber in Gedanken war er schon im Guggenheim-Museum.

»Harry, listen, that's really interesting.« Zoe stieß ihn an.

Nachdem sie Giovanni-Dieter endlich verabschiedet hatten, machten sie sich zu Fuß auf zum Guggenheim-Museum. Sie nahmen bei Santa Sofia das Traghetto und durchquerten den Stadtteil San Polo an der Frari-Kirche vorbei, Richtung Accademia und Salute. Harry zeigte ihr sofort den Miró und den Giacometti.

Sie sahen sich in aller Ruhe die Calder, Picassos, Dalís und de Chiricos an. Zwischendurch rauchte Harry auf der Dachterrasse eine Zigarette. Die grandiose Aussicht auf den Canal Grande konnten sie nicht recht genießen, denn sie malten sich schon aus, wie sie nachts mit einem Boot am Steg der Villa anlegten. Sie mussten vom Wasser kommen, beziehungsweise über das Wasser abhauen, da waren sie sich sofort einig. Wie das genau funktionieren sollte, war ihnen noch nicht klar. Zoe blickte zu der Marino-Marini-Plastik des Reiters mit dem erigierten Penis hinunter, die mitten auf dem Treppenaufgang stand, der zum Kanal hinunterführte. Sie musste lachen und zeigte dabei endlich wieder ihre vorstehenden Schneidezähne, das erste Mal, seitdem sie in Venedig war. Mit der Kurzhaarfrisur und der Sophia-Loren-Sonnenbrille sah das richtig toll aus, fand Harry.

Zoe stattete der Damentoilette einen ausführlichen Besuch ab und entdeckte unter dem Waschbecken einen Einbauschrank, in dem ein paar Putzmittel standen. Die Fenster führten zur ruhigen Seitenfront des Gebäudes. Sie maß die Abstände zwischen den Fenstergittern aus.

»Ein gerolltes Bild würde hindurchpassen«, flüsterte sie Harry zu. »Den Miró müssen wir ohnehin aus dem Rahmen trennen.«

»Im Museumsshop habe ich Plastikröhren für Plakate gesehen«, sagte Harry. »Zu eng dürfen wir das Ölbild nicht rollen. Aber es müsste gerade gehen.«

Wie sie mit dem Gemälde umzugehen hätten, war ihnen im Großen und Ganzen klar. Nur mit dem Giacometti mussten sie sich noch etwas einfallen lassen. Oder sollten sie sich den einfach aus dem Kopf schlagen? Doch je öfter Harry das Museum besuchte, desto mehr begeisterte er sich für die »Stehende Frau«. Und die Sicherheitsvorkehrungen wirkten nicht so furchterregend, dass sie die Bronze nicht irgendwie aus der Guggenheim-Villa herausbekommen sollten.

Als sie das Museum verließen, sahen sie das Plakat für eine Veranstaltung, die im Rahmen der Biennale in drei Tagen in der Guggenheim-Foundation stattfinden sollte: »Alarme Rosso – Installation für Sopran, Schlagzeug, Blechbläser und fünf Motorsirenen«. Harry und Zoe sahen sich an. Sie hatten beide dieselbe Idee.

Mittags aßen sie beim Guggenheim gleich um die Ecke bei »Gia Schiavi«, einer kleinen Enoteca ganz in der Nähe des Campo San Trovaso. Auf dem Platz hielt eine Gruppe Schwarzafrikaner Siesta. Die Straßenhändler sortierten ihre falschen Gucci-Täschchen und präparierten sie mit Zeitungspapier. Von dem Ponte San Trovaso fielen die beiden praktisch in den Stehimbiss hinein. Hinter den Glasscheiben einer altehrwürdigen Vitrine stapelte sich eine beeindruckende Auswahl von *cicchetti*, kleinen belegten Broten mit allen möglichen Fischen, Pasten, Würsten, Gurken und Pasteten. An den Wänden standen in vier Reihen Hunderte von Weinflaschen. Sie begnügten sich mit einem kleinen Glas Prosecco. Aber einen zweiten Teller mit ein paar Häppchen musste Harry an der Theke nachordern. Zoe hatte trotz der Hitze einen unglaublichen Appetit. Am Nachmittag allerdings spukte sie den Mittagsimbiss Häppchen für Häppchen wieder aus. Harry schüttelte besorgt den Kopf.

»Darling, du musst dir hier einen richtigen Virus eingefangen haben.«

»Ich weiß es auch nicht«, sagte sie, »es ist komisch.

Ich hab ja gleich danach immer wieder Appetit. Und mein Darm ist bisher auch vollkommen in Ordnung.«

Abends konnte Zoe tatsächlich schon wieder die üppigsten Pastaportionen verdrücken. Sie zogen sich um, Harry einfach nur Jeans und ein weißes Hemd und Zoe ein schwarzes Etuikleid aus grobem Baumwollstoff mit einem eckigen Ausschnitt, der ihre Schlüsselbeine betonte.

»Das Kleid kenne ich ja gar nicht«, sagte Harry.

»Zu Hause mochte ich es nicht anziehen. Sondra hat es entworfen und mir im Frühjahr eins geschenkt.«

Ihr Lippenstift leuchtete röter als sonst, als sie ihn anlachte.

Sie fuhren zu einem Fischrestaurant zur Giudecca hinüber, dem »Ai Tre Scalini«, einem Geheimtipp von Beat Burger. »Ganz einfach, aber der beste Fisch in ganz Venedig«, hatte der Lackfabrikant gesagt.

Harry hatte kurz gezögert, zur Giudecca zu fahren. Er wollte nicht an den toten Großgondoliere erinnert werden und Franca musste er auch nicht unbedingt begegnen. Aber das konnte überall sonst in Venedig genauso passieren. Statt Franca trafen sie dann Britt Benning und ihren Mann im »Tre Scalini«. So ganz war den Kunstfreunden dann doch nicht zu entkommen.

»*Ciao,* Harry«, rief Britt laut herüber, als er zusammen mit Zoe das Lokal betrat. Harry machte die drei miteinander bekannt.

»Das ist sie also, deine amerikanische Frau.« Britt sah Zoe prüfend an, wie Frauen das machen, wenn sie sich taxieren.

Zufrieden stellte Harry fest, dass Britts Blick Anerkennung ausdrückte. Britt trug weite weiße Baumwollhosen, eine weiße Bluse und darüber dann doch wieder eine kurze Weste mit Stickereien in dem unvermeidlichen Rot. Um ihren Hals schlang sich eine monströse Schmuckkreation aus Metall, die Britt im Laufe des Abends immer wieder abnahm und unter dem Beifall der Deutschen am Nebentisch in neue Formen brachte. Beat trug natürlich wieder sein currygelbes Sherlock-Holmes-Jackett mit den Riesenkaros.

Harry und Zoe blieb gar nichts anderes übrig, als sich zu den beiden zu setzen. Und ihnen blieb auch keine Wahl, etwas anderes zu nehmen als das Tagesgericht, die Tagliatelle mit Hummer.

»Man muss ein bisschen pulen. Aber es ist köstlich«, sagte Britt, die ausnahmsweise mal nicht auf einer halben Portion bestand.

»Wir können mit einem Lobster umgehen«, versicherte Zoe. »Maine, der Lobster-State ist gar nicht weit weg von uns.«

Was waren schon vierhundert Meilen in den USA, dachte Harry.

Das gemeinsame Essen mit Britt und Beat war sehr entspannt. Das »Ai Tre Scalini« war ein schmuckloser Raum, der von kaltem Neonlicht ausgeleuchtet war. Auf den Tischen lagen mehrere Plastikdecken übereinander. Und auf dem Weg zum WC standen nebeneinander zwei Tiefkühltruhen. Nur das Fußballfoto fehlte. Das Lokal wurde von zwei Frauen betrieben. Es war einer dieser Geheimtipps, den irgendwelche New Yorker Banker oder Zürcher Werbefritzen großspurig zum besten Fischrestaurant der Welt erklärten. Die Pasta in der scharfen roten Soße, die das Aroma der Schalentiere angenommen hatte, war tatsächlich köstlich. Und besonders gut waren die Hummerscheren und Beine, die zerkleinert und angeschlagen waren, damit man das Fleisch herausbekommen konnte. Dadurch mischte sich der Hummer mit dem scharfen Sugo. Alle hatten sich eine Serviette ins Hemd oder in den Ausschnitt gesteckt. Sie aßen mit Fingern und Hummergabel und tranken den Hauswein in der Literkaraffe.

»Den Ansprüchen unseres Freundes Giovanni würde er natürlich nicht genügen. Und Beats eigentlich auch nicht.« Britt fasste ihrem Mann mit ihren Hummerfingern auf seinen currygelben Jackettärmel. »Aber zu der scharfen Soße ist der einfache Bianco doch herrlich.«

»Hast du unseren Oberitaliener Giovanni denn auch schon kennengelernt?«, fragte Britt, nachdem sie Zoe bei der nächsten Karaffe Wein das Du angeboten hatte.

»Er hat uns sehr nett auf der Dachterrasse die Stadt gezeigt.«

»Aber habt ihr auch schon von dem Toten gehört?«, fragte Britt. Sie sah Harry dabei prüfend an. Sie wusste ja nicht, was Harry Zoe über Franca erzählt hatte. »Unsere Freundin Francesca haben sie mit auf die Questura genommen.«

»Für Hans-Dieter ist sie natürlich die Täterin. Und für Francesca ist umgekehrt er der Mörder. Es ist wirklich kindisch«, sagte Beat überraschend deutlich. »Sie beschuldigen sich gegenseitig. Das geht schon seit einiger Zeit so.«

Harry und Zoe hörten dem Klatsch gespannt zu.

»Ihr müsst wissen, Hans-Dieter hatte ein Verhältnis

mit Francesca, bevor er sich in seinen kleinen Roberto verguckt hat«, erklärte Britt Zoe. »Er behauptet, sie erpresst ihn, angeblich mit eindeutigen Fotos zusammen mit Roberto, die sie seiner Frau in Deutschland schicken will.«

»Und sie unterstellt ihm, er wolle ihre alte Werft hier auf der Giudecca kaufen, um sie dort rauszuschmeißen.« Beat schmunzelte. »Allzu ernst darf man das alles nicht nehmen.«

»Du hättest die alte Werft doch auch gern«, sagte Britt und zuckte mit den Augenbrauen.

»Aber ich bringe deswegen keine Leute um.« Beat legte den Kopf schief und lächelte milde. »Ich mache einfach das bessere Angebot, oder?«

»Wie ist die Polizei denn überhaupt auf Francesca gekommen«, fragte Harry.

»Es ist wirklich eine etwas seltsame Geschichte«, sagte Beat in seinem behäbigen Schwyzerdütsch. »Es hat irgendetwas mit Gips zu tun. Britt, wie war das?«

Harry hatte sofort die blauen »GESSO«-Buchstaben auf dem Papiersack, in den der tote Carlo verpackt war, vor Augen.

»Dieser Materazzi wurde ja auf diesem Gelände einer seit zig Jahren stillgelegten Mühle gefunden«, sagte Britt.

»›Molino Stucky‹«, rutschte es Harry heraus.

»Du kennst dich nach drei Tagen Venedig ja schon erstaunlich gut aus«, wunderte sich Beat.

»Der Tote war vollkommen voller Staub«, fuhr Britt fort. »Und dieser Staub, das hat die Polizei festgestellt, kam nicht vom Gelände des Molino. Es war Gips aus dem Atelier unserer Francesca. Ist das nicht eine irre Geschichte?«

»Ja, v-verrückt.« Harry war beunruhigt. Und auch Zoe guckte etwas irritiert.

Glücklicherweise kamen sie schnell vom Thema ab. Zur *crostata al limone* legte die Wirtin Barry White auf, den coolen Disco-King der späten Siebziger mit der Reibeisenstimme. Sie sang dazu und servierte tanzend den Espresso.

Anschließend fuhren sie statt im Vaporetto mit Beat Burgers Privatboot nach Dorsoduro hinüber, auf einen Drink in deren Wohnung. Sie lag in einem nachgebauten gotischen Palazzo.

Im Unterschied zu Hans-Dieters Appartment waren die wenigen Antiquitäten echt. Sie waren mit modernen Möbeln kombiniert. Die Sitzecke in dem hallenartigen Raum, dessen Blick durch die hohen Fenster mit den Spitzbögen auf den nächtlichen Canale della Giudecca ging, bestand neben einem hellen vier- oder fünfsitzigen Sofa aus mehreren Exemplaren von Mies van der Rohes »Barcelona Chair«. An den hohen Wänden hingen großformatige abstrakte Bilder. Sie zeigten geometrische Formen in knalligen Primärfarben, Rot, Blau und Gelb, die stark an Mondrian erinnerten.

»Gemalt mit ›BUCOLOR‹-Farben?«, versuchte Harry einen Witz zu machen.

Es war nicht zu übersehen, dass Beat Burger es mit seinen Lacken und Farben zu beträchtlichem Wohlstand gebracht hatte.

»Ja, ja, ein Tessiner Künstler …«, sagte er.

»… den der Beat etwas fördert«, fügte Britt hinzu.

Sogar auf dem Gäste-WC hingen zwei kleinere Grafiken. Als Harry neugierig die Kunst in der Diele inspizierte, fiel sein Blick zufällig auf einen alten Plan, der halb verdeckt von ein paar Zeitungen auf einem Tischchen lag. Harry war sofort elektrisiert. Auf dem vergilbten Blatt glaubte er die Außenansicht von Francas Atelier auf der Giudecca wiederzuerkennen. Vorsichtig zog er den Plan unter der Zeitung hervor. Auch der Grundriss kam hin. Und dann gab es noch einen neuen Plan mit Umbauten, soweit er auf die Schnelle sehen konnte. Er schob die Zeichnungen zurück unter die »Neue Züricher«. Seltsam, was machten die Pläne von Francas Atelier hier in Beat Burgers Palazzo? Er war scheinbar wirklich an dieser Werft dran. Das war kein Witz gewesen.

»A glas of wine?«, fragte Britt, während sie vier Weingläser auf eine Marmorplatte stellte.

»Ich habe hier einen ganz interessanten Chardonnay.« Bei dem Wort »Chardonnay« legte Beat die Betonung auf die erste Silbe.

»Das sind wunderschöne Gläser«, sagte Zoe und nahm den filigranen langen Stil behutsam zwischen ihre Finger.

»Murano.« Britt zuckte mit den Augenbrauen. »Ja, es gibt auch schönes Muranoglas. So wie unsere kleinen Anstecknadeln.« Sie zeigte auf die kleine rote Glasscherbe, die an ihrer Weste steckte.

»Die sind mir schon aufgefallen«, sagte Harry.

Er hatte Britts rote Nadel tatsächlich schon gesehen. Trugen Doris und Roberto nicht auch so einen Anstecker? Vor allem aber hatte er auf einmal ganz deutlich die leuchtend grüne Scherbe in der kalten, starren Hand des toten Carlo vor Augen.

»Wer trägt denn noch alles so eine Nadel?«, fragte er bemüht unauffällig.

»Wir haben alle so einen Anstecker. Es ist sozusagen unser Clubabzeichen.« Sie gab einen kurzen, hysterischen Lacher von sich.

»Roberto hat für jeden von uns so ein Abzeichen gemacht, ganz individuell, passend zu dem jeweiligen Charakter.«

In Harrys Kopf arbeitete es. Wie war diese Anstecknadel mit der grünen Scherbe in die Hand des Toten gekommen? Sie gehörte ja wahrscheinlich einem der *»Amici dei musei«*.

»Man muss sie kaufen«, fuhr Britt Benning fort. »Das ist nicht ganz billig.«

»Das Geld wird für die Förderung der Kunst verwandt«, sagte Beat.

»Aber mit der Glasscherbe haben wir dann zumindest freien Eintritt in den Museen.«

Harry musste weiter an die Anstecknadel denken, als sie bei der Flasche Chardonnay aus Muranogläsern über die Biennale parlierten und ein bisschen über Giovanni-Dieter lästerten. Zum Abschied lud Britt Harry und Zoe zu der »Allarme-Rosso«-Performance im Guggenheim-Museum ein, die die Kunstfreunde ganz wesentlich mitveranstalteten.

»Das ist eine Art Collage verschiedener Töne«, schwärmte Britt. »Alarmsignale, Blechinstrumente, aber auch Gesang. Ich kann es mir noch gar nicht recht vorstellen. Aber klingt doch spannend, oder?«

Harry und Zoe sahen sich mit etwas skeptischem Blick an. Eine offizielle Einladung zu dieser Veranstaltung passte ihnen ganz und gar nicht.

12

Fast täglich statteten sie dem Guggenheim-Museum einen Besuch ab. Dort trafen sie auch Britt Benning und Hans-Dieter, die mit den Vorbereitungen der »Alarme-Rosso«-Veranstaltung beschäftigt waren.

»Ihr kommt doch zu unserer Performance?«, wiederholte Britt ihre Einladung. »Das dürft ihr euch nicht entgehen lassen!«

»Sure«, lachte Zoe und Harry nickte freundlich.

Dann widmeten sich die beiden intensiv und doch so unauffällig wie möglich den Videokameras, Gittern und Alarmanlagen. Die Schilder mit den Aufschriften *Area Video Sorvegliata* und *Allarme Antincendio* konnten sie nicht sonderlich beeindrucken. Und der nette ältere Herr in einer Art Uniform, der in dem denkmalgeschützten Bau als Museumsaufsicht fungierte, wirkte auch nicht besonders Furcht einflößend. Dass Zoe Grundrisse der Ausstellungsräume, der Eingänge, Flure und Toiletten anfertigte, schien ihm zumindest nicht aufzufallen. Sie hätte es sich allerdings schenken können: Die Guggenheim-Foundation war sogar so freundlich, eine Broschüre mit einem maßstabgerechten Lageplan zur Verfügung zu stellen.

In aller Ruhe bereiteten die beiden ihren Coup vor.

Sie saßen abends auf der Dachterrasse und tranken Sprizz. Über Tag war es dort trotz des Sonnenschirmes nicht auszuhalten. Harry fuhr mit dem Traghetto zum Campo della Pescaria und besorgte frischen Fisch, Sorten, die er nicht kannte, *totano* und *dentice*, Pfeilkalmar und Zahnbrasse. Er briet Rotbarben auf dem Herd, dessen Gasflamme immer wieder aussetzte, um dann plötzlich mit einem Puffen umso heftiger aufzuflammen. Auch das Ravioli-Teigholz, ein Nudelholz mit einer Metallprägung in Form der Teigtaschen, das sie in einem kleinen bis unter die Decke voll gestopften Haushaltswarenladen in Castello erstanden hatten, musste Harry sofort ausprobieren. Er versuchte sich an Fischravioli, die er in einer Zitronenbutter mit Kapern und Estragon schwenkte. Der Teig war noch etwas dick geraten. Aber Zoe war hin und weg.

Mittlerweile hatten sie auch Signora Schillaci in der Etage unter ihnen kennengelernt, eine kleine dürre Dame mit violetten Haaren und einer schweren Brille mit goldenen Applikationen. Sie war eine dieser älteren Damen, die sich mit aller Kraft gegen die Umstellung auf bequemeres Schuhwerk wehrten. Als sie Harry auf viel zu hohen Absätzen, die eine Hand krampfhaft am Geländer, in der anderen ein prall gefülltes Einkaufsnetz mit Thunfischkonserven im Treppenhaus entgegenzitterte, bot er ihr in Zeichensprache seine Hilfe an und trug ihr den Einkauf eine Etage höher. Jeden Nachmittag zur selben Zeit, gegen fünf, ging bei Signora Schillaci der Fernseher an. Es kam ihnen vor, als würde sich der Fußboden ein Stück heben, wie bei einem Lautsprecher, wenn die Basstöne einsetzten. Die Werbejingles und

Gongs der Spielshows waren unüberhörbar, aber die Fragen konnten Harry und Zoe nicht verstehen.

Ab und zu ging auch die Türklingel. Es war Giovanni-Dieter oder der Klempner, der diesmal das Ersatzteil dabeihatte, aber nicht die passende Zange. Dann hatte ihm Franca mehrmals eine Nachricht vor die Tür gelegt. Er und Zoe waren zu diesem Zeitpunkt glücklicherweise nie da gewesen. Harry verabredete sich einmal mit ihr in der Stadt, um zu verhindern, dass sie in der Wohnung aufkreuzte, Zoe begegnete und ihm zu nah auf die Pelle rückte.

Es war kein angenehmes Treffen. Francesca bedrängte ihn regelrecht. Und Harry wusste nicht recht, wie er sich ihrer erwehren sollte. Die frappierende Ähnlichkeit mit der früheren Zoe irritierte ihn zunehmend.

»Harry, *caro,* so kommst du mir nicht davon.« Sie funkelte ihn aus ihren dunklen Augen an, deren Pupillen jetzt deutlich kleiner waren. »So einfach lass ich meine Männer nicht gehen.«

Sie drohte ihm, seine Komplizenschaft bei der Entsorgung des guten Carlo zu verraten.

»Kann durchaus sein, dass ich dich da als Zeugen brauche«, sagte sie süffisant und versuchte immer wieder ihn zu küssen.

Diese Frau war verrückt. Da hatte Hans-Dieter recht. Und eine Erpresserin war sie auch. Aber eine Mörderin? Die Polizei schien jedenfalls davon auszugehen. Er wünschte, es hätte diese Nacht mit Franca nie gegeben. Nicht nur wegen Zoe, Franca drohte auch, Harrys und Zoes schönen Guggenheim-Coup zu gefährden. Irgendwie musste er diese Frau loswerden. Aber wie?

Harry verdrängte das Problem erst mal. Er ließ die Dinge lieber auf sich zukommen. Wenigstens hatte Zoe sich mit ihm versöhnt. Trotz ihres riskanten Vorhabens verlebten sie entspannte Sommertage mit zahlreichen Museums- und gelegentlichen Klempnerbesuchen. Und sie machten Witze über den Glaskarpfen. Einmal schreckte Zoe Harry mit dem in allen Regenbogenfarben schillernden Glasmonster aus dem Schlaf, ein andermal ließ sich Harry nackt auf dem hässlichen Sofa mit ernster Künstlermiene und Koi fotografieren.

»Quiet days in Cannaregio«, lachte Zoe mit ironischem Blick und zog Harry zu dem durchgelegenen Bett mit dem schmiedeeisernen Rückengitter hinüber. Währendessen gurgelte auf dem Gasherd der Espresso vor sich hin. Anschließend hörten sie über den Dächern von Venedig »Albuquerque« und bildeten sich dabei ein, in jedes Museum der Welt einsteigen zu können.

Zum Aperitif aßen sie *polpetti* vor der kleinen Weinbar »Al Marca« auf dem Campo Battisti gleich beim Fischmarkt um die Ecke, und abends wollte Zoe ins »Antica Mola«.

»Darling, wie viele von diesen Sardinen willst du eigentlich essen«, sagte Harry. »Kein Wunder, dass dein Magen revoltiert.«

Einen Teil der Zeit verbrachte er damit, eine Figur zu modellieren, die eine verblüffende Ähnlichkeit mit Giacomettis »Stehender Frau« hatte. Harry hatte einen Holzfuß und ein Metallskelett gebaut. Dann hatte er aus Mehl, Wasser, Öl, Salz, Farbe und Kalialaun, das er in der Apotheke in Castello besorgt hatte, mit dem Küchenmixer eine Modelliermasse zusammengerührt. Man nannte das »Clay«, ein Industrieplastilin, wie es auch bei Modellen im Autodesign verwendet wurde. Die Rezeptur erinnerte er noch vage aus dem Studium. Er modellierte nach einer Postkarte und aus dem Gedächtnis. Dafür wurde die Plastik gar nicht mal schlecht.

»Auch die Oberfläche sieht ziemlich echt aus«, fand Zoe. »Man darf nur nicht zu nahe herangehen.«

»Was erwartest du? Es ist keine Bronze, sondern Plastilin.«

»Aber Harry, der verdammte Fuß ist immer noch zu klein.«

Die Arbeiten an der Plastik gingen gut voran. Nur jedes Mal, wenn die Klingel an der Wohnungstür zu hören war, musste die falsche »Stehende« hastig in der Besenkammer verschwinden. Ein anderes Problem war die Hitze. Das Appartment unter dem Dach hatte sich in den letzten Tagen stetig aufgeheizt. In seinen Plastikhandschuhen, die er beim Modellieren wegen der Fingerabdrücke konsequent anbehielt, waren seine Finger regelrecht zerflossen. Die Modelliermasse dagegen erhärtete zu schnell. Und wenn Harry mehr Wasser in die Mischung gab, wurde sie zu weich und verlief.

Nicht nur der Giacometti, auch Zoe und Harry hatten ihre Probleme mit den Temperaturen. Die Sonne brannte unerbittlich. Ein Tag war heißer als der andere. Nur einen Nachmittag lang ging kurz ein Gewitter über die Stadt hinweg. Der Markusplatz war auf einen Schlag leer gefegt. Es schüttete so heftig, dass sich auch die Tauben unter die Arkaden verzogen. Die weißen Marmorstreifen leuchteten in den riesigen Pfützen. Auf dem regennassen Stein spiegelte sich ein Mann, der mit einem Schirm über den Platz lief. Hinter dem Markusdom blitzte es. Die zahlreichen Gondeln, die bei dem Gewitter natürlich nicht unterwegs waren, hüpften am Anleger vor der Piazzetta San Marco auf und ab. Das Knarzen des Vaporetto am Ponton war noch ein bisschen lauter als sonst zu hören, trotz des Donnerns Richtung Arsenale. Aus dem Boot stürmte eine Reisegruppe von Australiern, wie Zoe sofort am Akzent erkannte. Alle hatten sich kurzerhand in knallgelbe Müllsäcke verpackt. Leuchtend gelbe Kleckse huschten über den Platz, der wie ganz Venedig für einen Moment seine Farben verloren hatte. Es sah aus wie eine Performance – der australische Beitrag zur Biennale.

Gegen Abend schien dann schon wieder die Sonne. Harry vollendete den Giacometti und Zoe malte Pfeile auf den Grundriss der Guggenheim-Villa. Am Morgen war sie vom Piazzale Roma mit dem Bus zu einem Sanitärhandel nach Mestre hinübergefahren. Die beträchtliche Anzahl von Gipsbinden, die sie für ihr Unternehmen benötigten, wollten sie lieber nicht in der Nähe besorgen. Das wäre möglicherweise zu auffällig gewesen.

Kopfzerbrechen bereitete ihnen noch Franca. Dieses Problem galt es, schnellstens zu lösen. Bei einem kühlen Glas Weißwein hatte Zoe eines Abends eine interessante Idee entwickelt. Einerseits könnte diese Frau ihren ganzen Plan gefährden, andererseits passte sie aber wiederum perfekt mit hinein. Sie mussten nur sicherstellen, dass Francesca nicht auf der Performance im Guggenheim aufkreuzte. Und auch hierzu war Zoe etwas eingefallen.

Der Coup war nicht ganz ungefährlich. Aber was an

Vorbereitungen zu leisten war, hatten sie gemacht. Sie nahmen sich fest vor, nicht zu spät ins Bett zu gehen. Sie tranken nur einen selbst gemixten Sprizz auf der Dachterrasse. Während über den Dächern Richtung Hafen die Sonne unterging, aßen sie eingelegtes Gemüse und *pollo allo spiedo*. Von dem gegrillten Huhn bekam Harry kaum etwas ab. Zoe hatte wieder einen erstaunlichen Appetit. Als sie unten das Surren der Türklingel hörten, öffneten sie nicht. Zoe hielt sich den Zeigefinger vor die vom Hühnerfett glänzenden Lippen und gluckste leise.

Trotz des offenen Fensters im Schlafzimmer kühlte es in der Nacht überhaupt nicht mehr ab. Sie wälzten sich unter ihrem dünnen Bettlaken hin und her. Im hereinfallenden Licht des Mondes sah Harry, dass Zoe schwitzte. Es war eigentlich alles perfekt vorbereitet. Aber in der Nacht vor dem »Alarme Rosso« schliefen sie dann doch ziemlich unruhig.

13

»Um Himmels willen, Harry, was ist geschehen?«, rief Britt Benning quer über die ganze Dachterrasse des Guggenheim-Museums. Alle Gespräche der Abendgesellschaft, die hier bereits versammelt war und auf den Beginn der Performance wartete, erstarben für einen Moment. Aus einem der Museumsräume drang ein kurzer Schlagzeugwirbel und ein jäh abbrechender Sirenenton nach draußen. Drinnen wurde offensichtlich noch für die Klangperformance geprobt. Mit einem reichlich übertriebenem Ausdruck der Bestürzung und etlichen Zuckungen der Augenbrauen kam Britt Benning herangerauscht und starrte auf sein Gipsbein.

»Du Ärmster, wie ist das passiert?«

»Ein Bänderanriss. Es sieht schlimmer aus, als es ist«, versuchte er seinen Gehgips herunterzuspielen. Zu viel Aufmerksamkeit wollte er nun auch wieder nicht auf sich ziehen. Er hatte schon das Gefühl, dass die gesamte Runde auf sein voluminöses Bein starrte.

»Gar nicht so einfach, das Aussteigen aus dem Vaporetto«, sagte Zoe und grinste dabei.

»Zoe«, tadelte Britt.

»Ich bin dabei irgendwie ganz blöd umgeknickt.«

»Aber es ist ja wirklich ein Riesengips«, sagte Britt. Dabei machte sie ein Gesicht, als hätte sie im »Derrick« gerade einen Toten entdeckt. »Welcher Arzt hat dir den denn verpasst?«

»Wir waren drüben auf dem Festland in … wie heißt das?«, schauspielerte Zoe ohne Probleme.

»Mestre«, log Harry.

»Warum habt ihr euch nicht gleich gemeldet. Wir hätten dich zu unserem charmanten Dottore Lentini geschickt. Der wäre bestimmt mit etwas weniger Gips ausgekommen.« Britt sah Zoe an und ließ die Augenbrauen zucken.

»Er hat bei mir auch alles wieder eingerenkt«, sagte Doris, die dazukam. »Er musste mich nur kurz einmal anheben …. Aber was rede ich. Harry, was ist mit dir? Erzähl! Ein Bruch?«

»Nur ein Anriss«, sagte Harry.

»Der Gips sieht aber wirklich gefährlich aus.«

Er war tatsächlich reichlich groß geraten. Sie waren mit den Gipsbinden, die Zoe in der Apotheke besorgt hatte, gerade eben ausgekommen. Aber das Gipsbein durfte keinen Zentimeter kleiner sein. Das hatten sie alles perfekt ausgemessen.

Während seines Kunststudiums hatte er die Bildhauerklasse nur relativ kurz besucht, aber doch lange genug, um sich mit dem Gipsen und dem Gießen, mit negativen Gipsschalen und den Eigenschaften beim Sägen des Materials auszukennen. Auch im Studium hatten sie manchmal mit medizinischen Gipsbinden gearbeitet. Das war nicht ganz billig gewesen, aber man ersparte sich das aufwendige Herstellen von Drahtverstärkungen für die Gipsgüsse.

So hatten Zoe und er sein linkes Bein in null Komma nichts eingegipst. Die Binden wurden kurz in Wasser eingeweicht und dann einfach um das zuvor bandagierte Bein gewickelt. Der Trick war natürlich, dass der Gips nicht nur sein Bein, sondern auch die nachgebaute Giacometti-Figur beherbergte. Unter seine Fußsohle schmiegte sich der etwas klobige, kubische Sockel der Plastik und hinter seiner linken Wade klemmte der dürr aufstrebende Körper der »Stehenden Frau«. In wenigen Minuten hatte das Material angebunden und es war ein gewaltiger Gehgips entstanden. Schon während des Härtungsprozesses hatte es im Inneren gebrodelt und gejuckt, dass es kaum auszuhalten war.

Er war heilfroh, dass er bald darauf wieder aus dem Gips befreit wurde, zumindest vorübergehend. Mit einer kleinen Leistensäge, die Zoe ebenfalls in Mestre erstanden hatte, sägte sie zwei lange Schnitte an den Seiten des Beines entlang. So entstanden zwei Schalen, die man abnehmen und wieder anlegen konnte. Mithilfe von Klettbändern und zwei Tapes auf den seitlichen Nähten war mit wenigen Handgriffen wieder ein stabiler Gehgips hergestellt.

»Säg mir bloß nicht ins Bein, Darling«, sagte Harry, während ihm der Schweiß ausbrach. »Und vor allem nicht der ›Stehenden Frau‹.«

»Die Lady wird sich schon melden, wenn ich ihr den Kopf absäge.« Zoe war beim Sägen so konzentriert, dass ihre Zungenspitze dabei ununterbrochen um ihre Schneidezähne spielte.

Mehr als um seine Haut hatte Harry tatsächlich Angst um die Plastik. Denn bislang war der Giacometti noch aus sprödem Plastilin, das bei jeder Berührung mit einem Metallgegenstand auseinanderzubrechen drohte. Am Ende musste noch eine Jeans von Harry dran glauben. Zoe machte einen langen Schnitt in das Bein, damit der Gips durchpasste.

Inzwischen hatten sich die »Amici dei musei di Venezia« fast komplett um Harrys Gipsfuß versammelt.

»Dio mio«, stieß der schöne Roberto aus, der sichtlich beeindruckt war. »Was hast du für einen großen Fuß? *Povero* Harry.«

»Das ist handwerklich regelrechter Pfusch. Ich sag's doch immer wieder.« Giovanni-Dieter fühlte sich mal wieder bestätigt. »Das kriegt der Italiener einfach nicht hin. *Incredibile!*«

»Na ja, die Italiener neigen eben etwas zur Dramatisierung«, sagte Beat Burger, legte den Kopf schief und lächelte sanft.

Britt machte Zoe mit den anderen bekannt.

»Schön, dass Sie dabei sind«, sagte Beat zu Zoe und irgendwie meinte Harry dabei einen ironischen Unterton herauszuhören. Roberto bedachte sie mit einem Augenaufschlag.

Die Gesellschaft war ähnlich zusammengesetzt wie bei der Vernissage mit den beiden trinkfreudigen Finnen an Harrys erstem Abend.

»Nur unsere Francesca drückt sich.« Britt sah Harry vielsagend an. »Das ist eigentlich gar nicht ihre Art.«

»Wollte sie nicht unbedingt kommen?«

Harry wusste natürlich ganz genau, warum Franca nicht auf der Veranstaltung erschienen war. Er hatte sie schließlich selbst durch eine fingierte Nachricht aus Venedig weggelockt. In Hans-Dieters Namen hatte er ihr ein Telegramm zukommen lassen, in dem er ihr signalisierte, dass dieser auf ihre Erpressung eingehen wollte und ein dringendes Treffen vorschlug: *APPUNTAMENTO URGENTE!*

Nur diese beiden Worte, die er in seinem Wörterbuch nachgeschlagen hatte, diktierte Harry der Frau im Telegrafenamt, außerdem die Uhrzeit, einundzwanzig Uhr dreißig, und die Adresse einer betriebigen Bar in Mestre, eines üblen Schuppens im Industrieviertel, den Zoe nach ihren Einkäufen dort ausfindig gemacht hatte. Er war sich eigentlich sicher, dass Franca Giovanni-Dieter erpresste und auf dieses Treffen eingehen würde. Offenbar hatte es tatsächlich geklappt. Francesca war auf dem Weg nach Mestre. Und bis sie herausbekam, dass sie ganz umsonst dorthin gefahren und anschließend wieder nach Venedig zurückgekehrt war, wären Harry und Zoe mit ihren Umräumarbeiten längst fertig.

Die Veranstaltung im Guggenheim sollte mit dem Einbruch der Dunkelheit um einundzwanzig Uhr beginnen. Vorher hatte sich das Publikum auf der Dachterrasse der Villa, von der man einen fantastischen Blick hatte, versammelt. Die edlen Palazzi gegenüber am Canal Grande lagen aufgereiht im letzten warmen Abendlicht, der Palazzo Corner, die Vaporetto-Station Santa Maria del Giglio, der Palazzo Gritti. Ein Stück weiter schimmerte der Markusdom herüber. Aus dem Raum von unten drangen immer mal wieder ein kurzes Schlagzeuggeräusch und ein schriller Sirenenton nach draußen, der aber sofort wieder abbrach.

Einige letzte Sonnenstrahlen beleuchteten einzelne Gesichter der Besucher. Aus grauen Locken leuchtete irgendwo das auffällig rote Gestell einer übertrieben dicken Hornbrille heraus. Und bei einer Frau neben sich sah Harry die Ränder des zu dick aufgetragenen Make-ups, die durch das letzte Tageslicht unbarmherzig ausgeleuchtet wurden. Ein Mann in Windjacke, mit Herrenhandtasche und tief liegendem Scheitel, der eigentlich nicht danach aussah, als hätte er für Klanginstallationen viel übrig, machte ein Foto von einer vorbeifahrenden Gondel mit kichernden Japanern.

Und noch etwas anderes fiel Harry auf. An etlichen der Kleider der versammelten Gäste, an Schals und Revers der Anzugjacken funkelten die kleinen Glasanstecker aus der Werkstatt des schönen Roberto, kleine

Würfel, Tropfen und Schlangen aus Glas. Es war wie das Abzeichen eines geheimen Bundes. Es sah eigentlich ganz hübsch aus. Aber nach seiner nächtlichen Begegnung mit dem toten Großgondoliere waren Harry diese Nadeln unheimlich geworden. Und noch etwas ließ ihn kurz schaudern. Der Einzige der Kunstfreunde, der keinen Anstecker hatte, war Giovanni-Dieter. Aber sicher hatte das nichts zu bedeuten. Vermutlich hatte er seine Anstecknadel einfach vergessen. Harry wischte den Gedanken energisch beiseite. Er musste sich jetzt dringend um wichtigere Dinge kümmern.

Harry und Zoe hatten bereits einen arbeitsreichen Tag hinter sich gebracht. Mit dem *far niente* war es erst mal vorbei. Kunstdiebstahl im sommerlichen Venedig konnte richtig schweißtreibend sein. Sie hatten nicht nur Harrys Gipsbein modelliert. Gegen Mittag hatten sie dem Museum einen erneuten Besuch abgestattet. Im Postkartenshop hatten sie ein Picasso-Plakat und eine gelbe Kunststoffrolle erstanden. Die Plastikrolle hatten sie zusammen mit einem wasserfesten Klebeband, Zange, zwei Teppichmessern, einem schwarzen Seil, einer größeren Kunststofffolie, Baumwollhandschuhen und der roten Kröte aus Hans-Dieters Muranoglas-Sammlung in dem Schränckchen unter dem Waschbecken der Damentoilette zurückgelassen. Dann hatte Zoe noch das schnelle An- und Ausziehen eines schwarzen Overalls trainiert und war durch Giovannis Wohnung auf und ab gehinkt.

»Nicht übertreiben«, hatte Harry gesagt. »Bitte nicht schauspielern.« Gleichzeitig hatte er versucht, die ersten Schritte mit dem Gehgips zu machen. Zoe hatte sich dabei königlich amüsiert.

»Ich bin schon wahnsinnig gespannt«, sagte Britt Benning, als sich die Gesellschaft von der Terrasse in den Zuschauerraum im Inneren der Villa begab.

»Yeah, wir auch«, gab Zoe mit dem Ton der Überzeugung zurück und grinste Harry an.

Die Veranstaltung fand in der ehemaligen Bibliothek der Villa statt. Die Bilder in dem Raum waren abgehängt worden. Es waren mehrere de Chiricos, Max Ernsts und zwei weitere Mirós, wenn Harry das richtig in Erinnerung hatte. Er hatte in den letzten Tagen nur Augen für die »Sitzende« und die »Stehende Frau« gehabt.

»Wir setzen uns ein bisschen an den Rand«, wandte Harry ein, als Britt die beiden in die Mitte der Zuschauerreihen bugsieren wollte. »Falls Zoe mal rausmuss. Sie hat sich wohl irgendeinen Magenvirus eingefangen.«

»Hoffentlich nichts Ernstes.« Britt fasste ihr fürsorglich an den Oberarm, wobei ihre Armreifen klimperten.

»Ach was, Harry übertreibt.« Zoe machte einen quicklebendigen Eindruck. Sie hatte vor Aufregung gerötete Ohren, die bei den kurzen blonden Haaren besonders auffielen.

»Giovanni hat sich auch den Magen verkorkst«, flüsterte Doris. »Oder vielmehr den Darm. Von den besten *sarde in saor* der Stadt, bei Filippo.« Sie grinste verstohlen.

Halb zwischen den Zuschauerreihen verborgen befand sich ein etwa einen halben Kubikmeter großer schwarzer Kasten, auf dem ein rot leuchtender Knopf prangte. Im Raum verteilt standen mehrere reichlich ramponierte Blechspinde, wie man sie in Umkleideräumen von Industrieunternehmen findet. In ihrem Inneren waren Lautsprecher aufgehängt.

Die drei Künstler hatten sich an unterschiedlichen Stellen des Raumes postiert. Ein bärtiger Typ in einem weißen Overall, einer lächerlich neu aussehenden Werkzeugweste und mit einem Bauhelm saß an einer Art Mischpult hinter einem gefährlichen Gewirr aus Kabeln, verschiedenen Sirenen und einer an einen Schlauch angeschlossenen Posaune. In einer Ecke hatte sich ein Japaner, der mit seinem breiten Stirnband wie ein Samurai oder Kamikazeflieger aussah, hinter allerlei Schlaggerät eingerichtet: Trommeln, aber auch ein ramponierter Kunststoffbehälter und so etwas wie alte Keramikscherben. Er wartete darauf, die Teile mit verschiedenem Handwerkszeug und Stahlbürsten zu bearbeiteten. In seiner Nähe stand die bleiche Sängerin, die Sopranistin in einem langen schwarzen Kleid, tief dekolletiert über der flachen, fast knochigen Brust. Die drei Künstler blickten demonstrativ finster.

Das Publikum sollte, wie es im Programmheft stand, »durch ein visuelles und akustisches Flusswasser waten«. Dabei wollte die Installation »in einem Gesamtkunstraum einen Bogen von dem Erinnerungsmaterial der Geschichte Venedigs hin zu den aktuellen Klang- und Bildimpressionen des Canal Grande spannen«.

»Hauptsache, sie machen ordentlich Krach«, flüsterte Harry Zoe zu, »damit wir in Ruhe arbeiten können.«

Es begann recht verheißungsvoll. Während die drei Künstler Projektionen von Überschwemmungen aus aller Welt zeigten, kreischten die ersten Sirenentöne durch den Raum. Der Japaner begann mit einem Schraubenzieher und einer Stahlbürste die vor ihm stehenden Teile zu bearbeiten.

Das Video wurde auf ein dichtes Netz aus Fäden projiziert. Der optische Eindruck war eher diffus. Sonderlich viel war auf dem Video ohnehin nicht zu erkennen – jede Menge Wasser eben. In die Flutbilder hinein setzte der Gesang der Sopranistin ein. Eigentlich sang sie nicht, sondern sie krächzte atonal, wimmerte, gluckste und würgte, unterbrochen von einem Posaunenhupen und einem klingelnden Telefon.

»Der Kanal ist gesprächig«, tuschelte Doris.

»*Sì, sì*, ein ganz neues klangliches Raumgefüge«, zischte Giovanni-Dieter und blickte mit Kennermiene zu den Metallspinden, aus denen ein Großteil der Töne kam.

»Wie die Sirenen des Odysseus«, kommentierte in österreichischem Akzent nölend der Mann mit den langen grauen Haaren und der gewaltigen Hornbrille. »Lockend und gleichzeitig bedrohlich.«

Jetzt begann der rote Knopf auf dem schwarzen Kasten zu blinken. Das grell leuchtende Lämpchen wurde von einem durchdringenden Quäken begleitet. Die Sängerin quakte dazu in exakt derselben Tonlage. Prompt erschien in dem Durchgang zum Flur des Museums der Wachmann in Uniform, den Harry in den letzten Tagen schon gesehen hatte. Harry und Zoe beobachteten ihn argwöhnisch. Der nette ältere Herr blickte etwas ungläubig. Nachdem er aber erkannt hatte, dass die schrillen Alarmsignale in Wahrheit nur Kunst waren, zog er, ein fragendes »*Tutto bene?*« murmelnd, wieder ab.

Jetzt aber ganz schnell wieder zurück in deinen gemütlichen Personalraum vor den Fernseher!, dachte Harry.

Denn so nett er auch aussah, den Museumswächter konnten Harry und Zoe hier während der nächsten halben Stunde überhaupt nicht gebrauchen.

Der rote Knopf und die fremden schrillen Töne waren tatsächlich beunruhigend.

»Der rote Knopf soll den Zuschauer zur Interaktion reizen«, hatte Harry in dem Text zu der Veranstaltung gelesen. Doch das Publikum hatte keine Möglichkeit der Einflussnahme. Das Blinken und auch die Signaltöne hörten nach kurzer Zeit von selbst auf oder wurden wahrscheinlich von dem Bärtigen mit dem Bauhelm abgeschaltet. »Es geht um Intimität, den Moment des Erwischtwerdens«, hieß es auf dem Programmzettel. Na prima, dachte Harry, hoffentlich ging der Schuss nicht nach hinten los.

»Mir ist nicht gut. Ich muss mal verschwinden«, raunte Zoe Harry zu, sodass auch die näheren Umsitzenden es mitbekamen.

Dies war gewissermaßen der Startschuss zu ihrem Unternehmen. Er nickte ihr bestätigend zu, während sie ihren Platz verließ. Inzwischen war auch die Sopranistin abrupt verstummt. Doris und Britt sahen zu ihnen herüber.

»Sie muss irgendetwas Falsches gegessen haben«, sagte Harry. »Das geht schon seit Tagen so.«

Britt und Doris machten ein übertrieben besorgtes Gesicht.

»Das ist schon nicht so schlimm«, beruhigte er sie.

In Wahrheit wurde Harry immer nervöser, nachdem Zoe ihren Platz verlassen hatte. Auf einmal schrillten in ihm alle Alarmglocken. War das ganze Unternehmen nicht viel zu riskant? Ein Kunstraub war doch etwas ganz anderes als eine gemütliche Fälschung. Wären sie lieber dabei geblieben. In diesem Moment hätte er die ganze Aktion am liebsten rückgängig gemacht. Aber jetzt gab es kein Zurück mehr. Der Miró-Coup lief und ließ sich nicht mehr stoppen.

Harry hatte genau vor Augen, was Zoe gerade machte. Sie musste sich jetzt in dem engen Damenklo eingeschlossen haben und in den unter dem Waschbecken deponierten schwarzen Overall steigen. Vor allem musste sie sich die Perücke mit den langen schwarzen Haaren über ihre blonde Kurzhaarfrisur ziehen. Und natürlich durfte sie auf keinen Fall die weißen Baumwollhandschuhe vergessen. Er konnte sich überhaupt nicht mehr auf die Performance konzentrieren. Er war mit seinen Gedanken voll bei Zoe.

In dem Moment drängelte sich Giovanni-Dieter mit gequältem Gesichtsausdruck durch seine Sitzreihe und entschwand in Richtung Herrenklo. Das war jetzt höchst unpassend. Harry wurde unruhig. In seinen Schläfen pochte es. Warum musste dieser Idiot ausgerechnet heute Abend Dünnpfiff bekommen? Hatte er es in Venedig denn nur mit Magenkranken zu tun?

Er wusste natürlich nicht, wie weit Zoe jetzt genau sein mochte. Hatte sie die Damentoilette schon verlassen? Er horchte nach verdächtigen Geräuschen aus den Nebenräumen. Doch außer dem Chor der Sirenen und Tröten, die durch Peggy Guggenheims Bibliothek schallten, war nichts zu hören. Die Sopranistin stand jetzt mit geschlossenen Augen immer noch stumm vor dem Auditorium. Auch Beat Burger und der Mann mit dem Herrenhandtäschchen, den wahrscheinlich seine Frau mitgeschleppt hatte, drohten einzunicken. Jetzt hatte sogar der Kamikazeflieger die Augen geschlossen. Verdammt noch mal, die Akustik-Avantgarde durfte jetzt auf keinen Fall wegdösen!

Doch der Typ mit Bauhelm und dem grimmigen Blick begann dafür umso geschäftiger, in seiner Werkzeugweste herumzukramen, verschiedenfarbige Kabel hin und her zustecken und an Verschlüssen zu schrauben.

Auf der Projektionsfläche war mittlerweile ein Video zu sehen, das den Blick in ein Aquarium freizugeben schien. Die Künstler hatten eine Videokamera in einer wasserdichten Plexiglasbox bei der Vaporetto-Station Accademia ins Wasser gleiten lassen. Aus der ungewohnten Perspektive knapp unter und im nächsten Moment wieder über der Wasseroberfläche hielt die Kamera im automatischen Aufnahmemodus den Schiffsverkehr auf dem Canal Grande fest. So waren zufällige Bilder vorbeifahrender Boote und dahindümpelnder Mülltüten entstanden, die das touristische Bild der Lagunenstadt verschwimmen ließen. Der Krach, den die Künstler währenddessen veranstalteten, zerstörte dann endgültig alle Venedig-Illusionen.

Während der Japaner seinem Benzinkanister mit einem riesigen Schraubenschlüssel ein paar beherzte Schläge versetzte, schlich Hans-Dieter mit Leidensmiene auf seinen Platz zurück. Zoe war ihm glücklicherweise nicht begegnet.

Harry starrte auf den Sekundenzeiger seiner Uhr. Ohne Uhr hätte er jedes Zeitgefühl verloren. Aber jetzt musste Zoe langsam so weit sein. Hatte sie gerade den

Miró in Arbeit? Achtete sie auch darauf, sich der Videokamera so zu zeigen, wie sie es besprochen hatten? Sie hatten einen präzisen Zeitplan ausgearbeitet, und er musste sich beherrschen, nicht aufzustehen, um nach ihr zu sehen.

Sein Gipsbein fühlte sich auf einmal gar nicht mehr so schwer an. Harry sah auf den Sekundenzeiger seiner Uhr, der sich unfassbar langsam bewegte. Er zwang sich sitzen zu bleiben. Zwei Minuten noch. War da jetzt nicht ein neuer Piepton zu hören, diesmal aber aus einem entfernt gelegenen Nebenraum?

Harry war sich ziemlich sicher, dass da plötzlich ein echter Alarmton zu hören war. Zoe hatte ganz offensichtlich den Miró von der Wand genommen. In Gedanken konnte er sie ganz genau vor sich sehen, wie sie in ihren schwarzen Klamotten mit der ein mal eineinhalb Meter messenden »Sitzenden Frau II« durch die fast unbeleuchteten Räume des Museums Richtung Damenklo schlich.

»Klingt erstaunlich echt, dieser Alarm!«, raunte der Österreicher mit den langen grauen Haaren. »Ganz erstaunlich.«

»Incredibile«, stöhnte Hans-Dieter und machte ein Gesicht, als würde es ihn schon wieder Richtung Herrentoilette ziehen. Bitte nicht jetzt, betete Harry.

Er horchte. Doris sah ihn an, freundlich, aber auch ein bisschen fragend. Das verdächtige Alarmsignal war nicht mehr auszumachen, denn jetzt setzten Posaune, Telefonklingeln und Sängerin wieder ein und übertönten alles andere. Harry bekam trotzdem ein flaues Gefühl im Magen.

»Soll ich mal nach deiner Zoe sehen?«, flüsterte Doris ihm zu.

Auf gar keinen Fall, dachte Harry. Das fehlte noch, dass Zoe mit ihrem Bild jetzt der freundlichen Psychotherapeutin über den Weg lief.

»Ich geh selbst mal«, zischelte er.

Er stand auf. Hans-Dieter warf ihm einen kurzen, ungnädigen Blick zu.

Mit seinem voluminösen Gipsbein humpelte er durch die Räume des Museums, durch West- und Ost-Korridor, vorbei an Chagalls »Regen«, an Fernand Légers »Studie einer Nackten« und Braques kubistischer »Schale mit Trauben« Richtung Damenklo. Die Wände lagen fast im Dunkeln. Nur das grüne Schild für den Fluchtweg über den Durchgängen warf spärliches Licht auf die Bilder. Trotzdem glaubte er, sie sehr genau sehen zu können.

Harry konnte sich nicht verkneifen, doch erst mal einen kurzen Blick in den Ostflügel zu werfen. Den Raum durfte er dabei nicht betreten. Sonst würde er von der Videokamera erfasst, die in ihrem Plan eine so wichtige Rolle spielte. Der Miró hing nicht mehr an seinem Platz. Der Platz neben Dalís »Flüssigen Begierden« von 1932 war leer. Harry meinte, einen dunklen Rand auf der Wand erkennen zu können. Es war gespenstisch. Durch das Fenster mit dem verschnörkelten, schmiedeeisernen Gitter glitzerten feierlich ein paar Lichter auf dem Kanal. Das echte Alarmsignal, das Zoe ausgelöst hatte, war außerhalb des Veranstaltungsraumes, von dem ein dumpfes Tuten herübertönte, sehr viel deutlicher zu hören. Hoffentlich bemerkte das in den nächsten Minuten niemand.

Mit wenigen Schritten stand Harry schließlich vor dem Damenklo.

»Zoe, it's me«, flüsterte er gepresst.

»In a moment!« Harry hörte, wie sie auf der anderen Seite der Tür mit dem Rahmen hantierte.

Zoe öffnete die Toilettentür einen Spalt. Mit ihren schwarzen Sportklamotten und der Perücke sah sie wieder aus wie früher und doch irgendwie verkleidet. Die Leinwand mit der »Sitzenden Frau II« war noch auf dem inneren Keilrahmen. Aber den äußeren schlichten weißen Rahmen hatte sie bereits abgenommen. Zoe hatte die kleine Zange in der Hand, die sie vorher unter dem Waschbecken deponiert hatte.

»What about the alarm? Too loud?«

»Der piept so vor sich hin. Ist bisher keinem aufgefallen. Läuft alles nach Plan«, zischte er ihr durch den Türspalt zu. »Bekommst du das Bild so von dem Rahmen herunter oder müssen wir schneiden?«

»I will try«, flüsterte Zoe und wischte sich fahrig eine dunkle Strähne der Perücke aus dem Gesicht.

Als er Zoe so eifrig mit dem Werkzeug hantieren sah, hatte Harry auf einmal etwas Angst um den Miró. Jeder Schnitt, auch einer am Rand, beeinträchtigte den Wert des Bildes. Aber das Herausziehen der Reißnägel, mit denen die Leinwand auf dem Keilrahmen befestigt war, war möglicherweise zu aufwendig. Wie der Rahmen hinter der Leinwand beschaffen war, hatten sie vorher ja schlecht recherchieren können.

»Wenn das Ziehen der Nägel zu viel Zeit braucht, nimm das Teppichmesser. Aber lass bitte etwas von dem Bild übrig!«

»Very funny!«, raunte sie. »Darling, wir haben das genau besprochen. Ich bekomme das schon hin.«

»Ich muss mich um den Giacometti kümmern. Wir dürfen nicht beide so lange wegbleiben. Außerdem kann Giovanni jederzeit aufkreuzen. Der hat's auch mit dem Magen.« Er ließ sich von ihr das zweite Teppichmesser, Handschuhe und das Klebeband geben.

Harry drückte die Tür des Damenklos behutsam zu und Zoe schob innen den Riegel vor. Er humpelte an Braques »Trauben« und Legers kubistischer Nackten vorbei in den Raum mit der »Stehenden Frau«. Im Gegensatz zum Miró wurde die Bronze von keiner Überwachungskamera erfasst. Der Tausch der beiden Giacometti-Figuren musste trotzdem schnell gehen. Er hatte es vorher geprobt und war es mehrmals in Gedanken durchgegangen. Doch als er jetzt mit seinem Gips vor der Plastik stand, kam ihm die ganze Situation vollkommen irreal vor.

Lichtreflexe vom Kanal und vom gegenüberliegenden Ufer mischten sich mit dem Mondlicht, das einen Schatten des verschnörkelten Fenstergitters auf die Wand neben dem Giacometti warf. Die Statue mit ihrer spröden zerfurchten Oberfläche hatte in dem fahlen Licht fast etwas Gefährliches. Der Sockel unter dem Fuß kam ihm beim Original auf einmal größer vor als bei seiner Kopie. Das wäre verhängnisvoll, nicht weil man die Fälschung sofort erkennen würde, sondern weil der echte Giacometti dann nicht in den Gips passen würde.

Harry sah sich nervös um und horchte. Würde ihn jetzt jemand entdecken, könnte er sich auf dem Weg zum Klo noch verlaufen haben. Einen abgelegten Gips könnte er allerdings nicht mehr erklären. Aber es war nichts Verdächtiges zu hören, keine Schritte in der Nähe, nur das entfernte Kreischen des avantgardistischen Soprans.

Er streifte die Baumwollhandschuhe über und löste die beiden Klettverschlüsse am Gips. Dann nahm er das Teppichmesser und erfühlte unter dem Klebestreifen die Fuge zwischen den beiden Gipsschalen. Mit einem kräftigen Schnitt fuhr er einmal das ganze Bein entlang. Die beiden Teile lösten sich sofort voneinander. Ohne Probleme konnte er jetzt den Gehgips aufklappen. In dem Moment brach der kreischende Gesang ein paar Räume weiter abrupt ab. Das Telefon klingelte. Und dann war da noch ein neues Geräusch. Ein Tuten oder Posaunen.

Harry hielt inne. Ganz kurz, nur für den Bruchteil einer Sekunde meinte er, die Duane-Hanson-Figur im Nebenraum neben dem Picasso sitzen zu sehen. Der dicke Großgondoliere im grünen Jackett stierte ihn verwundert an. Harry wurde ganz flau zumute. Ganz schlechter Zeitpunkt, dachte er und versuchte ruhig durchzuatmen. Hier umzukippen, neben der geöffneten Gipsschale und zwei Giacometti-Figuren, wäre ausgesprochen unpassend.

Vorsichtig nahm er den Plastilin-Giacometti aus der Schale heraus. Besonders achtete er darauf, die an der Hüfte ein kleines Stück frei stehenden Arme der »Stehenden Frau« nicht zu beschädigen. Er hatte den Gips nur wenige Stunden getragen. Doch sein Fuß fühlte sich an, als wären es Wochen gewesen.

Harry stellte seinen Giacometti neben den echten. In

dem bleichen Licht war der Unterschied wirklich kaum zu erkennen. Die Oberfläche seiner Fälschung war nicht ganz so zerfurcht. Er hatte sich wirklich alle Mühe gegeben. Aber die für Giacometti so typische Rissigkeit seiner Bronzen war ihm nicht hundertprozentig gelungen. Im Mondlicht glaubte Harry, ein leichtes Glänzen auf dem Plastilin erkennen zu können. Aber dafür war jetzt keine Zeit.

Er hob die »Stehende Frau« von Alberto Giacometti von ihrem Platz. Nach wenigen Sekunden setzte das Alarmsignal ein. Der Ton war beängstigend laut und absolut nervig. Doch glücklicherweise passte das quäkende Signal perfekt zum Gesang der Lady in Schwarz, der jetzt wieder, beherzter als zuvor, eingesetzt hatte. Im Gegensatz zu dem Geklopfe des Kamikazefliegers und dem atonalen Krach, den der Typ in der Werkzeugjacke produzierte, klang die echte Alarmanlage zusammen mit dem Geheule der Sängerin fast harmonisch. Harry fand das ganz beruhigend. Nur die Künstler könnten vielleicht Verdacht schöpfen. Was Harry im Augenblick allerdings mehr Sorgen machte, war das Gewicht des Originals.

Er platzierte die Kopie, die kaum die Hälfte wog, an dessen Stelle. Jetzt musste er die echte Plastik in seinem Gips unterbringen. Kopf und Oberkörper verschwanden gleich in der Hülle. Doch die Hüfte klemmte und, genau wie er befürchtet hatte, auch der Sockel an der Hacke. Fieberhaft kratzte er mit dem Teppichmesser an den betreffenden Stellen in dem Gips. Das Material ließ sich mit dem Messer leicht schneiden. Dabei entstand allerdings sofort der auffällige typische weiße Staub. Nachdem Francesca offensichtlich durch Gipsstaub überführt worden war, wollte er sich dadurch nicht auch noch verdächtig machen. Aber er musste die Figur unbedingt hier vor Ort in die Gipsschale hineinbekommen. Hektisch fummelte er mit dem Teppichmesser an dem Gips herum. Dabei achtete er penibel darauf, dass keine Gipskrümel auf den Boden fielen.

Dann versuchte Harry, den Giacometti erneut in die Form zu pressen. Einen Vorteil zumindest hatte das Original aus Bronze. Es war weniger zerbrechlich. Endlich passte die Figur gerade so rein. Vorsichtig setzte er die beiden Schalen wieder zusammen. Das Zischen des Klebestreifens, als er ihn zu schnell von der Rolle zog, hallte unnatürlich laut durch den Raum. Harry horchte. Die Tonkünstler drehten jetzt richtig auf. Das passte hervorragend.

Er ritzte das Klebeband mit den Zähnen ein, trennte das Band jetzt behutsam leise von der Rolle und überklebte den Falz zwischen den beiden Schalen. Doch jetzt offenbarte sich ein ganz entscheidender Nachteil der Originalplastik. Harrys Bein schien wie am Boden festbetoniert zu sein, so schwer war es mit der Originalplastik im Gips. Jeder Schritt war ein Riesenakt. Und er meinte auch, beim Aufsetzen des Gipsbeines ein lauteres Geräusch als zuvor zu machen. Mühsam schleppte er sich weiter.

Am liebsten hätte Harry noch einmal kurz im Damenklo vorbeigeschaut, aber er wollte jetzt jeden unnötigen Schritt vermeiden. Und Zoe würde schon allein mit dem Miró fertig werden. Am aufwendigsten war sicher, die Leinwand von dem Spannrahmen herunterzubekommen. Dann musste sie das Bild vorsichtig einrollen, damit es in die Plastikrolle aus dem Museumsshop passte.

Das Rollen des Ölbildes war eine heikle Angelegenheit. Durch die Veränderung der Oberflächenspannung konnte die Farbe reißen. Aber dieses Risiko mussten sie eingehen. Denn ansonsten schien der Plan doch wunderbar zu funktionieren. Die Kunststoffröhre aus dem Plakatladen sollte noch einmal in eine Folie verpackt, mit Tesaband verklebt und an einem Ende mit einem Kunststoffseil umschnürt werden. Dann sollte Zoe das ganze Paket durch die schmiedeeisernen Gitter des Toilettenfensters schieben.

Vor allem durfte Zoe nicht vergessen, die Kröte aus Muranoglas mit in die Röhre hineinzulegen. Sie hatten keinen anderen Gegenstand zum Beschweren gefunden außer diesem grauenhaften tomatenrot leuchtenden, im Inneren von verschwimmenden blauen Schlieren durchzogenen Frosch, der sie die letzten Tage von der Anrichte in Giovanni-Dieters Wohnung blöd angeglotzt hatte. Die Murano-Kröte hatte es nicht anders verdient.

Den übrig gebliebenen Rahmen sollte sie dann in Einzelteilen ebenfalls durch das Fenster nach draußen werfen.

Harry musste sich allmählich mal wieder im Zuschauerraum blicken lassen.

Er hatte gerade seine Handschuhe ausgezogen und den Giacometti-Raum humpelnd verlassen, da bekam er einen gewaltigen Schreck. Im Gang, vor Braques »Schale mit Trauben«, stand plötzlich Doris vor ihm. Das Kleid der Psychotherapeutin wirkte im Halbdunkel besonders zeltartig, und sie blickte fast noch netter als sonst durch ihre gefleckte Brille.

»Alles in Ordnung mit deiner Frau, Harry?« Sie fasste ihm fürsorglich an den Arm.

»Ja, es g-g-eht schon.« Er kam richtig ein bisschen ins Stottern und wirkte wohl auch sonst etwas verstört. »Ihr ist einfach nicht so gut.«

Doch damit gab sich Psycho-Doris nicht zufrieden. »Lass mal Harry. Ich werd mal nach ihr sehen.« Sie setzte auf einmal eine ganz ernste Miene auf.

Bloß das jetzt nicht, dachte Harry nur.

»Das ist sch-schrecklich nett von dir, Doris«, sagte er. »Aber sie kommt schon zurecht.«

»Lass uns Frauen mal machen«, sagte sie. Dabei hatte sie schon wieder ihr Therapeutenlächeln aufgesetzt. Dann entschwebte das Zelt in Richtung Calder-Mobile. Harrys Magen krampfte sich zusammen. Damit hatte er nicht gerechnet. Hoffentlich würde Doris nicht das echte Alarmsignal auffallen, das natürlich nicht zur Performance gehörte. Aber er konnte jetzt nichts tun, nur hoffen, dass Zoe gut improvisieren würde.

Als er auf seinen Platz zurückkam, nickte Britt Benning ihm kurz zu. Roberto warf ihm einen theatralisch erstaunten Blick zu, und Giovanni hielt sich ebenso bühnenreif den rumorenden Bauch. Je länger der Platz von Doris frei blieb, desto unruhiger wurde Harry. Er malte sich aus, wie die dichtende Doris Zoe beim Einrollen des Mirós erwischt hatte. Warum dauerte das nur so verdammt lange? Vielleicht musste die gute Doris ja auch einfach mal aufs Klo.

Aber das Damenklo war gerade besetzt, verdammt

noch mal! Das musste das blöde Zeltkleid doch langsam mal kapieren!

Die Tatsache, dass es im Guggenheim-Museum nur eine Damentoilette gab und dass das eventuell ein Problem sein könnte, war ihnen während der Vorbereitungen sogar aufgefallen. Diese Bedenken hatten sie aber gleich wieder verworfen. Endlich tauchte Doris wieder im Zuschauerraum auf. Harry sah sie prüfend an, aber sie lächelte ruhig wie immer.

»Ihr geht es wirklich nicht gut. Sie muss sich furchtbar übergeben«, zischelte Doris, während sie sich etwas mühselig an ihm vorbeidrückte, um zu ihrem Platz zu kommen. »Schrecklich«, flüsterte sie. Und dann noch leiser: »Sie hängt über der Kloschüssel.«

Harry atmete auf. Das schien Zoe gut hinbekommen zu haben. Offenbar hatte sie laute Würgegeräusche simuliert. Oder hatte sich Zoe wirklich übergeben müssen? Nach wenigen Minuten tauchte sie dann selbst wieder auf. Ihre Haare sahen reichlich zerstrubbelt aus und sie wirkte erstaunlich blass.

»Dir geht's nicht gut?«, fragte Harry.

Britt Benning, Beat, Roberto, fast alle »Amici dei musei« drehten sich besorgt zu ihnen um, während die Sopranistin zu einer neuen atonalen Arie ansetzte und der Samurai wild auf seinen alten Benzinkanister einschlug.

»Ich hab tatsächlich wieder ziemlich kotzen müssen«, flüsterte sie fast kleinlaut.

»Scheiße, das darf doch nicht wahr sein«, murmelte Harry.

»Mir geht es schon wieder gut.«

»Und sonst alles klar?«

»*Looking good.*« Dabei grinste sie verstohlen.

»Alles nach Plan?«

Sie nickte andeutungsweise.

Eine Frau in einer Stola und mit einer altmodischen Turmfrisur zischte und sah ungnädig zu ihnen herüber.

Ein paar Takte Sirenengeheul und ein paar an der Kamera vorbeidümpelnde Obstkisten und Gondeln wartete er ab. Dann schlich Harry sich nach draußen. Als Britt Benning zu ihm herübersah, zeigte er demonstrativ seine Chesterfieldschachtel.

»Er muss es sich unbedingt abgewöhnen«, sagte Zoe zu Britt.

Harry humpelte unter dem Calder-Mobile hindurch auf die Terrasse. Den Blick auf den Canal Grande würdigte er nur kurz. Er zündete sich erst mal eine Zigarette an. Der Giacometti hing ihm tatsächlich wie ein Klotz am Bein. Aber die Idee war einfach genial! Harry grinste zufrieden in sich hinein.

Dann humpelte er die Terrasse einmal auf und ab und zeigte sich vor den Fenstern der ehemaligen Bibliothek, in der die Performance stattfand, für einen Augenblick den Zuschauern drinnen. So richtig konnte er es nicht erkennen, ob sie ihn auch wirklich wahrnahmen. Dann stieg er rauchend, so schnell ihm das mit seinem Bleifuß möglich war, durch die martialische Gittertür die Treppen zum Kanal hinunter, um von dort an die Seite des Gebäudes zu gelangen.

Er sah es sofort. Das Paket lag unter dem Toilettenfenster und daneben die einzelnen Holzleisten des Rahmens. Eilig sammelte er die eingepackte Kunststoffrolle und die Rahmenteile ein und brachte alles zu dem kleinen Anlegesteg vor dem Westflügel der Villa. Die Zigarette hatte er zwischen den Lippen. Beim Hantieren mit den Holzteilen stieg ihm Rauch in die Augen. Aber die größeren Probleme bereitete ihm sein Bein.

Er sah über den Canal. Es war kein Boot in der Nähe. Auch aus dem Museum oder dem benachbarten Haus wurde er nicht beobachtet. Er warf die Holzteile in hohem Bogen in den Kanal. Es hatte etwas seltsam Majestätisches, als der Keilrahmen, der Mirós »Sitzende Frau II« über fünfzig Jahre getragen hatte, in seinen Einzelteilen durch die venezianische Nacht flog, mit einem kaum hörbaren Klatschen auf das Wasser traf und dann ganz langsam und unauffällig mit der Strömung kanalabwärts Richtung San Giorgio Maggiore trieb. Mit ein bisschen Glück dümpelte Mirós Rahmen in ein paar Tagen irgendwo auf der Adria umher.

Bevor seine Zigarette zu Ende ging, humpelte Harry noch mal die Treppen hinauf, um sich am Fenster des Veranstaltungsraumes zu zeigen und demonstrativ den inhalierten Rauch gegen die Scheiben zu pusten. Er sah die Leute der Toncollage horchen. Nur Giovanni-Dieter war schon wieder aufgestanden und zwängte sich durch seine Stuhlreihe. Er hatte doch hoffentlich nicht eben aus dem Fenster gesehen und Harry beobachtet.

Nach den hastigen Zigarettenzügen war Harry für einen Moment schwindelig geworden. Benommen humpelte er wieder zurück an den Steg. Er nahm die Plastikrolle mit dem Bild und ging auf den kleinen Anleger, der quer zu dem Holzsteg vor dem Haus ein paar Meter in den Kanal hineinragte.

Bäuchlings auf den Planken liegend machte er das freie Ende des Kunststoffseils an einem der Pfähle der Anlegestelle fest. Er schlang das Tau zweimal um den Holzdalben und schob die Schlinge dann mit einiger Mühe ein paar Zentimeter unter die Wasseroberfläche. Dort war sie nicht mehr zu sehen, zumindest jetzt in der Nacht nicht. Und sie saß recht fest, hatte Harry das Gefühl.

Jetzt kam der entscheidende Moment. Für einen Augenblick hielt er inne. Er stippte den verpackten Miró zunächst vorsichtig ins Wasser, dann ließ er die am Seil hängende Plastikröhre behutsam ins Wasser gleiten. Das Paket sackte langsam, aber zügig nach unten. Die rote Murano-Kröte aus Giovanni-Dieters Horrorkabinett leistete gute Dienste. Die »Sitzende Frau« war zu Wasser gelassen. Nur ein paar Bläschen, die in der Nähe des Pfahls aus dem dunklen Wasser perlten, beunruhigten Harry etwas. Sollte Zoe die Rolle nicht hundertprozentig abgedichtet haben? Die Brühe aus dem Kanal durfte auf keinen Fall an das Bild kommen.

14

Die Veranstaltung schien kein Ende nehmen zu wollen. Der Typ in der Werkzeugweste und vor allem der Kamikazeflieger waren jetzt erst richtig in Schwung gekommen. Die rote Lampe auf dem schwarzen Kasten blinkte ununterbrochen und das Telefon hörte gar nicht wieder auf zu klingeln. Nur die Sängerin zeigte erste Ermüdungserscheinungen.

Harry saß schon wieder eine ganze Weile auf seinem Stuhl zwischen Zoe und Doris. Das echte Alarmsignal schien verstummt zu sein, dafür hörte er seit einigen Minuten diverse Leute im Museum umherlaufen. Zoe und Harry sahen sich an. Den anderen schien das gar nicht aufzufallen. Etwa vor einer Viertelstunde meinte er, ein Boot an dem Steg zum Canal Grande anlegen zu hören. Und er war sich sicher, auch kurz ein blaues Blinklicht gesehen zu haben. Kurz vorher war noch einmal der nette ältere Wachmann in dem Durchgang zum Flur erschienen. Der Diebstahl war also inzwischen bemerkt worden. Statt des Museumswächters postierte sich jetzt ein Polizist in dem Ausgang des Raumes, ein kleiner, dicker, nicht mehr ganz junger Mann in einer blauen Uniform mit einem weißen Gurt quer über die Brust und roten Streifen an der Hosenbeinnaht. Ohne sichtbare Gefühlsregung sah der Ispettore dem Treiben in der Bibliothek zu, wo der Kamikazeflieger inzwischen völlig außer Rand und Band geraten war und wütend mit zwei Hämmern auf den Blechkanister und die Überreste der Keramikscherben einschlug. Nur wegen eines schnöden Diebstahls wollte man die Performance nicht unterbrechen. Die Kunst ging eben vor in der Serenissima.

Von dem Krach war sogar der Typ mit dem tiefen Scheitel und der Herrenhandtasche wieder wach geworden. Verständnislos starrte er die dürre Sängerin an.

»Geht es Ihnen wieder besser, Zoe?« Doris streckte ihren runden Kopf zu ihr hinüber, soweit dies bei ihrer geringen Körpergröße überhaupt möglich war.

»Yeah, fine.«

»Schön«, hauchte Doris mit sanfter Stimme zurück.

Harry musste sich zwingen, nicht zu oft zum Fenster zu sehen. Der Betrieb auf dem Bootssteg hatte ihn doch etwas nervös gemacht. Er hoffte nur, dass die Plakatrolle unter Wasser bleiben würde. Irgendwie traute er Zoes Verpackungskünsten nicht so ganz. Aber die rote Murano-Kröte würde es schon richten.

Nach einem Crescendo von Signalhörnern, Posaune und klingelndem Telefon brachen alle Töne abrupt ab. Das Publikum applaudierte. Die drei Künstler verließen ihre angestammten Plätze und verbeugten sich, wozu der Bärtige seinen Bauhelm kurz abnehmen musste. Der Japaner lächelte. Aber die bleiche Sopranistin und der Typ mit der Werkzeugweste blickten noch finsterer als vorher, als wollten sie dem Publikum ihre Verachtung ausdrücken.

»Grandios!«, rief der Österreicher mit der Riesenhornbrille. »Ein genialer Kommentar zur Hysterie und Paranoia des modernen Kunstbetriebs.«

Während die Zuschauer noch applaudierten, betraten mehrere uniformierte Beamte und zwei Männer in Zivil Peggy Guggenheims Bibliothek. Der kleine Dicke in Uniform, der eine Weile schon in der Tür gestanden hatte, folgte ihnen. Der ältere der beiden stellte sich, nachdem der Applaus abgeebbt war, als Kurator der Guggenheim-Foundation vor. Er wirkte reichlich blass. Der andere war offensichtlich der leitende Kommissar, ein italienischer Schönling in einem dunkelblauen, leicht changierenden Anzug, unter dem er ein ebenfalls dunkles Sporthemd trug. Im offenen Kragen war ein Goldkettchen sichtbar. In einigermaßen passablem Englisch mit italienischen Akzent stellte er sich als Commissario Lompo vor und teilte den Anwesenden mit, dass während der Veranstaltung ein Kunstdiebstahl geschehen war.

»Bedauerlicherweise«, sagte er. *»Sfortunatamente.«* Dabei gestikulierte er mit beiden Händen.

»Furto aggravato«, fiel ihm der bleiche Kurator ins Wort und betonte überdeutlich jede einzelne Silbe. »Schwerer Diebstahl. Der Miró im Ostflügel!« Dabei sah er die Zuschauer vorwurfsvoll an, als wüsste er bereits, dass einer von ihnen das Gemälde von der Wand genommen hatte.

»Incredibile!«, meckerte Giovanni-Dieter

»Neiiin!«, rief Britt so laut, dass es jeder hören konnte. »Unfassbar!« Sie machte wieder ein Gesicht, als wäre im »Derrick« der nächste Mord passiert.

Der schöne Roberto tuschelte mit Hans-Dieter.

»Ich bitte um Ihr Verständnis«, sagte der junge Comissario. Sein Gesichtsausdruck allerdings signalisierte, dass ihm das Verständnis der anwesenden Kunstfreunde eigentlich egal war.

»Uns wird hier ja richtig was geboten«, tuschelte Britt zu ihnen herüber. Die Schauspielerin fand offenbar Gefallen an der Situation.

»Ganz schön abenteuerlich«, gluckste Doris heimlich hinter vorgehaltener Hand.

Harry sah das weniger locker und Zoes Ohren leuchteten schon wieder bedenklich rot.

Bislang war nur von dem Miró die Rede gewesen. Der Tausch der Giacometti-Skulpturen war bisher offensichtlich nicht bemerkt worden. Gut so. Harry war trotzdem äußerst angespannt. Er war nervöser als während der Aktion selbst. Er sah Zoe prüfend an. Und die tat, als wäre nichts gewesen. Nur die Ohren verrieten sie.

»Ist irgendjemandem von Ihnen etwas aufgefallen?«, fragte der Commissario. »Hat jemand verdächtige Geräusche gehört?«

»Geräusche? Sie sind gut«, sagte die Frau mit der antiquierten Turmfrisur und der Stola in breitem Hamburgisch. »Pah! Wir hatten hier in den letzten zwei Stunden mehr Geräusche als uns lieb waren.« Angesichts des Dialekts bekam Harry unweigerlich heimatliche Gefühle.

»Das Happening geht weiter!«, rief der Wiener mit der Hornbrille jetzt überzeugt. »Großartig!«

»Na, mir reicht's«, zischte die Turmfrisur spitz zurück.

»An Schearz, gnä' Frau«, entgegnete der Grauhaarige besonders wienerisch.

»Ja ja«, sagte ihr Mann mit dem tief liegenden Scheitel, der noch mehr hamburgerte, knapp und stieß einen kurzen verlegenen Lacher aus.

»Leute gibt's, also wirklich«, zischte die Norddeutsche in der Wollstola.

Britts Augenbrauen zuckten und Beat hielt den Kopf ausnahmsweise mal gerade. Nur Doris lächelte schon wieder, strich sich aber leicht nervös ihre kurzen Haare in die Stirn.

»Ich möchte Sie bitten, meinem Kollegen ihre Namen und Adressen zu hinterlassen. Damit wir sie hier in Venedig erreichen können«, sagte der italienische

Kommissar, der auch nicht viel größer als sein Assistent war, aber grad mal die Hälfte auf die Waage brachte.

Im Raum wurde es jetzt unruhig. Der kleine dicke Beamte in Uniform flüsterte Commissario Lompo etwas Unverständliches auf Italienisch zu.

»Ich muss mit jedem von Ihnen kurz sprechen«, sagte der Kommissar. »Außerdem würden wir Ihnen gern noch ein Video zeigen, das die Kamera hier aufgezeichnet hat.«

»Mit Videos bin ich für heute versorgt«, protestierte die Frau der Herrenhandtasche. »Wir müssen zu unserer Reisegruppe.«

»Manche Leute machen ein Theater«, sagte Britt Benning laut. »Das ist doch selbstverständlich, dass man uns erst mal befragen muss.« Durch den Auftritt der Polizei fühlte sie sich offenbar in ihre Zeit als Krimischauspielerin zurückversetzt.

Die Leute redeten jetzt aufgeregt in allen möglichen Sprachen durcheinander. Englisch, Italienisch und verschiedene deutsche Dialekte. Auf einmal hörte Harry auch skandinavische Wortfetzen. Der Bilderdiebstahl elektrisierte die Leute sehr viel mehr als die Klanginstallation vorher. Harry bekam seine Unruhe nicht mehr in den Griff. Mit dem schnellen Auftreten der Polizei hatten er und Zoe gerechnet. Aber würde das auch alles weiter so verlaufen, wie sie sich das vorgestellt hatten?

»*Signore e signori, per favore, per piacere!*« Der schnieke Commissario versuchte sich Gehör zu verschaffen. »Wir müssen die Befragung einzeln oder in kleinen Gruppen durchführen. Wenn Sie sich bitte so lange noch zur Verfügung halten. Meine Kollegen sagen Ihnen dann Bescheid.«

»Darf man uns hier überhaupt so lange festhalten?«, fragte der Herr mit dem tiefen Scheitel ins Leere und hielt seine Handtasche fest umklammert. In Venedig muss man seine Taschen immer unter Kontrolle haben, dachte Harry.

»Wir hätten doch besser die Lagunenfahrt ›Venedig bei Nacht‹ buchen sollen«, sagte seine Frau, als hätte sie den Ärger mit der Polizei schon geahnt.

Im Raum des Portiere hatte die Polizei ein kleines provisorisches Büro eingerichtet. Der dicke uniformierte Beamte bat das Performancepublikum paarweise oder auch zu dritt und manchmal zu viert in das Verhörzimmer. Schon beim Aufnehmen der Namen geriet der kleine Ispettore mit dem sorgfältig gestutzten Schnauzer mächtig ins Schwitzen.

An allen Ausgängen standen uniformierte Beamte, die ziemlich wichtig blickten und verhinderten, dass jemand vorzeitig die Veranstaltung verließ. Die Leute stellten sich auf Wartezeit ein und fanden das sogar amüsant. Nur die Turmfrisur und ihr Mann rannten aufgeregt zwischen der kubistischen Nackten und Braques »Trauben« auf und ab. Der Mann sah ständig auf die Uhr. Offenbar hatten die beiden einen strengen Reiseleiter. Überall hatten sich kleine Grüppchen gebildet, die aufgeregt diskutierten.

»*Incredibile!* Unfassbar!«, meckerte Giovanni-Dieter unaufhörlich. »Die müssen das Bild ja während der Veranstaltung von der Wand genommen haben.«

»Schon irgendwie aufregend, oder?« Britt schien in ihrem Element zu sein. »Beat und ich haben so etwas noch nie erlebt. Jemand von euch?«

»Ich bin auch noch nie bei einem Kunstdiebstahl dabei gewesen«, gestand Doris. »Es muss ja wohl wirklich gerade passiert sein, während wir nebenan gesessen haben.«

»Für mich ist es auch das erste Mal«, sagte Zoe und lachte. »Ich glaube, Harry passiert das öfter. Oder Darling?« Die Umstehenden lachten.

»Und wo war die Museumsaufsicht?«, nölte Giovanni-Dieter. »So etwas kann aber auch wirklich nur in Italien passieren. Der Italiener ist einfach nicht in der Lage … Aber was reg ich mich überhaupt auf?«

»Während des Sirenenkonzerts müssen die Diebe in aller Seelenruhe das Bild abgehängt haben. Denn vorhin hing der Miró doch noch, oder?«, stellte Beat fest.

»Richtig unheimlich.« Hans-Dieters Lover Roberto lief augenscheinlich gerade ein wohliger Schauder über den Rücken.

»Ich sollte ein Haiku über den Bilderdieb schreiben«, sagte Doris und Harry fühlte sich fast geschmeichelt.

Der Tatort im Ostflügel war mit rot-weißem Plastikband abgesperrt. Unter dem leeren Platz, wo der Miró gehangen hatte, kniete ein Mann von der Spurensicherung. Peggy Guggenheims ehemalige Küche, ihr Gäste- und Ankleidezimmer mit den Pollocks, Bacons und Kandinskys waren ebenfalls gesperrt. Überall standen jetzt Polizisten.

Zwischendurch rauchte Harry unter Polizeiaufsicht auf der Terrasse eine Zigarette und überprüfte dabei möglichst unauffällig den Sitz seines Gehgipses. Und dann mussten Zoe und er noch mal einen Blick auf den Giacometti werfen. Dieser Raum war zugänglich. Der Diebstahl der Skulptur war also noch nicht bemerkt worden. Nachdem Zoe zu der Plastik gesehen hatte, nickte sie ihm billigend zu. Harry dagegen fand jetzt, dass die Figur doch ziemlich nach Plastilin aussah. Er sah natürlich auch jeden Fehler. Aber allzu intensiv wollten die beiden ihr Werk auch nicht anstarren.

»Ja, wir Schwyzer sind stolz auf unseren Giacometti.« Harry zuckte zusammen. Er hatte Beat Burger gar nicht kommen sehen. »Schön, oder?«, sagte Beat, diesmal besonders schwyzerisch und legte lächelnd den Kopf schief.

»W-w-wunderbar«, stotterte Harry. Zu ausführlicheren Erörterungen über Alberto Giacometti war er jetzt überhaupt nicht aufgelegt.

»Mein Mann hat schon gedacht, das wär der Ötzi«, funkte jetzt auch noch die Turmfrisur mit der Wollstola dazwischen. »›Stehende Frau‹? Ich weiß nicht, von einer Frau kann ich nicht viel erkennen.«

Kein Wunder, ist ja auch nicht der Echte, dachte Harry bei sich. Er bemühte sich, Beat und diese Kunstbanausin aus dem Giacometti-Raum zu lotsen.

Seine Handflächen waren kalt und feucht. Das Bein war auf einmal so schwer und wuchtig, als befände sich die halbe Skulpturensammlung von Peggy Guggenheim in seinem Gips. Der falsche Giacometti durfte zu diesem Zeitpunkt auf keinen Fall entdeckt werden. Wer weiß, vielleicht käme der Commissario dann auf die Idee, seinen stattlichen Gehgips etwas genauer unter die Lupe zu nehmen. Und von dem Bootssteg am Canal Grande sollte die Polizia sich bitte schön auch fernhalten.

Die Beamten gaben mit großer Geste zackige Anweisungen und machten ernste, schrecklich wichtige Mienen. Italienische Wortfetzen hallten laut durch die Museumsflure: *»Attenti«*, *»Piano«* und immer wieder *»Signore e signori, attenzione!«*. Die Polizei war in voller Aktion.

»Ihr glaubt es nicht! Es ist wirklich unfassbar!« Hans-Dieter und Roberto hatten ihre Befragung bei Commissario Lompo gerade hinter sich und waren regelrecht aus dem Häuschen. Dem Lehrer fehlten in der Situation erstmals die italienischen Worte.

»Sie haben den Täter bereits, das heißt, die Täterin. Wir haben sie identifiziert. Ganz eindeutig, nicht wahr Roberto.«

Sein italienischer Lover nickte. »Ich kann es kaum fassen.«

Doch Giovanni-Dieter war nicht schockiert, eher schadenfroh. Er musste sich ein Grinsen verkneifen. Britt, Beat und Doris sahen ihn erwartungsvoll an. Nur die Turmfrisur, die sich neugierig zu ihnen gestellt hatte, starrte ziemlich unverfroren Britt Benning an. Und Hans-Dieter warf Harry jetzt einen Blick zu.

»Was meint ihr, wer den Miró gestohlen hat?« Er strich selbstverliebt die Linie seines Tennisballbartes entlang.

»Du weißt es tatsächlich, Giovanni?« Doris sah zu ihm auf.

»Ich hab sie auch sofort erkannt, *per Dio*!« Robertos Stimme überschlug sich fast.

»Kinder, nun spannt uns nicht weiter auf die Folter. Raus damit!«

»Die schwarzen Haare, das typische Hinken. *Senza dubbio*! Kein Zweifel«, trumpfte Hans-Dieter alias Giovanni auf.

»Francesca? Das kann nicht sein!« Britt war geplättet. Vor lauter Schreck vergaß sie das Zucken der Augenbrauen.

»Wir hatten uns doch schon gewundert, wo sie heute Abend steckt«, sagte der Lehrer. »Jetzt wissen wir es.«

»Giovanni, ich mag das gar nicht glauben«, Britt fasste erst dem Lehrer auf seinen blond behaarten Arm und dann Harry.

»Harry, und du hast …« Sie unterbrach sich, als ihr bewusst wurde, dass Zoe neben ihr stand. »Ähh, vor ein paar Tagen sind wir doch nach dieser Vernissage noch zusammen mit ihr unterwegs gewesen.«

Jetzt war es Zoe, die ihre Augenbrauen hob.

»Das ist ja wirklich wie in einem Kriminalfilm«, sagte Beat.

»Ja genau«, entfuhr es ganz plötzlich der Stolaträgerin mit der Hochfrisur. »Ich hab Sie doch gleich erkannt. Moment mal …« Sie überlegte. »Die Zahnarztfrau im Rollstuhl. Hab ich recht?«

Zoe verstand die Situation nicht recht. Britt dagegen war hocherfreut.

»Britt … ähhh.«

»Ach so, ja ja«, kommentierte die Herrenhandtasche, die mehr nach Winsen/Luhe als nach Hamburg klang.

»Britt Benning«, half Britt und strahlte.

»Ich hab Sie immer gern gesehen«, sagte die Frau.

»Es scheint zu funktionieren«, raunte Zoe Harry zu, als sie kurz allein waren. Er war schon ganz gespannt auf das Video.

Auch Britt und Beat identifizierten Franca auf den Bildern der Überwachungskamera. Einige andere meinten sie ebenfalls erkannt zu haben. Commissario Lompo schien sich seine Meinung längst gebildet zu haben, als Harry, Zoe und Doris ihm in seinem provisorischen Büro gegenübersaßen. Er fragte Zoe, ob ihr auf dem Weg zur Toilette etwas aufgefallen sei. Offensichtlich hatte ihm bereits jemand von Zoes ausgiebigem Klobesuch während der Klangperformance berichtet.

»Ich hoffe, es geht Ihnen wieder besser und Sie können trotz dieses Zwischenfalls unsere schöne Stadt genießen.«

Zoe zeigte ihre Zähne. Dieser Schnösel in seinem knapp sitzenden blauen Anzug flirtete doch tatsächlich mit ihr, während Harry danebensaß. Das hatte sie nun von ihren blonden Haaren. Aber ihr schien das sogar zu gefallen.

»You are American?«, schleimte der Typ mit dem Goldkettchen in seinem italienischen Englisch. *»I love your country.«*

Meine Güte, was redete dieser Lackaffe da für einen Quatsch. Er schien sich mehr für Zoe zu interessieren als für den Kunstdiebstahl. Harry fieberte den Aufzeichnungen der Überwachungskamera entgegen. Allzu viel war dann auf dem etwas unscharfen und durch die Weitwinkeloptik leicht verzerrten Bild nicht zu erkennen. Das Gesicht der Frau blieb immer im Schatten. Zoe hatte sich wirklich sehr geschickt immer von der

Kamera weggedreht. Die Perücke sah richtig echt aus. Und vor allem das Hinken war Zoe perfekt gelungen. Harry musste an sich halten, um Zoe nicht gleich zu ihrer schauspielerischen Leistung zu gratulieren. Das, was sie sahen, hatte den anderen offensichtlich gereicht, Franca für die Bilderdiebin zu halten.

»Erkennen Sie die Person, Signor Oldenburg-e?«

»Ich weiß nicht, ja vielleicht«, Harry hatte sich überlegt, zunächst etwas zu zögern. »Doch. Ja, sie sieht aus wie Francesca Zenga.«

»Ich fürchte, ich kann Ihnen da nicht weiterhelfen«, sagte Zoe. »Sorry, aber ich kenne diese Frau überhaupt nicht.«

»Wissen Sie, wir ermitteln gegen Francesca Zenga auch noch in einer anderen Sache«, sagte Lompo und guckte bedeutsam.

»Wenn wir Fragen haben, werden wir uns an Sie wenden. Signor Poschmeier hat uns bereits informiert, dass Sie in seinem *appartamento* in Canareggio wohnen.« Er lächelte Zoe an.

»Wir wissen also, wo wir sie finden können.«

Harry hatte kein so gutes Gefühl. War da ein drohender Unterton herauszuhören? Am Ende war ihm diese Befragung im Museumsbüro etwas zu glatt verlaufen. Andererseits, was hätte der Schönling zu diesem Zeitpunkt auch schon groß fragen sollen. Aber dann wäre tatsächlich fast doch noch etwas schiefgegangen.

Während sie mit Britt, Hans-Dieter und dem Kommissar vor dem WC standen, entdeckte Harry etwas vor sich auf dem Fußboden. Einen Reißnagel aus dem Rahmen der »Sitzenden Frau II«. Er lag, mit der Spitze nach oben, ein Stück entfernt von ihm direkt vor Zoes Füßen. Das war gar nicht gut.

Er konnte sich schlecht danach bücken. Das wäre viel zu auffällig gewesen, zumal mit seinem Gipsbein. Er versuchte Zoe ein Zeichen zu geben, möglichst unauffällig, ohne dass die anderen es merkten. Sie begriff es nicht gleich. Und deutlicher konnte Harry nicht werden, weil Lompo in dem Moment dazukam. Doch dann kapierte Zoe.

Augenblicklich trat sie auf den Nagel, der sich sofort durch ihren Schuh hindurch in ihren Fuß bohrte. Der spitze Stift war doch erheblich länger und kräftiger als bei einer Heftzwecke. Zoe gab sich alle Mühe, sich nichts anmerken zu lassen. Aber Harry konnte ihr deutlich ansehen, wie weh das tat.

Glücklicherweise gesellte sich die Winsener Turmfrisur und ihr Mann, die mit den »Amici« inzwischen Freundschaft geschlossen hatten, genau in dem Moment zu ihnen.

»Waren Sie damals eigentlich die Mörderin oder nicht?«, wollte die Frau zum Abschied noch von Britt Benning wissen. Die Umstehenden blickten reichlich verdattert. Aber Britt wusste natürlich gleich Bescheid.

»Ja, tatsächlich! Ich war die Mörderin«, antwortete sie hocherfreut und machte eine übertrieben gespielte finstere Grimasse. Die ganze Runde lachte auf.

Nach der ganzen Aufregung pilgerten Harry und Zoe mit den anderen zusammen noch einmal zu »Filippo«, obwohl für Harry jeder Schritt eine Qual war. Eigentlich zog es sie heute nicht mehr in eine Bar, aber es wäre wahrscheinlich aufgefallen, wenn sie nicht mitgekommen wären.

»Darling, du hast auf dem Video ganz wundervoll gehinkt«, flüsterte er ihr auf dem Weg zur Vapaoretto-Station Salute ins Ohr.

»*Bullshit!* Und jetzt hinke ich wirklich«, sagte sie eine Spur zu laut und dann leiser: »Aber der Nagel ist wieder draußen.«

Mit vereinten Kräften schleppten sie sich zur Tabacchi-Bar. Filippo servierte Sprizz und seine Frau mit dem Damenbart hielt hinter dem Ständer mit Pfefferminzbonbons die Stellung.

Im Fernsehen lief heute statt des schwarzweißen Westerns eine grellbunte und ohrenbetäubende Show mit reichlich leicht bekleideten Damen. Die Stimmung bei »Filippo« war dennoch längst nicht so ausgelassen wie vor ein paar Tagen. Die versammelten »Amici dei musei« schienen doch etwas schockiert, dass sich eine aus ihren Reihen als Kunstdiebin entpuppte. Nur Giovanni-Dieter zog bestens gelaunt über Francesca her.

Harry wollte nur noch in ihr Apartment. Nachdem sich die erste Aufregung gelegt hatte, überfiel ihn bleierne Müdigkeit. Ihm wurden die Beine schwer wie noch nie in seinem Leben, besonders das linke. Aber Zoe hatte noch Appetit.

Britt bestellte einen halben Salat mit Meeresfrüchten. Zoe musste unbedingt noch eine große Portion *sarde in saor* verdrücken. Harry wurde schon beim Zusehen ganz anders.

»Sag mal?« Er sah Zoe fragend an. »Ich bekomme langsam einen Verdacht.«

Sie lehnte ihren Kopf kurz an seine Schulter und sah ihn mit einer demonstrativen Unschuldsmiene an.

»Nein!«, entfuhr es Harry.

»Ach was. Keine Ahnung.«

15

Bisher hatte alles reibungslos geklappt. Aber nach dieser Verfolgungsjagd am Vormittag hatte sich das Blatt auf einmal gewendet. Eigentlich hatte Harry die beiden Polizisten, die ihn die Fondamenta della Misericordia rauf- und runtergejagt hatten, doch schon abgehängt. Dann war er diesem eitlen Commissario und seinem korpulenten Ispettore doch noch in die Falle gegangen. Und jetzt saß er völlig erledigt auf dem Kommissariat fest.

Harry stocherte mit seiner Zigarette in dem riesigen Aschenbecher, der auf seiner Seite am Rand des klobigen Holztisches stand. Er starrte auf die italienische Flagge, die reichlich verstaubt hinter dem Schreibtisch an der Wand hing. Ein Stück weiter gab es ein verblichenes Farbfoto, das einen Beamten in Uniform zeigte, dem eine Auszeichnug überreicht wurde. Mit ein bisschen Fantasie war der junge Commissario zu erkennen. Durch die Jalousien fiel das Licht wie in Scheiben geschnitten in den hohen, kahlen Raum. Dahinter ergoss sich die Sonne wie fette Sahne. Draußen war es brütend heiß. Kein Wetter für Verfolgungsjagden. Da war es hier hinter den stattlichen Mauern des Palazzo am Rio di

San Lorenzo, in dem sich die Questura befand, schon erträglicher.

Commissario Lompo lief geschäftig in dem großen verdunkelten Vernehmungszimmer umher. Harry drehte sich auf seinem Stuhl ein Stück zu ihm um. Der Kommissar, der in dem hohen Raum deutlich kleiner wirkte als eben in seinem schnittigen Boot, ordnete vor dem Spiegel über dem abgestoßenen Waschbecken seine Haare. Harry kam sich vor wie beim Zahnarzt, wenn man als Patient in Erwartung der Marter halb ohnmächtig auf dem Behandlungsstuhl lag, während der Doktor noch die Folterinstrumente sortierte. Dieser eitle Fatzke ließ ihn zappeln. Er hörte gar nicht auf, an seiner gegelten Frisur herumzumachen. Dabei waren seine schwarzen Haare viel zu kurz, um irgendetwas zu frisieren, fand Harry.

Es klopfte. Nach einem kurzen *Sì* betrat eine Matrone in einem dunkelvioletten Strickkleid, das ihre unübersehbaren Ansätze zu Schwimmreifen betonte, den Raum. Sie balancierte einen Teller mit einem in Folie eingewickelten Tramezzino vor sich her.

»Commissario, lo spuntino per Lei.« Sie warf Lompo einen schwärmerischen Blick zu.

Harry, den sie ganz kurz verächtlich anstarrte, sah den abgeblätterten rosaroten Nagellack an ihren Fingern, mit denen sie das in Zellophan eingepackte Sandwich auf den Schreibtisch stellte. Besonders verlockend sah das Tramezzino mit der durch die Folie gequetschten Mayonnaise nicht aus. Dann verließ das Strickkleid auf schlurfenden Pumps den Raum wieder.

Harry fühlte sich unwohl. Der dicke Ispettore und

seine uniformierten Kollegen hatten ihn ziemlich unsanft aus dem engen Polizeiboot gezerrt, um ihn dann gestenreich noch einmal gründlich nach Waffen abzutasten. Nach ihrer kräftezehrenden Verfolgungsjagd war der kleine Inspektor nicht gut auf Harry zu sprechen. Wenigstens war er so nett, auf Handschellen zu verzichten. In der Questura kamen ihnen ein paar aufgebrachte deutsche Touristen, denen ihre Handtaschen geklaut worden waren, entgegen. Ihre aufgeregten Stimmen hallten durch das steinerne Treppenhaus. Auf Holzbänken in den schummrigen Terrazzofluren unter Plakaten mit Fahndungsfotos saßen in neusten Sportklamotten ein paar italienische Jungs, die man durchaus für die neuen Besitzer der Damenhandtaschen halten konnte.

Polizeiuniformen hatten bei Harry schon immer ein ungutes Gefühl verursacht. Dabei war er noch nie festgenommen worden. In seiner Studentenzeit in Deutschland hatte er mal eine halbe Nacht auf dem Polizeirevier verbracht, weil er betrunken und ziemlich bekifft Auto gefahren war. Nichts wirklich Dramatisches. Trotzdem, er brauchte nur einen Polizeiwagen oder eine Politesse zu sehen, schon wurde ihm flau. Und dann war da natürlich noch die Begegnung mit dem kleinsten Kommissar Norddeutschlands – nur ungern erinnerte sich Harry an seinen ersten Kunstcoup an der Nordsee.

Harrys Handflächen waren eiskalt und feucht. In seinen Shorts und dem durchgeschwitzten T-Shirt fröstelte ihn. Das lag vor allem an der Aufregung und Erschöpfung. Außerdem rumorte sein Magen.

»Wir haben da einige neue Erkenntnisse, Signor Oldenburg-e.« Lompo sah Harry überheblich an. Doch ohne seine Spiegelsonnenbrille, die er eben bei der Verfolgungsjagd getragen hatte, wirkte der Mann nur noch halb so verwegen. Aber Harry musste zugeben, dass der Kommissar schon gut aussah, nur eben ein Stück zu klein geraten.

»Was haben Sie mit Ihrem Bein gemacht? Ist das hier in Venedig passiert?«, fragte dieser ihn gerade.

»*Sì*, eine ganz blöde Geschichte.« Jetzt fing er auch schon mit diesen italienischen Wortbrocken an. Idiotisch. »Es ist beim Aussteigen aus dem Boot passiert. Ein Bänderanriss.«

»Als Tourist lebt man gefährlich in Venedig. Aber Sie sind mit dem Gipsfuß ja gut unterwegs. *Veloce, complimenti.*« Lompo lächelte süffisant.

Ein altmodisches Telefonklingeln schrillte durch den Raum.

Lompo nahm ab. »*Sì, si prega di non chiamare.* Ich hab es doch gesagt, Ispettore. Jetzt keine Gespräche.« Der Commissario blickte ungnädig.

Wie sollte Harry dem Polizisten erklären, dass er vor ihm weggerannt war? Er hatte jetzt einfach keine Lust auf solche Gespräche. Er wollte hier möglichst schnell wieder weg. Die wollten ihn doch nicht etwa einbuchten? Hatten sie ihn möglicherweise wegen des Kunstraubes und auch wegen des toten Gondolieres in Verdacht? Was hatte Francesca ausgesagt?

Ihr Anruf vorhin hatte ihn sehr beunruhigt. Franca war noch nachts in ihrer Wohnung von der Polizei verhaftet worden, hatte aber heute Morgen, nach einem ersten Verhör, in den Gängen der Questura entkommen können. Franca war außer sich gewesen, als sie bei Harry anrief. Sie tobte und überschüttete ihn mit einem Stakkato von Kraftausdrücken. *Stronzo, cazzo* und einiges andere, das er noch nicht kannte, aber dessen Bedeutung sich unschwer erraten ließ. Die Polizei hatte Franca offenbar mit dem Überwachungsvideo konfrontiert.

»Ich weiß genau, wie das gelaufen ist«, hatte sie gebrüllt. »Und ich kann beweisen, dass ihr dahintersteckt.«

Wieso war sie sich eigentlich so sicher?

»Und wegen des Mordes an dem guten Carlo bist du auch mit dran! Ich hab da einen Zeugen!«

»Diesen Verrückten? Der wird dir nicht viel nützen.«

»Andrea? Nein, den meine ich nicht.«

»Wer bitte sonst? Uns hat keiner gesehen!«

»Doch, sogar jemand, den du gut kennst.«

»Und wer soll das gewesen sein?«

Sie rückte nicht damit heraus, sondern lachte nur verächtlich auf. Und plötzlich war sie bedrohlich leise geworden. »Ich werde sie töten, *la donnaccia*, deine Ami-Schlampe. Hörst du? Ich werde sie töten!«

Das Telefonat hatte ihn in Panik versetzt. Was hatte diese Verrückte vor? Warum musste die Polizei sie auch unbedingt entwischen lassen?

Zoe und er waren davon ausgegangen, dass sie sich in aller Ruhe um das Bild kümmern und sich dann ganz entspannt von den »Amici dei musei« und aus Venedig verabschieden könnten, während Francesca Zenga erst mal in Untersuchungshaft schmorte. Fast hätte das ja auch geklappt. Jetzt aber befürchtete Harry das Schlimmste. Ihm fiel auch die Frau wieder ein, die er eben auf seiner Flucht in dem Sottoportego gesehen hatte. Sie hatte kurze blonde Haare gehabt, wie Zoe, aber sie trug ein schwarzes Leinensakko, wie Franca es hatte. Was hatte das zu bedeuten? Harry brachte das alles nicht zusammen. Und um Zoe machte er sich mittlerweile die größten Sorgen.

Harry hatte keinen blassen Schimmer, wo sie abgeblieben war. Dabei waren die beiden heute Morgen bester Laune gewesen. Beim morgendlichen Cappuccino hatte Harry dann noch in seinem Wörterbuch nachgeschlagen, was »Schwangerschaftstest« auf Italienisch heißt. Danach war Zoe gleich losmarschiert, um sich in der nächsten *farmacia* einen *test di gravidanza* zu besorgen. Seitdem hatte Harry sie nicht mehr gesehen.

Nach dem Anruf von Franca hatte er sich panisch auf die Suche nach Zoe gemacht. Erfolglos. Und als er zu ihrem Apartment zurückgekommen war und dort die »Polizia« vor der Tür stehen sah, hatte er abrupt kehrtgemacht. Aber irgendwie mussten sie ihn bemerkt haben. Und als der dicke Ispettore Anstalten machte, hinter ihm herzulaufen, hatte Harry völlig den Kopf verloren und war mit seinem Gipsbein getürmt.

Nervös drehte Harry die Glut seiner Zigarette in dem monströsen Marmorteil, obwohl sich gar keine Asche gebildet hatte. Der Fuß unter seinem Gips begann unerträglich zu jucken. Lompo nahm jetzt hinter seinem Schreibtisch Platz. Er sortierte zwei Akten hin und her, wobei er die Ordner penibel an dem Rand der Schreibunterlage ausrichtete. Eine dritte Akte legte er vor sich mitten auf das grüne Plastikteil. Er schlug die Mappe auf, ohne hineinzusehen. Besonders viele Seiten schien sie bisher noch nicht zu enthalten. Harry konnte ein Foto aus dem Video von dem Miró-Diebstahl erkennen. Das Bild war reichlich unscharf. Zoe war darauf nicht zu erkennen, soweit er das von seinem Stuhl aus sehen konnte. Lompo begann, einen Bleistift anzuspitzen.

Eigentlich lächerlich, dass ihm dieses halbe Hemd von Kommissar so einen Respekt einflößte.

»*Signore,* wir sind bei unseren Ermittlungen auf ein paar offene Fragen gestoßen. Dabei ist auch ihr Name gefallen, Signor Oldenburg.«

Harry nahm noch einen Zug aus seiner Zigarette, bevor er sie ausdrückte. Sofort spürte er die Wirkung des Nikotins im Kopf.

»Signor Oldenburg, Sie leben in New York?«

»Ja.« Harry war schwindelig.

»Sind Sie Amerikaner?«

»Ich lebe seit einigen Jahren in den Vereinigten Staaten. Zurzeit habe ich noch einen deutschen Pass. Aber das wird sich wohl bald ändern.«

»Aha, *un tedesco.*« Der Kommissar wirkte fast ein bisschen enttäuscht. »Sie sind Maler und Galerist?«

»Galerist. Ja«, hörte Harry seine Stimme sagen. Und er musste dabei wohl etwas verunsichert geklungen haben.

»*Signore,* es ist nichts Ungewöhnliches. In dieser Stadt haben alle mit Kunst zu tun. *Siamo a Venezia.*« Er machte eine resignierte Gebärde und versuchte ein Lächeln.

»Seit wann halten Sie sich in unserer Stadt auf, Signor Oldenburg.«

»Seit etwa einer Woche, glaube ich.« Harry musste tatsächlich überlegen. Die Zeit hier hatte er wie im

Rausch erlebt. Aber er war tatsächlich schon eine ganze Woche hier.

»Sie sind auch ein Mitglied dieser ›Amici dei musei‹?«

»Nein, ich hab die Gruppe erst hier kennengelernt.«

»Sie haben da offensichtlich Eindruck gemacht. Signora Benning weiß nur Gutes über Sie zu sagen.«

»Man tut, was man kann«, grinste Harry und lehnte sich etwas entspannter zurück. Wollte der nur plaudern? Doch gleich darauf zuckte Harry zusammen.

»Heute Morgen saß Signora Zenga auf dem Stuhl hier, auf dem Sie jetzt sitzen, Signor Oldenburg. Sie wissen ja, sie ist von den meisten gestern Abend auf dem Video erkannt worden«, sagte Lompo mit scharfer Stimme.

Der Typ ist mit seinem »Signor Oldenburg« ja noch schlimmer als Giovanni-Dieter, dachte Harry. Das Kribbeln unter dem Gips wurde immer unerträglicher. Er wusste nicht, was er schlimmer fand, dieses Verhör oder das Jucken.

»Nur Signora Francesca selbst wollte sich auf dem Video nicht wiedererkennen. *Certamente*! Kein Wunder! Wer gibt schon gerne zu, ein Bild gestohlen zu haben? Oder, Signor Oldenburg-e?«

Der Commissario betrachtete seinen frisch gespitzten Bleistift, legte ihn auf die Schreibunterlage und sah ihn durchdringend an. Was hatte er da eben gesagt? *Wer gibt schon gerne zu, ein Bild gestohlen zu haben!* Er durfte sich jetzt nicht verrückt machen lassen.

»I-ich kann dazu auch nicht mehr sagen als gestern«, stotterte Harry. Er sah dem Kommissar nicht in die Augen, sondern starrte auf dessen Goldkettchen.

»Sie hat sich leider einer weiteren Befragung entzogen.

Vorübergehend. Aber wir werden die *bella Signora* schon wieder einfangen.« Er verzog einen Mundwinkel zur Andeutung eines Grinsens.

»Wir haben heute Morgen einige Ihrer ›Amici dei musei di Venezia‹ noch einmal etwas ausführlicher befragt.«

Der Zigarettenstummel in dem Marmormonstrum fing wieder an zu kokeln. Der Rauch kräuselte sich durch mehrere Lichtstreifen, die den Raum durchschnitten. Harry drückte den Rest seiner Chesterfield noch einmal aus. Er hatte den beißenden Gestank von abgestandenem Rauch in der Nase.

»Die Aussagen haben einige neue Fragen aufgeworfen.«

Harry hatte keinen Schimmer, was der Kommissar wusste und was die anderen ihm erzählt hatten.

»Wir haben uns gefragt, ob Signora Zenga den Diebstahl des Bildes allein bewerkstelligt haben kann. Oder ob sie möglicherweise Komplizen hatte.«

»H-h-hat sie so etwas behauptet?«, wollte Harry wissen.

»Nein, nein. *Niente affatto.* Natürlich nicht. Es ist ja leider kaum zu einem Gespräch gekommen.«

Commissario Lompo richtete den gespitzten Bleistift exakt im rechten Winkel zur Schreibunterlage aus und nahm den nächsten Stift in Angriff. Das Schrappen des Anspitzers hallte durch den Raum.

»Aber nicht nur Francesca Zenga hat vor uns Reißaus genommen. Sie hatten es ja auch sehr eilig, Signor Oldenburg. *Molto urgente*, sehr eilig, Signore. Wir haben uns wirklich gefragt, warum.«

Da war sie, die Frage, die Harry nicht beantworten konnte. Ihm fiel nichts ein, nichts, was er dem Kommissar als vernünftigen Grund für seine Flucht nennen konnte. Sollte er ihm erzählen, dass Zoe von dieser Verrückten bedroht wurde, dass seine Freundin vielleicht in Lebensgefahr war, dass er sich die größten Sorgen machte?

Harry kam sich vor wie in einer mündlichen Prüfung. Er bekam eine Frage, und er hatte keinen Schimmer, wie er sie beantworten sollte. Er starrte auf den Aschenbecher vor sich. Der Zigarettenstummel glimmte nicht mehr.

Der Kommissar verließ seinen Schreibtischstuhl. Er ging zum Fenster und sah auf den Kanal hinunter. Dann überprüfte er von Weitem mit einem kurzen Blick noch mal seine Frisur in dem Spiegel über dem Waschbecken.

Es klopfte. »Avanti«, antwortete Lompo ärgerlich, worauf die Schreibkraft im Strickkleid wieder erschien, um den Teller abzuräumen.

»*Ha finito?*« Im selben Moment sah sie schon, dass der Teller mit dem Tramezzino noch unberührt war.

»*Signora*, bitte, ich hab doch gesagt, keine Störungen für den Moment.«

»*Ha bisogno di mangiare!* Commissario, Sie müssen essen.«

»*La prego, Signora. Sto lavorando.* Ich arbeite.«

»*Sì, sì*, aber man muss essen.« Beleidigt machte die Matrone kehrt und zog die Tür lautstark hinter sich zu.

»Sie hat immer Angst, ich verhungere.« Mit übertriebener Geste spielte der Kommissar den Verzweifelten.

Dann setzte sich Lompo wieder hinter seinen Schreibtisch. Er blätterte zwei Seiten in seiner Akte um. Es schienen vor allem Adressenlisten zu sein. Dann nahm er einen der angespitzten Bleistifte und deutete mit der Spitze auf Harry.

»Signor Poschmeier hat uns gegenüber Andeutungen gemacht, dass Sie ... wie soll ich es sagen? ...«

»P-poschmeier?«, wunderte Harry sich.

»Hans-e-Dieter Poschmeier-e, der Vermieter ihres *appartamento*.«

»Ach so, natürlich.«

Diesen oberschlauen Giovanni-Dieter hatte der Kommissar also auch noch mal befragt. Hätte der seine Weisheiten nicht ausnahmsweise mal für sich behalten können?

»Signor Poschmeier-e hatte den Eindruck, dass Signora Zenga und Sie, Signor Oldenburg, näheren Kontakt hatten.«

Harry bekam langsam eine Stinkwut auf Hans-Dieter. Und er wusste auch nicht, ob noch jemand anderes über Francesca und ihn getratscht hatte. Es hatte keinen Zweck, diese Nacht mit Franca zu leugnen. Aber was musste er zugeben und was konnte er verheimlichen? Wusste Lompo, wann Harry mit ihr zusammen gewesen war? Das wäre gar nicht gut. Es wäre sogar ausgesprochen verhängnisvoll. Schließlich wurde Francesca mit dem Tod des Großgondoliere in jener Nacht in Verbindung gebracht. Der dicke Carlo hatte schließlich in ihrem Atelier gelegen. Das hatte die Polizei ja offenbar ermittelt.

»Es war eigentlich nichts.« Harry wand sich. »Es war nur dieser eine Abend ... also diese eine Nacht. Verstehen Sie?«

»*Certo che capisco.*« Da war wieder diese Andeutung

eines Grinsens. *»Solo una notte. Sì.«* Jetzt wurde das Grinsen etwas breiter.

Lompo nahm jetzt in aller Seelenruhe die Arbeiten an seinen Bleistiften wieder auf. Es war bereits der dritte. Zwei Stifte lagen angespitzt auf der grünen Schreibunterlage. Er richtete sie zwischendurch immer wieder parallel zum Rand aus. Diese pedantische Anspitzerei machte Harry völlig verrückt. Während der Commissario mit seinen Stiften beschäftigt war, malte Harry sich aus, wie die wütende Franca auf Zoe losging. Er musste dieses Gespräch möglichst schnell hinter sich bringen. Aber das lag ja leider nicht in seiner Hand.

»Frau Zenga hat sich das möglicherweise anders vorgestellt.« Harry nahm sich eine neue Chesterfield aus der Packung, ohne sie anzuzünden. »Sie setzt mich unter Druck. Sie lauert mir auf. Und sie liebt es wohl, Gerüchte zu verbreiten, habe ich mir sagen lassen. Allzu ernst darf man ihre Behauptungen nicht nehmen.«

»Das mag ja alles sein. Signor Poschmeier hat sich auch schon in diese Richtung geäußert. Er war ebenfalls gar nicht gut auf Signora Zenga zu sprechen.« Lompo grinste schon wieder.

»Umso unverständlicher ist es für mich, warum Sie vor uns geflüchtet sind.«

»Ich w-weiß es selbst nicht recht«, stotterte Harry. »Ich hab vollkommen den Kopf verloren. Ich bin irgendwie panisch geworden.«

Harry drehte die unangezündete Zigarette zwischen seinen Fingern.

»W-wissen Sie, ich mache mir Sorgen um meine Freundin. Francesca Zenga hat gedroht, ihr etwas anzutun.«

»Sie hat gedroht, so so. *Il temperamento italiano.*« Er gestikulierte mit den Händen. »Signor Poschmeier hat auch schon die tollsten Geschichten über die Signora erzählt.«

Allzu ernst schien er Harrys Bedenken nicht zu nehmen.

»Wieso wenden Sie sich nicht an die Polizei, wenn Sie bedroht werden, Signor Oldenburg?«

»Francesca Zenga hat mich eindringlich davor gewarnt, die Polizei einzuschalten. Sie hat immer wieder gedroht, meiner Freundin etwas anzutun.«

Der Kommissar schaute Harry zweifelnd an.

»Sie sagen, es war diese eine Nacht. Haben Sie die Signora danach noch einmal getroffen?«

»Na ja, sie ist noch einmal in unserem Apartment aufgetaucht, also in dem Apartment von Hans-Dieter, von Herrn-ähh-Poschmeier.«

»Ja und?« Er zeigte wieder mit der Bleistiftspitze auf Harry.

»Ich habe versucht, ihr klarzumachen, dass es vorbei sei.«

»Und das hat sie nicht akzeptiert, *naturalmente*.« Lompo machte mit der einen Hand eine theatralische Geste.

»Außerdem, Signor Oldenburg-e, fragen wir uns, wieso weigert sich Signora Francesca so beharrlich, sich selbst auf dem Video wiederzuerkennen? Sie wirkte richtig überrascht, diese Bilder zu sehen. Als ob sie plötzlich irgendetwas erkannt hatte auf dem Video.«

Harry blieb das Herz stehen. »W-was hat sie denn gesagt?«

Das schrille Klingeln des Telefons durchschnitt erneut den Raum. Der Kommissar ließ es klingeln. Es war genau wie gestern bei dem »Alarme Rosso«. Das durchdringende Schrillen des Telefons beschleunigte Harrys Puls. Sein Magen krampfte sich zusammen. Aber er war bemüht, sich nichts anmerken zu lassen. In den letzten Jahren in Sam Liebermans Kunsthandel hatte er sich antrainiert, cool zu bleiben, keine Gefühlsregung zu zeigen. Trotzdem fiel ihm das jetzt schwer.

»Nichts hat sie gesagt. Signora Zenga hat es vorgezogen, zu verschwinden. *In fretta! Molto in fretta!*«

Das Telefon hörte nicht auf zu klingeln. Aber der Commissario machte nicht die geringsten Anstalten, den Hörer abzunehmen.

»Sie hat uns sehr eilig verlassen. Und sie machte den Eindruck, als ob sie uns etwas verheimlichte, als ob sie jemanden schützen wollte.«

Das Telefonklingeln brach mitten im Ton ab.

Was sagte der Kommissar da? Er hielt ihn doch nicht etwa für Francas Komplizen?

»Gestern Abend dachten wir, der Fall wäre gelöst. Wir bräuchten Signora Zenga nur zu verhaften. *E basta.*«

»Aber sie ist es doch auch gewesen. Oder?«

»Das vermuten wir. Sie ist ja kein unbeschriebenes Blatt. Es gibt da außerdem noch diesen Mordfall. Sie haben sicher davon gehört. In ihrem Atelier ist ein Toter aufgefunden worden, mit einem Loch in der Stirn und einem Einstich im Zeigefinger. Sehr seltsam. Signor Poschmeier hat Signora Zenga schwer belastet.«

Was erzählte Giovanni-Dieter der Polizei für Geschichten? Dass er Franca in der Kneipe als Männermörderin beschimpfte, konnte man als idiotischen Privatkrieg abtun. Aber so eine Aussage bei der Polizei war doch etwas anderes. Oder sollte die gute Francesca den dicken Carlo tatsächlich mit ihrer kleinen »Kolibri« ins Jenseits befördert haben? Aber woher wusste Giovanni-Dieter das so genau? Harry überlegte fieberhaft. Er durfte jetzt nichts Falsches sagen. Wenn er sich nur besser konzentrieren könnte. Am liebsten hätte er seinen Kopf einfach für einen Moment auf den Schreibtisch gelegt, um wegzudösen, nur für einige Minuten. Die Ereignisse der letzten Tage, das Bild von dem limonengrünen Carlo mit dem Loch auf der Stirn, der Miró unter Wasser und die hinkende Franca gerieten im Augenblick etwas durcheinander.

Was hatte Franca vorhin zu ihm am Telefon gesagt? Harry steckte sich die Chesterfield, mit der seine Finger seit Minuten herumspielten, zwischen die Lippen und zündete sie mit einem italienischen Wachsstreichholz an. Der kalte Rauch aus dem Aschenbecher wurde augenblicklich vom Geruch des Phosphors und des frisch angebrannten Tabaks überdeckt. Hatte Francesca nicht irgendetwas über das Hinken gesagt? Ja, genau: »Einfach lachhaft dieses Hinken!«, hatte sie in den Telefonhörer gekreischt. Und dann hatte sie viel zu laut gelacht. Was hatte sie damit gemeint? Er hatte Zoes Hinken richtig echt gefunden, absolut filmreif.

Commissario Lompo saß ihm jetzt wie eine Schaufensterpuppe gegenüber, unbewegt, regungslos, undurchschaubar. Seine Augen wurden zu Schlitzen. Ganz so martialisch, wie er sich das selbst wahrscheinlich vorstellte, sah das dann allerdings nicht aus. Harry nahm einen Zug von seiner Zigarette und blies den inhalierten Rauch von Lompo weg zur Seite. Der Kommissar schwieg, griff einen der angespitzten Bleistifte und blätterte in dem Aktenordner. Viel mehr als die Adressenlisten und Zoe mit schwarzer Perücke, unscharf von hinten, förderte er dabei allerdings nicht zutage.

Mit den Lichtstreifen drangen von draußen gedämpft Stimmen in den dunklen Raum. Harry hatte keine Ahnung, was in Lompo vorging. Wusste er Bescheid? Hatte er die Lösung des Falles bereits im Kopf oder bluffte er nur?

Warum hatte sich Franca so über das Hinken aufgeregt? Harry schoss plötzlich ein furchtbarer Verdacht durch den Kopf. An welchem Bein hatte Francesca die Verletzung? Und mit welchem Bein hatte Zoe gehinkt? Er wusste es im Augenblick einfach nicht. Mit dieser blöden Hinkerei hatten sie sich keinen Gefallen getan. Er hatte es doch gleich gesagt. Aber Zoe hatte das auch noch wahnsinnig komisch gefunden und war einfach losgehinkt.

Das Telefonklingeln durchschnitt erneut die Stille. Diesmal nahm Lompo ab.

»*Signora,* was ist denn so dringend? ... Signor Poschmeier ... was will er denn noch?« Lompo machte eine wegwerfende Geste.

Harry fühlte seinen Adrenalinspiegel steigen. Giovanni-Dieter. Was wollte der denn schon wieder? Auf einmal bekam Harry ernsthafte Zweifel, dass er die Questura an den Fondamenta San Lorenzo bald wieder verlassen würde. Er sah sich auf einmal selbst, wie er von dem dicken Ispettore mit dem Schnauzer abgeführt wurde. Zuvor würden sie noch Polizeifotos von ihm machen, wie sie von jedem Inhaftierten überall auf der Welt gemacht wurden. Von vorn, mit grimmigem Blick, und im Profil, die fleischige Nase überbetont, übermüdet und die Pockennarben grell ausgeleuchtet.

Und auf einmal fiel es Harry ein: Zoe hatte das falsche Bein nachgezogen. Scheiße, Scheiße, Oberscheiße. Und Franca hatte das dem Kommissar gegenüber nicht gesagt. Offenbar hatte sie mit Zoe und ihm noch anderes vor.

»Nicht jetzt … *Signora … sì, sì… certamente* … einen Moment muss sich Signor Poschmeier gedulden.«

Der Kommissar legte die Bleistifte beiseite. Mit spitzen Fingern zupfte er das Zellophan von seinem Tramezzino.

»Signor Poschmeier-ee«, das »E« zog Lompo diesmal etwas länger, und es sah fast so aus, als ob er die Augen verdrehte, »scheint mehr zu wissen als wir.«

16

Harry keuchte die Gasse entlang. Er hetzte an dem hellen Renaissancebau der Santa Maria Formosa und dem dahinterliegenden Palazzo Querini Stampalia entlang, wo er und Zoe sich vorgestern das reichlich stramm eingepackte Jesus-Baby von Giovanni Bellini angesehen hatten. Fast hätte er sich schon wieder verlaufen. Er versuchte, sich an den auf die Hausecken gemalten Hinweisen nach SAN MARCO oder RIALTO zu orientieren, die die Touristen durch das Straßen- und Kanälegewirr leiteten. Er musste Zoe finden – dringend.

Der Commissario hatte das Verhör zu Harrys Erstaunen abrupt beendet. Dabei hatte Harry keineswegs das Gefühl gehabt, dem Kommissar seine hektische Flucht und sein Verhältnis zu Franca auch nur einigermaßen plausibel erklärt zu haben. Aber für einen Haftbefehl hatte es anscheinend nicht gereicht. Zu diesem Zeitpunkt waren die Verdachtsmomente zu dürftig. Doch das konnte sich natürlich ändern, wenn die Polizei weiter ermittelte. Wer konnte schon ahnen, was Franca und dieser Wichtigtuer Giovanni-Dieter noch alles herumposaunten.

»Wenn etwas mit ihrer Frau sein sollte, benachrichtigen Sie uns, Signor Oldenburg-e.«

»Ja ja, Sie meinen meine Freundin …«

»*Sì,* Signora Zoe. *Vero?* Rufen Sie mich an.« Harry hatte den Eindruck, dass sich Lompo ganz gern noch mal mit Zoe verabreden würde. »Und wenn Signora Francesca Zenga bei Ihnen auftaucht, sowieso.«

Der Commissario schloss den dünnen Aktenordner, legte ihn beiseite und warf einen verächtlichen Seitenblick auf den Tramezzino. Er war aufgestanden und hatte ihm eine Visitenkarte überreicht.

»Signor Oldenburg, halten Sie sich bitte zu unserer Verfügung und verlassen sie Venezia nicht.«

Harry war heilfroh, diesen Ort endlich zu verlassen.

»Gugge mal, da isser ja wiedr«, kam eine Stimme aus der Reisegruppe heraus, die sich am Campo San Bartolomeo am Fuße der Rialtobrücke vor einer Pizzeria mit

Straßenverkauf versammelt hatte und an der Harry vorbeihumpelte. Die Stimme gehörte dem Hänfling in der Jeansjacke.

»Nu, den Schandarm abgehängt?«, fragte der Kleine in der gefleckten Jeans freudestrahlend mit vollem Mund, was sein Sächsisch nicht unbedingt verständlicher machte.

Ein verkohlter Champignon trudelte von seinem Pizzastück auf die altehrwürdigen Trottoirplatten des Campo. Sämtliche Mitglieder der sächsischen Reisegruppe hielten für sechstausend Lire recht dürftig mit Pilzen belegte Pizzastücke in den Händen. Als er vorbeihinkte, drehten sich alle kauend, die Serviette mit der Pizza vor dem Mund, zu ihm um.

»Ja, hat sich alles aufgeklärt«, keuchte Harry atemlos und kam sich ziemlich albern vor, weil er schon wieder so in Eile war.

Der kleine Sachse winkte ihm zu. Auch die Blondgelockte mit dem Venice-Herz lachte freundlich. Nur *Muddi* presste sich mit panischem Blick *die Dasche* an die Brust, wobei ihr fast ihre *funghi* um die Ohren flogen.

»Er hat's aber ooch widdr eilisch, und das mit dem Fuuuß«, hörte er den Sachsen noch hinter sich herrufen.

Je näher er Giovanni-Dieters Apartment kam, desto unruhiger wurde Harry. Während er Richtung Ferrovia die Strada Nova hinaufhumpelte, malte er sich die Situation aus, die ihn gleich erwartete. Was hatte Franca in der Zwischenzeit mit Zoe angestellt? Hatte sie ihre

Drohung wahr gemacht und war ihr mit dem Damenrevolver auf die Pelle gerückt? Oder würde Zoe gleich nichts ahnend in Hans-Dieters Wohnküche zwischen den Muranoglas-Tieren sitzen und Cappuccino trinken?

Harry humpelte den kleinen Kanal an den Fondamente del Trapolin zu ihrem Apartment entlang. Er fühlte sein Herz bis zum Hals schlagen. Er war so aufgeregt, dass er mit seinem Schlüssel das Sicherheitsschloss in der alten Holztür nicht auf Anhieb traf. Er horchte im Treppenhaus nach verdächtigen Geräuschen. Nichts. Nur eine entfernte Wasserspülung, die eher aus dem Nebenhaus kam. Nach den paar Tagen war Harry schon alles vertraut, die Namensschilder neben den Türen, Baggio im ersten Stock, Schillaci, die Dame mit den violetten Haaren und dem lauten Fernseher im zweiten, der abgebröckelte Putz an einem Wandstück zwischen den ersten beiden Geschossen und der leichte Geruch von Schimmel und Salpeter. Stufe für Stufe, den rechten Fuß zuerst, das Gipsbein nachziehend, humpelte er die ausgetretenen Marmortreppen hinauf, nicht mehr ganz so schnell, immer auf Geräusche lauschend. Aber es war nichts zu hören. Totenstille.

Möglichst leise schloss er die Wohnungstür auf. Was er dann sah, bestätigte seine schlimmsten Erwartungen. Das Hämmern in Hals und Schläfen wurde noch heftiger. Hinter den Augäpfeln spürte er einen unangenehmen Druck, als würden die Augen heraustreten. Halb gegen das Regal mit Giovanni-Dieters Glastiersammlung gesunken, nicht auf, sondern neben dem durchgetretenen venezianischen Läufer lag Zoe. Ihre Männershorts wirkten noch weiter als ohnehin schon und das enge gerippte schwarze Shirt war verrutscht. Über einem Auge hatte sie eine zentimeterlange blutige Schramme.

»Zoe! Zoe, um Himmels willen, was ist los?« Sie reagierte nicht.

Jetzt erst bemerkte er, dass Zoe an den Handgelenken hinter ihrem Rücken gefesselt war. Neben ihr auf dem Boden stand ein nicht ganz volles Wasserglas mit einer leicht milchigen Flüssigkeit. Vor der geöffneten Besenkammer stand der Giacometti. Alle Schranktüren und Schubladen waren geöffnet. Wäsche lag verstreut auf dem Boden. In dem Apartment herrschte das blanke Chaos.

Was war hier geschehen? Trotz seiner Aufregung fiel Harry auf, dass inmitten des Durcheinanders, zwischen benutztem Frühstücksgeschirr, einem Kunstführer und dem neu erstandenen Nudelholz mit der Raviolprägung auf dem Küchentisch ein Plastikstreifen lag, der vorher noch nicht dagelegen hatte. In dem Sichtfenster war ein roter Strich zu erkennen. Er ahnte wohl, was das bedeutete. Aber darüber konnte er jetzt nicht auch noch nachdenken. Er humpelte zu der leblos daliegenden Zoe hinüber.

»Zoe, was ist mit dir passiert?«, schrie er sie an.

Da hörte er hinter sich eine Stimme. Er schnellte herum. Franca stand vor ihm, mit ihrer kleinen silbrigen »Kolibri« in der Hand, die eindeutig auf Harry zeigte.

»*Caro*, Harry, ich hab dir doch gesagt, dass du mich nicht so schnell loswerden wirst!«, gurrte sie mit kehliger Stimme.

Harry erkannte Franca kaum wieder. Sie hatte jetzt

kurze blonde Haare, genau wie Zoe. Was, verdammte Scheiße, sollte das denn jetzt bedeuten? Er kam sich wie in einer blöden Verwechslungskomödie vor. Dabei war er sich auf einmal sicher, dass es Franca war, die er vorhin bei seiner Verfolgungsjagd vom Boot aus gesehen hatte.

»Du hast doch wohl nicht im Ernst gedacht, ihr könntet mich so leicht für euren Plan ausnutzen.« Ihre Augen funkelten und ihre Stimme hatte schlagartig alles Kehlige verloren. Sie schrie beinahe.

»*Cazzo*, ihr verdammten Schweine! So lass ich mich von euch nicht reinlegen. Das werdet ihr mir büßen.« Die Wut pochte in ihr wie ein Hammer, das sah man an jeder Faser ihres Körpers. Sie wirkte fast bedrohlich athletisch. Und ihr Geruch stieg Harry unangenehm in die Nase. Als er die Wohnung betreten hatte, war es ihm erst gar nicht aufgefallen. Aber jetzt roch er es überdeutlich, die Mischung aus Limone und Kokos, und ihm wurde übel davon. Sein leerer Magen krampfte sich jetzt erst richtig zusammen.

»Sag mir sofort, was du mit ihr gemacht hast?«

Harry wollte zu Zoe, die keinen Laut von sich gab, humpeln. Aber Franca richtete sofort die Pistole auf ihn.

»Hast du sie auch erschossen? Bist du denn vollkommen wahnsinnig?« Harry wurde geradezu hysterisch. »Was ist mit ihr? Lass mich zu ihr, verdammt!« Er machte einen Schritt in Richtung Glastierregal.

»Du bleibst schön da, wo du bist.« Franca zielte mit der »Kolibri« auf seinen Kopf. Harry sah die Wut in ihren Augen und zögerte.

Er konnte es nicht fassen. Zoe war schwanger, wenn er den Plastikstreifen auf dem Küchentisch richtig deutete. Sie hatte es eben gerade erfahren, und jetzt war sie tot. Ein dumpfes Gefühl der Verzweiflung breitete sich in Harry aus. Wie von fern drang Francas Stimme an sein Ohr.

»Ab jetzt läuft das hier nach meinen Plänen.« Ihre Stimme wurde fast schon wieder etwas rauchig. »Wenn ihr mir hier schon den Bilderraub in die Schuhe schiebt, dann will ich meine Beute auch haben. Also, wo ist das Bild? Und was macht dieser Giacometti hier in der Besenkammer von dem Spießer Giovanni? Von Giacometti war nie die Rede. Was macht der hier?«

»Was hast du Zoe angetan?«, schrie Harry. Er humpelte jetzt auf Franca zu, die sofort einen Schritt zurücktrat, um außerhalb seiner Reichweite zu sein. Er blickte in den bedrohlich schimmernden Lauf der kleinen Pistole.

»Ich dachte, Hans-Dieter spinnt, aber jetzt glaube ich, dass er recht hat: Du läufst durch Venedig und killst die Leute.«

»Wen soll ich denn umgebracht haben, *caro mio*?«

Sie blickte ihn provozierend an und fuchtelte mit der »Kolibri« durch die Luft. Dabei spannten die Schultern ihres schwarzen Leinenjacketts. Ihre Augen funkelten.

»Dein kleines amerikanisches Flittchen macht nur ein ausgiebiges Nickerchen.«

Bei diesen Worten verspürte Harry unendliche Erleichterung, in die sich sofort die größte Sorge mischte, wenn er an Francescas bestens sortierte Drogenvorräte dachte.

»Was hast du ihr gegeben, um Himmels willen.«

»Sie wird ein Weilchen tief schlafen. Vor allem wird sie Ruhe geben.«

»Was hast du ihr eingeflößt?«

»Sie war etwas sehr aufgeregt, deine kleine Schnecke. Offenbar hatte sie jemand anders erwartet. Sie hat mir freudig die Tür geöffnet, aber dann wurde sie leider enttäuscht.«

In dem Moment blickte Harry zu Zoe hinüber. Hatte sie eben geatmet? Bitte, bitte, lass sie atmen!

»Ich hab ihr zur Sicherheit die doppelte Dosis gegeben, *doppia dose.*« Franca verzog den Mund zu einem angestrengten Lächeln.

»Und wenn ihr beiden nicht artig seid, dann hab ich ja auch noch diesen hier!« Sie wackelte mit der »Kolibri« vor Harry herum.

Was für eine irrsinnige Situation: Die reglos auf dem Boden liegende Zoe, ein echter Giacometti vor der Besenkammer, die grellbunten Schwäne, Schweine und Lurche aus Robertos Werkstatt, die die hereinfallende Nachmittagssonne jetzt zum Leuchten brachte. Und dazwischen die tobende Francesca in ihren nietenbesetzten Westernstiefeln. Warum hatte die Polizei nicht etwas besser auf sie aufpassen können?

»Was hast du überhaupt für eine Frisur?«, hörte sich Harry zu seiner eigenen Verwunderung fragen.

»Du scheinst doch jetzt auf Blond zu stehen.« Sie stieß ein gehässiges Lachen aus. »Wenn sie wegen dieses Bilderraubes hinter mir her sind, den ich überhaupt nicht begangen hab, musste ich mir ja wohl erst mal eine neue Frisur zulegen.«

»Hättest lieber bei deiner alten bleiben sollen.« Noch während Harry das sagte, bereute er es schon.

Francescas voller Mund wurde augenblicklich zu einem Strich, ihre Stimmung schlug wieder um.

»Du bist doch genauso ein Heuchler wie Hans-e-Dieter. *Borghesucolo!* Ihr seid doch alle lächerliche Spießer, ihr deutschen Männer. Pah! Was gebe ich mich mit euch überhaupt noch ab. Du musst mir nur noch verraten, wo ihr den Miró versteckt habt. Sag mir endlich, wo ihr den Miró versteckt habt. Den Giacometti nehm ich als Zugabe.«

»An einem sicheren Ort.« Aus dem Augenwinkel sah Harry, dass Zoe ein Bein bewegte. Harry fiel ein Stein vom Herzen. Da zischte ihn Franca an.

»Das verrätst du mir schneller, als du denkst, glaub mir.« Die grenzenlose Wut war ihr ins Gesicht geschrieben.

»Diese Videoaufnahme im Museum, das werdet ihr mir bezahlen!« Franca kam immer mehr in Rage. »Du hast verloren, du bist erledigt, du bist im Arsch!«, schrie sie. »Ich jage euch eine Kugel in eure hübschen Spießerhirne und dann lege ich diese Nadel dazu.«

Sie hielt die »Kolibri« weiter auf ihn gerichtet. Ohne Harry aus den Augen zu lassen, fischte sie den Anstecker aus ihrer Jackentasche. Harry erkannte ihn sofort. Es war die grüne Anstecknadel, die im Finger des toten Großgondoliere steckte.

»Die N-Nadel von Carlo«, stotterte er.

»Pah, von wegen!«, blaffte Franca ihn an. »Die Nadel von Giovanni.«

»Von Hans-D-Dieter?«

»Von Hans-e-Dieter. *Esatto.*«

»Warum bist du dir da so sicher?«

»Jeder hat seine eigene Anstecknadel ...«

»Ja, ja, ich weiß das.«

»... und diese gehört Giovanni. Das kann die versammelte Mannschaft dieser spießigen ›Amici‹ bestätigen.«

So erstaunlich war es eigentlich nicht, dass Franca sie hatte. Aber in diesem Moment war Harry doch überrascht.

»Diese grüne Schlange oder was immer das sein soll, die hat sein süßer kleiner Roberto ihm gebastelt.« Dabei spitzte sie übertrieben die Lippen.

Franca musste also die Nadel, die im Zeigefinger des toten Carlo gesteckt hatte, an sich genommen haben, vermutlich als sie in ihrem Atelier den Großgondoliere in die Gipstüten verpackt hatten. In der Nacht auf der Giudecca hatte Harry sich noch gewundert, wo die grüne Scherbe abgeblieben war. Später hatte er es dann aus den Augen verloren.

»Und was hatte die Anstecknadel überhaupt im Finger von Carlo verloren?«

»*Povero* Harry! Bist du so blöd oder tust du nur so?« Ihre Stimme klang gepresst.

»Der oberschlaue Hans-e-Dieter hat meinen Vermieter Carlo umgebracht«, zischte sie triumphierend. »Das geschah alles an dem Abend, als du bei mir warst. Er hat sich auf der Giudecca mit ihm getroffen, bevor er zu der Veranstaltung in dem Pallazzo Michiel dal Brusà gefahren ist, mit diesen beiden Finnen, und bevor ich dir mein Atelier gezeigt habe, *caro* Harry.«

Zoe vor dem Küchenregal öffnete für eine Sekunde

die Augenlider, verdrehte aber gleich wieder die Augen. Als Harry nur den Ansatz machte, sich einen Fußbreit zu ihr hinzubewegen, hob Franca sofort die Pistole in Richtung seines Kopfes.

»Er wollte mir die ganze Sache in die Schuhe schieben«, fuhr Franca fort. »Der Tote lag ja schon in meinem Atelier, wie praktisch. Nachts wollte er die Leiche entsorgen. Aber das haben *wir* dann ja für ihn erledigt. Und diese Ratte muss uns dabei beobachtet haben. Das hat Giovanni mir gleich danach erzählt, als ich mit ihm ein, wie soll ich sagen, ein kleines Geschäft machen wollte.«

»Aber warum soll Hans-Dieter ihn denn ermordet haben?« Harry war außerstande, seine Gedanken zu sortieren.

»Warum wohl? Er war scharf auf die Werft, dieser kleine Spießer. Er wollte sie unbedingt haben. Die beiden hatten sich in meinem Atelier getroffen.«

»Aber deswegen erschießt man doch den Eigentümer nicht. Das macht doch keinen Sinn!«

»Die beiden sind in Streit geraten, Hans-Dieter und Carlo. Carlo soll angeblich mit einem Hammer von mir auf Giovanni losgegangen sein. Und der hat sich meine Pistole gegriffen und auf ihn geschossen! Ich weiß auch nicht. Carlo, *quel cane*, dieser Raffzahn wollte sicher den Preis hochtreiben. Er hat wohl behauptet, ein anderes lukrativeres Angebot zu haben. Und darauf ist Hans-Dieter ausgerastet und die beiden sind aufeinander losgegangen. So hat Giovanni mir das erzählt.«

Harry wusste nicht mehr, was er glauben sollte. War das vielleicht nur eine weitere von Francas Hasstiraden auf die Männer, eine weitere Schlacht in ihrem Privatkrieg mit Giovanni-Dieter? Aber warum sollte sie lügen? Und irgendetwas stimmte doch tatsächlich mit diesem Lateinlehrer aus der Nordheide nicht. Warum hatte er während Harrys Befragung ständig bei der Polizei angerufen?

Harry konnte keinen klaren Gedanken fassen. In seinem Kopf herrschte ein wildes Durcheinander, und er war so müde, so unendlich müde. Konnte diese Wahnsinnige ihn nicht einfach in Ruhe lassen? Aber da drang schon wieder die Stimme von Franca an sein Ohr:

»Und jetzt will ich wissen, wo ihr den Miró versteckt habt. Ich hab schon Giovannis ganze Spießerbude auf den Kopf gestellt.«

Sie stand mit ihrer Pistole jetzt direkt vor ihm. Harry konnte ihre dilettantisch und offenbar in aller Eile gefärbten Haare sehen mit den orangefarbenen und gelblichen Strähnen, zwischen denen auch stellenweise ihre echte dunkle Haarfarbe hindurchschien. Sie sah aus wie ein gerupftes Punkhuhn.

»Das Bild ist an einem sicheren Ort«, hörte er sich selbst wie in Trance sagen.

»Hör auf, mir eine solche Scheiße zu erzählen«, schrie sie, »und was hast du überhaupt für ein bescheuert großes Gipsbein?«, als hätte sie das erst jetzt bemerkt. Sie sah an seinem Bein hinunter, ohne die Waffe sinken zu lassen. Zu Harrys Erleichterung schien sie sich aber keinen Reim darauf machen zu können. Noch nicht.

»Wird's bald? Wo ist das dämliche Bild?«

Harry sah, dass sie schwitzte. Sie war so auf Harry

konzentriert, dass sie gar nicht bemerkte, wie Zoe zu sich kam, sich langsam hochrappelte und schwankend vor dem Regal mit den Glastieren zum Stehen kam. Hoffentlich kippte sie nicht gleich wieder um. Er musste Franca von Zoe ablenken.

»Francesca, so kommen wir nicht weiter«, sagte er betont ruhig und versuchte möglichst unauffällig an Franca vorbei zu Zoe zu schauen. Die stand noch immer schwankend vor dem Regal, versuchte vergeblich, sich abzustützen, und kapierte nicht recht, dass sie gefesselt war. Sie torkelte leicht gegen das Regal, was die Muranoglastiere bedenklich zum Wackeln brachte. »Du hast ja recht, Franca.« Harry sprach laut und schnell weiter, damit Franca von dem Geschehen hinter ihrem Rücken nichts mitbekam. »Wir sollten unbedingt zu irgendeiner Einigung kommen.«

»Was heißt hier Einigung?«, kreischte Franca. »Was redest du denn für einen Müll? Wir haben hier doch keinen bekloppten Diskussionskreis!« Harrys scheinbares Entgegenkommen schien sie erst recht in Rage zu bringen.

Harry wollte antworten, aber da sah er, dass Zoes verschleierter Blick an Francas Rücken hängen geblieben war und sie mit unsicheren, torkelnden Schritten auf sie beide zukam. Was hatte sie um Himmels willen vor? Es schien nicht so, dass sie die Situation richtig einschätzen konnte. Was sollte Harry machen? Er machte den Mund auf, brachte aber keinen Ton raus. Aber da war es auch schon geschehen. Franca war gewarnt und drehte sich abrupt zu Zoe um. »*Puttana miseria*, da ist ja jemand aufgewacht.«

»Vorsichtig, sie hat eine Waffe«, schrie Harry, der aus seiner Starre erwacht war.

Er überlegte nicht lang, war mit einem Satz am Küchentisch, griff sich das Raviolinudelholz, holte aus und platzierte es mit einer eleganten Rückhand auf Francescas linker Wange. Ihr Kopf flog zurück, die gefleckte Punkfrisur machte einen kurzen Hüpfer und im selben Moment löste sich ein Schuss aus der Zwei-Millimeter-Damenpistole. Ein nicht sonderlich lautes, aber schrilles Pfeifen hallte durch Giovanni-Dieters Wohnküche, gefolgt von einem blechernen Scheppern in dem ohnehin schon ramponierten Gasboiler. Harry stockte der Atem. Zoe wackelte unbeeindruckt mit dem Kopf und verdrehte die Augen.

Francesca stürzte mit erstauntem, fast versöhnlichem Gesichtsausdruck auf den Marmorfußboden aus dem siebzehnten Jahrhundert. Auf halbem Weg streifte ihr Haarschopf die Kante des Küchentisches, dann blieb sie regungslos liegen.

Harry stürzte auf Zoe zu, die mit abwesendem Blick und leicht schwankend mitten im Raum stand.

»Zoe, was ist mit dir?« Er packte sie an den Schultern und schüttelte sie leicht. Panisch suchte er nach einer Schussverletzung. Doch der Schuss war offensichtlich an ihr vorbeigegangen. Erleichtert umarmte er sie und ein Gefühl der Schwäche ließ ihn fast in die Knie gehen. Sein Blick fiel auf das Regal mit der Glastiersammlung. Das himmelblaue Schwein glotzte freundlich-doof. Die tiefer stehende Nachmittagssonne, die jetzt von der gegenüberliegenden Seite des Rio del Trapolin in das Küchenfenster fiel, leuchtete wie ein Bühnenscheinwerfer das gesamte Regal aus. Kraniche, Hasen und Salamander standen unbeschadet an ihrem Platz. In dem Lichtstrahl schwirrte ein Schleier kleiner Staubteilchen.

Zoe regte sich auf einmal in seinen Armen.

»Daaarliiing, ich bin ookayyy«, antwortete sie in Zeitlupe. Sie klang wie ein Tonband in der falschen Geschwindigkeit.

»Was hat sie mit dir gemacht?«, fragte er, während er versuchte, Zoe von ihren Fesseln zu befreien. Dabei warf er immer wieder einen Blick auf die wie leblos daliegende Francesca.

»Es hat geklingelt. Und als ich die Tür öffnete, ist sie einfach in die Wohnung gestürmt und hat mich über den Haufen gerannt. *She's absolutly sick.*«

Zoe rieb sich die Handgelenke. »Was bildet diese Zicke sich eigentlich ein? *Italian bitch!*«

Zoes Wortwahl deutete darauf hin, dass sie auf dem Weg der Besserung war.

»Sie hat mit dieser Pistole herumgefuchtelt und mich die ganze Zeit wüst beschimpft. Plötzlich zog sie ein Tütchen mit einem Pulver aus der Tasche, rührte das Zeug in ein Wasserglas und zwang mich, das Zeug zu trinken.«

»Nasty!« Sie deutete auf das Glas am Boden, in dem sich noch der Rest einer trüblich weißen Flüssigkeit befand.

»Was ist das denn? Ein Betäubungsmittel?« Harry hatte das Glas aufgehoben und roch daran.

»Keine Ahnung. Ich weiß nur, dass es mir dann sehr schnell schwindelig wurde, alles war auf einmal so weit weg und dann muss ich wohl umgekippt sein.« Sie stöhnte auf. »Mein Kopf! Ich hab das Gefühl, er platzt gleich.«

Ihr Blick fiel auf die Gestalt am Boden, die sich immer noch nicht bewegte.

»Harry, sieh nur, sie hat ja schon wieder dieselbe Frisur wie ich!«

»Zoe, please, no hairstyling discussion.« Harry konnte das Thema nicht mehr hören. Er beugte sich zu Franca hinunter. Ihr Kopf war auf die Seite gefallen. Aber am Hals sah er ihren Puls pochen. Auf ihrer linken Wange, dort, wo Harry sie mit dem Nudelholz getroffen hatte, prangte das Raviolimuster.

»Sie lebt? Oder?«, fragte Zoe. »Du hast ihr ganz schön eine verpasst, Harry.« Das klang fast anerkennend.

»Was sollen wir jetzt mit ihr machen?«, fragte Harry, der immer noch am Boden kniete. »Sie wacht bestimmt bald auf.«

Zoe starrte auf die beiden. Sie machte zwar noch einen weggetretenen Eindruck, aber ihr Verstand arbeitete anscheinend schon wieder.

»Harry, Darling, ich habe eine Idee. Der Cocktail ist ja bereits gemixt. Wir müssen ihr nur den Rest eintrichtern. Das Zeug haut jeden um, *believe me*. Dann schläft sie noch eine Weile.«

Immer noch schwankend holte Zoe das Glas mit der milchigen Flüssigkeit. Es sah aus wie eine Alka Selzer. Harry hob Francas Kopf leicht an. Zoe führte ihr das Glas an den Mund. Zunächst benetzte sie ganz behutsam ihre Lippen. Der erste Schwapp lief an den Mundwinkeln herunter. Franca brummte etwas unwillig, dann drückte Harry Francas Ober- und Unterkiefer auseinander und Zoe schüttete ihr einen kräftigen Schluck in den Mund. Franca japste kurz nach Luft und verschluckte sich. Für einen Moment machte sie den Eindruck, als wollte sie zu sich kommen, dann schluckte sie ganz brav und begierig mehrmals hintereinander, wie ein Baby, das seine Flasche bekommt.

Wie aus heiterem Himmel schrillte plötzlich die Wohnungsklingel durch das Apartment. Harry zuckte zusammen und Zoe ließ fast das Glas fallen. Besuch konnten sie jetzt absolut nicht gebrauchen. Harry hielt sich mit einer übertrieben deutlichen Geste den Finger vor den Mund. War das womöglich schon wieder der lästige Giovanni-Dieter? Sie lauschten und warteten.

»Hallo! *Ecco l'azienda Brizzi!*« Harry verstand kaum etwas, aber es klang eigentlich nicht nach Hans-Dieters Volkshochschulitalienisch.

Sie verhielten sich ein paar Sekunden still. Dann war ganz plötzlich ein Schlüssel im Schloss zu hören. Das metallische Geräusch hallte in seinem Kopf. Harry spürte, wie ihm das Blut in den Kopf schoss.

»Scheiße! Nein!«, zischte er Zoe zu.

Er reagierte blitzschnell und hastete zur Tür. Er musste denjenigen unbedingt aufhalten, bevor er das Apartment betrat. Unbedingt! Wenn jetzt jemand in die Wohnung kam, waren sie geliefert. Niemand durfte auch nur einen Schritt hineinkommen und einen Blick in den Küchenbereich werfen. Mit schnellen Schritten war Harry an der Tür und drängte sich sofort in den sich gerade öffnenden Türspalt. Es war der Installateur.

»Ohh! *Scusi, Signore*! Es ist ja doch jemand da.«

»Es p-p-passt im Augenblick gar nicht«, stotterte Harry.

Mit hektischen Handbewegungen versuchte er dem Mann in dem leuchtend blauen Overall klarzumachen, dass er hier im Augenblick keinen Zutritt hatte, und drängte ihn unmissverständlich ein Stück ins Treppenhaus zurück.

Der Klempner schaute etwas verdattert auf den gestikulierenden Harry, der immer wieder *»Scusi Signore!«* rief. Schließlich fiel Harry das rettende Wort ein: *»Domani!«* Da ging ein Leuchten über das Gesicht des Handwerkers. Jetzt hatte er verstanden. *»Domani?«*

»Sì, sì, morgen.« Harry lachte verlegen und nickte heftig. *»Okay Signore, a domani.«*

Der Monteur schien nicht weiter böse zu sein. Anscheinend war es für ihn normal, unverrichteter Dinge wieder abzuziehen. Im Hinuntergehen winkte er freundlich mit der Hand.

Harry schaute ihm hinterher und atmete auf. Schnell schloss er die Wohnungstür und ging zurück in die Küche. Bewegungslos kauerte Zoe noch immer neben Franca und hielt krampfhaft das Glas mit der milchigen Flüssigkeit umklammert.

»Entwarnung. Es war nicht Giovanni-Dieter, nur der Installateur. Ich habe ihn auf morgen vertröstet.«

Kurz darauf trichterten sie Franca den Rest des Tranquilizers ein. Die verdrehte zwischendurch kurz die Augen, schien dann aber umso friedlicher auf dem herrlich kühlen Marmorboden wegzuschlummern.

Zoe machte einen Gesichtsausdruck, als wollte sie sich am liebsten dazulegen.

»Du brauchst dringend eine Ladung kaltes Wasser und dann einen starken dreifachen Espresso.«

Er schleppte sie ins Bad. Leise murrend ließ sie über sich ergehen, dass Harry ihr die Bluse auszog, den kalten Hahn voll aufdrehte und ihr aus der Hand ein paar Mal das Wasser ins Gesicht und über den Oberkörper schüttete.

»Hast du den Teststreifen gesehen«, fragte sie, als er sie etwas unsanft mit dem Handtuch abtrocknete.

»Hab ich gesehen«, sagte er mit gespielter Gleichgültigkeit.

»Weißt du, was der Strich zu bedeuten hat?«

»Ich kann es mir denken.«

»Und?«

Er nahm Zoe in den Arm. Dabei sackte sie ihm schon wieder halb weg. Sie zog sich an ihm hoch und drückte ihm einen flüchtigen Kuss auf die Wange.

»Wir müssen unsere Pläne ändern. Wenn wir das Bild haben, sollten wir möglichst schnell aus Venedig verschwinden.«

Zoe schob ihn mit einer leichten Handbewegung aus dem Bad.

»Ich muss mal.«

»Kommst du auch klar? *Are you sure?*«

Als Harry sich umdrehte, schrie er fast auf. In der Badezimmertür stand: Francesca. Das Leinenjackett wirkte etwas derangiert, sie hatte Mühe, die Augen offen zu halten. Aber in der Rechten hielt sie die Zwei-Millimeter-»Kolibri«. Warum, verdammt noch mal, hatte er nicht daran gedacht, die Waffe in Sicherheit zu bringen? Er konnte es selbst nicht fassen, was für ein Idiot er war.

»Ich störe euer spießiges Familienglück ja nur ungern«, nuschelte sie. »Das hast du dir so vorgestellt, *caro mio*, dass ihr mich hier mit einer hübschen Dosis Benzos liegen lasst.«

Dass Franca unter starken Beruhigungsmitteln stand, machte die Situation nicht ungefährlicher. Harry schaute entsetzt zwischen den beiden Frauen hin und her.

Zoe saß mittlerweile auf dem Klo und ließ es in aller Seelenruhe klötern, während Franca mit glasigem Blick vor ihnen mit der Pistole herumfuchtelte.

»Bist du bald fertig, *puttanella*. Das nächste Mal treffe ich besser, ich versprech's dir«, lallte sie.

Harry brach der Schweiß aus. Er konnte sich kaum rühren in Hans-Dieters engem Badezimmer, eingeklemmt zwischen der bewaffneten Franca und seiner pinkelnden Freundin. Zoe war inzwischen fertig, und Franca dirigierte die beiden mit vorgehaltener Pistole zurück in die Wohnküche. Während Harry an der Tür stehen blieb, torkelte Zoe auf das Regal mit den Glastieren zu.

Franca schwenkte mit ihrer »Kolibri« zwischen beiden hin und her. In dem Moment gab Zoe ein seltsames Stöhnen von sich und griff sich an den Kopf. Franca war für einen Moment abgelenkt. Als sie sich Zoe zuwandte, bückte sich Harry, einer plötzlichen Eingebung folgend, packte den Rand des venezianischen Läufers, auf dem Franca stand, und zog mit aller Kraft daran. Der italienischen Bildhauerin riss es schlicht den Boden unter den Füßen weg. In ihrem benebelten Zustand hatte sie nicht die geringste Chance, dies zu verhindern. Einen kurzen Moment schien sie fast waagerecht in der

Luft zu liegen, um dann mit einem gewaltigen Krach in dem antiken Küchenschrank zu landen. Franca fiel in sich zusammen wie einer dieser Gipssäcke in ihrem Atelier. Sie gab eine Art Schnaufen von sich, dann war sie still. Sie lag direkt vor dem Schrank. Das schwere Küchenmöbel hinter ihr kippelte bedrohlich und der auf dem Schrank versteckte Murano-Karpfen reckte seine regenbogenfarben schillernde Schwanzflosse über den Rand. Der Schrank fand seinen festen Stand wieder, aber der kapitale Glaskarpfen entschloss sich zum Sprung.

In dieser Zehntelsekunde wusste Harry, dass genau jetzt etwas Verhängnisvolles passieren würde. Er sah schon das hässliche Tier in tausend Stücke zerspringen und die kleinen bunten Glassplitter sich auf dem Steinboden in die entlegensten Winkel von Giovanni-Dieters Wohnküche ergießen wie über einen zugefrorenen See schliddernde Eisstücke. Er wollte eingreifen, den Karpfen auffangen. Aber er blieb wie gelähmt stehen und sah einfach nur zu. Sah, wie der Glaskarpfen, als hätte er das geübt, im Sprung einen gedrehten Salto vollführte und sich die lange, kunstvoll geschwungene, spitze Schwanzflosse, wie ein präzise geführter Messerstich, direkt neben Francas Schlüsselbein von oben in ihren Brustkorb bohrte.

Franca japste kurz, riss Augen und Mund auf, als wollte sie protestieren, doch dann erstarrte ihr Gesicht, fror ihr Erstaunen ein. Auf einmal war es vollkommen still.

Zoe schien schlagartig hellwach zu sein. *»Good Lord«*, hauchte sie fassungslos.

Harry starrte entsetzt auf das groteske Bild, das sich

ihm bot. Es sah wie eine verunglückte Jongliernummer im Zirkus aus. Der schillernde Karpfen balancierte leicht schwankend über Francescas Schlüsselbein. Aus der Wunde quoll Blut, zunächst unregelmäßig, wie vom Herzen gepumpt, bildete Harry sich ein, dann gleichmäßiger. Francesca blickte sie mit weit aufgerissenen Augen an, fassungslos angesichts ihres Schicksals, in Giovanni-Dieters Apartment von einem Murano-Karpfen erdolcht worden zu sein.

Zoe fand als Erste die Sprache wieder.

»Ich kann diesen Blick nicht sehen«, sagte Zoe. *»Harry, please.«*

Zögernd näherte sich Harry der toten Frau. Er wollte sie nicht anfassen, aber schließlich überwand er sich und drückte Franca die Augen zu. Ihr Gesicht fühlte sich ganz normal an, wärmer als seine Hände. Auf ihrer linken Wange prangte wie ein Stempel der Ravioliabdruck, der inzwischen seine Farbe gewechselt hatte. Er hätte ihr auch gerne den Mund geschlossen, aber irgendwie brachte er das nicht fertig.

In der Stille war auf einmal das Zischen aus dem Boiler deutlich zu hören. Harry bildete sich ein, das ausströmende Gas zu riechen.

»Verdammte Scheiße, wir fliegen hier noch in die Luft«, raunte er Zoe leise zu.

»Dann hätten wir ein Problem weniger«, sagte Zoe mit einem süffisanten Grinsen. Doch dann wurde sie gleich wieder ernst: »Harry, was machen wir mit ihr? Sie kann doch nicht hier liegen bleiben. Schon gar nicht mit diesem Viech im Hals.«

Damit hatte Zoe natürlich recht. Harry schaute gedankenverloren auf die tote Franca. Auch wenn es ein ganz blöder Unfall war: Den schnieken Commissario Lompo und seinen schnauzbärtigen Ispettore konnten sie schlecht rufen. Die würden Harry kein Wort glauben. Die gute Francesca musste hier verschwinden, und zwar ganz schnell und ohne den Karpfen im Hals. Sollte er den Fisch einfach aus dem Hals herausziehen? Die Wunde hatte inzwischen aufgehört zu bluten. Es mussten wohl innere Blutungen gewesen sein, die Francas schnellen Tod herbeigeführt hatten. Harry schluckte. Schließlich nahm er all seinen Mut zusammen, griff den Glasfisch und zog vorsichtig daran. Die lange Schwanzflosse saß fest in ihrem Hals und ließ sich nur zentimeterweise bewegen. Die geschwungene Form hatte sich wie ein Widerhaken hinter ihrem Schlüsselbein verklemmt. Er nahm den Fisch in beide Hände und zog kräftiger. Nachdem er einen Widerstand überwunden hatte, ließ sich das Glasteil mit einem leisen Schmatzen herausziehen. Es hinterließ einen gar nicht mal so großen, sauberen Schnitt. Zähflüssig trat etwas Blut aus der Wunde.

Harry stellte den Karpfen auf den Boden. Vergeblich kämpfte er gegen die aufsteigende Übelkeit und den Brechreiz an. Jetzt fiel ihm auch auf, wie brütend heiß es in dem Apartment war. Vorher hatte er das gar nicht so wahrgenommen.

Die tiefer stehende Sonne warf lange Schatten über den Steinboden. Zoe zog in der Wohnküche den Vorhang zu. Eigentlich hätte Harry die Fenster lieber geöffnet. Von dem Haus auf der gegenüberliegenden Kanalseite aus war die tote Franca vermutlich nicht zu sehen.

Aber sicher war sicher. Die Helligkeit, die von draußen immer noch durch die zugezogenen Vorhänge fiel, tauchte den Raum und die tote Franca, die immer noch die »Kolibri« in der Hand hielt, jetzt in diffuses warmes Licht. Alle Konturen verschwammen. Nur Giacomettis »Stehende Frau II«, das Original, behielt ihre klaren Umrisse, die kargen brüchigen Linien, die an der Hüfte ein paar Zentimeter frei stehenden Arme. Harry fühlte sich beinahe an eine Biennale-Performance erinnert.

In der Wohnung wurde es immer stickiger. Die Kokos-Limonen-Mixtur von Francas Parfüm roch jetzt muffig. Harry versuchte, tief durchzuatmen, aber es half nicht viel. Nach einem dürftigen Frühstück hatte er den ganzen Tag praktisch nichts gegessen. Er spürte, wie sich sein Magen um die kläglichen Reste eines Schinkenpanino zusammenzog. Er stürzte zur Toilette. Er musste immer wieder würgen, aber sein Magen war leer. Die Magensäure brannte in seinem Mund. Auf den Zähnen hatte er ein stumpfes Gefühl. Erschöpft hockte er vor der Toilette und stierte apathisch auf das Logo einer deutschen Sanitärfirma.

Da wurde die Badezimmertür aufgestoßen und Zoe stürzte herein.

»Harry, schnell, mach Platz!« Mit zwei Schritten war sie bei ihm, drängte ihn unsanft zu Seite und hing mit dem Gesicht über der Kloschüssel.

Danach meldete sich bei Zoe umgehend der Appetit.

»Zoe, ich begreif das nicht, wie kannst du jetzt ans Essen denken? Nach all dem, was passiert ist. Außerdem müssen wir uns erst einmal um Franca kümmern.«

»Vorher muss ich etwas essen. Ich hab so ein Loch im Magen.« Zoe sah ihn fast vorwurfsvoll an. Harry schüttelte nur verständnislos den Kopf.

»Das Einzige, was wir noch im Kühlschrank haben, ist ein Rest gebratene Rotbarbe von gestern. Vor allem brauchen wir eine große Kanne starken Kaffee. Wir haben heute noch einiges vor.«

»Im Hellen können wir sowieso nichts machen.« Zoe wirkte wirklich erstaunlich gelassen.

Er betrachtete die tote Franca. Die Wunde blutete nicht mehr, der Steinboden hatte Gott sei Dank kaum etwas abbekommen, aber den venezianischen Läufer konnte man vergessen. Drei der geflügelten Löwen ertranken in einem esstellergroßen Blutfleck, der die Umrisse Afrikas hatte. Daneben stand der blutverschmierte Karpfen.

»Wir müssen unbedingt aufräumen«, murmelte Harry mehr zu sich selbst.

Aber Zoe schien das Chaos überhaupt nicht zu interessieren.

»Harry, what about something to eat?« Ihr bedingungsloser Appetit ging ihm langsam auf die Nerven.

»Verdammt noch mal, kannst du auch einmal *nicht* ans Essen denken«, motzte er. »Wir haben zwei Kunstwerke geklaut, die Polizei hat mich unter Mordverdacht, und vor allem haben wir hier ein Riesenproblem in der Küche liegen.«

»Ich hab sie nicht umgebracht«, schmollte Zoe.

»Natürlich nicht, das weiß ich auch.«

»Harry, du hast gesagt, wir klauen hier einen Miró. Von Italienerinnen, mit denen du erst *love affairs* hast und die dann tot in der Küche liegen, war nie die Rede! Ich hab mit dieser Frau nichts zu tun gehabt. Ich nicht!« Zoe wurde jetzt auch lauter.

»Ist ja gut. Behauptet ja niemand«, lenkte Harry ein.

Zoe war unterdessen zum Küchentisch gegangen und fingerte nach dem verräterischen Plastikstreifen.

»Harry, hab ich dir eigentlich den Streifen gezeigt?« Stolz hielt sie ihm das Plastikding vor die Nase. »Du hast ihn gesehen? Oder? Ich muss einfach essen. Für unser Baby.«

Harry strich sich verlegen die Haare aus dem Gesicht und nahm Zoe in den Arm. Es war ein bisschen so, als hätten sie sich gerade kennengelernt. Ein komisches Gefühl, alles irgendwie neu, unbekannt. Eigentlich wusste Harry noch gar nicht, wie er zu dieser neuen Entwicklung stehen sollte. Es war alles etwas zu viel in den letzten Tagen gewesen. Er musste versuchen, sich auf das Wesentliche zu konzentrieren. Und das hieß jetzt: aufräumen.

»Trotzdem müssen wir hier erst mal klar Schiff machen«, sagte er in Zoes Haarschopf hinein.

Zoe sah ihn ungläubig an. Aber dann zogen sie sich beide Gummihandschuhe über, zerrten die Tote von dem pseudoantiken Läufer herunter und wischten den Boden. So oft wie in den letzten Tagen hatte Harry in seinem ganzen Leben keine Gummihandschuhe getragen. Wie ein Besessener bearbeitete er mit einer kleinen Abwaschbürste den alten Steinboden.

»*Harry, it's enough.* Wenn die Polizei es wirklich darauf anlegt, findet die immer noch etwas. Du kannst das nicht verhindern«, stellte Zoe fest, die sich zum Putzen ihr »Tonight's-the-Night«-Shirt angezogen hatte.

»Bei den italienischen Kommissaren hab ich die Hoffung, dass sie nicht so gründlich sind.« Harry war vom Schrubben richtig außer Atem.

»Nicht so gründlich wie die Deutschen beim Saubermachen.«

Harry schenkte Zoe den gesamten Inhalt einer Espressokanne in die große Cappuccinotasse und setzte gleich noch einmal einen Kaffee auf. Während der achteckige Alukocher auf dem defekten Gasherd vor sich hin zischte, diskutierten sie, was sie mit Francesca Zenga machen sollten. Harry musste natürlich sofort an den dicken Carlo denken.

»Habt ihr den nicht einfach eingepackt und auf eine Baustelle gebracht?« Zoe pustete in den heißen Kaffee.

»Hast du in der Nähe eine Baustelle gesehen?«

Harry holte den Teller mit den Rotbarben aus dem Kühlschrank.

»Ich weiß gar nicht, wie lange man Tote überhaupt bewegen kann«, sagte er mit Blick auf Franca. »Carlo war steif wie ein Brett, als wir ihn zu diesem ›Molino Stucky‹ abtransportiert haben.«

»Wann setzt die Totenstarre denn ein?«

»Ich kann es dir nicht sagen. Zoe, wir sind Kunstdiebe und keine ....«

»Harry, wir sind keine Mörder. Es war dieser *killerkarp*.«

Außer dem Fisch gab es im Kühlschrank noch eine Zitrone, Senf und Kapern. Zoe hatte schon recht. Sie mussten wenigstens eine Kleinigkeit essen. Sie hatten heute Abend noch so einiges vor. Harry mischte aus den restlichen Zutaten den Aufstrich für ein Tramezzino.

»Ob die Totenstarre schon einsetzt hat? Ich mag sie nicht berühren. Harry, bitte fass du sie an.«

»Zoe, nicht jetzt.«

»Ich hab mal gelesen, es beginnt an den Augenlidern.«

Zoes Frage war berechtigt. Wie lange war der Körper der toten Francesca überhaupt beweglich? Wie lange hatten sie Zeit, bis die Totenstarre einsetzte, die einen Transport in jedem Fall erheblich erschweren würde?

»Sollen wir sie überhaupt einpacken?«, fragte Harry. »Vielleicht brauchen wir das gar nicht. Wir könnten sie zu zweit zwischen uns nehmen und abtransportieren.«

»Wir haben noch Giovannis Boot«, fiel Zoe ein.

Sie hatten es die ganzen Tage nicht benutzt. Aber vor der Tür lag dieses kleine Boot, das sie benutzen konnten. Sie hatten die Schlüssel für den Motor, und irgendwo lag bestimmt auch noch der Zettel, auf dem sich neben den erschöpfenden Instruktionen aller Lichtschalter und Gashebel auch ein Kapitel über den Bootsmotor fand.

»Bevor wir auf Bootstour gehen, sollte ich mir den Kahn vorher mal ansehen, ob genug Benzin im Tank ist.«

Auf der Gasflamme röchelten die nächsten Tassen Espresso durch die Kanne.

»Nur, wo wollen wir überhaupt mit ihr hin, wenn wir Franca im Boot haben.« Harry hatte noch keine Idee.

»Wieder auf das Industriegelände, wo ihr diesen Carlo vergraben habt?«

»›Molino Stucky‹? Bitte nicht noch einmal. Aber Beat hat neulich von einer einsamen Insel in der Lagune erzählt«, fiel Harry ein.

Zoe leckte sich genüsslich einen kleinen Rest der Fischpaste aus dem Mundwinkel.

»Es ist eine verlassene Insel mit einem stillgelegten Sanatorium.« Er schenkte sich und Zoe den nächsten Espresso ein und holte den Venedig-Stadtplan.

»Sacca Sessola! Das muss es sein.«

»Sounds good«, sagte Zoe kauend.

»Es liegt ein ganzes Stück hinter der Giudecca, Richtung Chioggia. Erst San Clemente und dann hier, Sacca Sessola.« Er zeigte auf den kleinen Punkt auf dem Stadtplan. Die Insel zu erkunden, war keine Zeit mehr. Sie mussten sich heute Nacht unbedingt auch noch um das Bild kümmern. Aber wenigstens das Boot wollte er inspizieren.

Es war eine kleine Nussschale, kleiner, als Harry das in Erinnerung hatte, und kleiner als das Boot von Maldini, mit dem er vorhin vor der Polizei geflohen war. Eigentlich war nur für ein oder zwei Personen Platz. Es würde reichlich eng werden. Aber dann mussten sie eben etwas zusammenrücken.

In der Gasse war es ausnahmsweise mal ruhig. Ein Stück entfernt, auf der gegenüberliegenden Seite, ging eine Gruppe von Touristen chic gemacht zum Essen. Den Motor musste man mit einem Seilzug anwerfen. Harry brauchte etliche Versuche. Schließlich sprang der

Außenborder mit einem Spucken an. Harry stand in einem Benzinnebel. Aber die Kiste schien zu funktionieren. Er ließ den Motor kurz laufen, drehte ein paar Mal an dem Gasgriff, dann drückte er die Motorstopptaste. Eine kleine Abgaswolke entschwebte über den Kanal Richtung Rio di San Felice. Ein letzter Sonnenstrahl strich glitzernd über das brackige Wasser und fiel auf ein paar grellgrüne Algenbärte, die von den unteren Treppenstufen neben der Bootswand ins Wasser hingen. Es war weit und breit niemand zu sehen. Trotzdem sollten sie mit ihrem Vorhaben unbedingt warten, bis es richtig dunkel war, fand Harry.

Als er in die Wohnung zurückkam, war Zoe in dem Fauteuil der venezianischen Sitzgruppe aus dem zwanzigsten Jahrhundert selig entschlummert. Die drei doppelten Espressi waren chancenlos gegen Francescas K.-o.-Tropfen. Eine Weile konnte er sie ruhig schlafen lassen. Aber gleich würde er sie brauchen. Den Tansport von Franca würde er nicht alleine schaffen.

Er zündete sich eine Chesterfield an. Sein Blick fiel immer wieder auf Franca. Die Wunde zwischen Hals und Brust fiel kaum mehr auf. Mit den zerrupften blond geschecktten Haaren erregte sie bei Harry eine Mischung aus Ekel und Mitleid.

Draußen war es mittlerweile fast dunkel geworden. Durch die Vorhänge kam kein Licht mehr in das Apartment. Er stellte den Giacometti in die Besenkammer. Dann zog er eine Gardine ein Stück beiseite, nur so weit, dass die Wohnküche von den gegenüberliegenden Häusern nicht einsehbar war. Er machte kein Licht. Ein bis zwei Stunden wollte er noch abwarten, bis im Stadtteil gar keine Leute mehr unterwegs waren. Aber zu lange durften sie die Bootstour mit Franca auch nicht hinauszögern. Jederzeit konnten Hans-Dieter oder ein anderer »Amico dei musei« hier aufkreuzen. Sogar dieser Klempner hatte ja offensichtlich einen Schlüssel.

Rauchend studierte er sehr genau den Venedig-Stadtplan. Mit der toten Franca im Boot wollte er sich nicht wieder im Kanalgewirr von Cannaregio verirren. Den Weg nach Sacca Sessola wollte er sich vorher genau einprägen. Er stierte auf den farbigen Stadtplan mit den vielen Bezeichnungen der Wege und Kanäle, die von Minute zu Minute immer ähnlicher wurden und langsam vor seinen Augen verschwammen.

Auf einmal thronte dick und fett Francas Vermieter als Duane-Hanson-Figur auf dem venezianischen Fauteuil, in dem Lehnstuhl, in dem Zoe eben noch selig vor sich hin geschnorchelt hatte. Auch Harry war auf dem kleinen Stilsofa über der Venedigkarte eingeschlafen. Doch Großgondoliere Carlo verfolgte ihn überallhin, bis in seine Träume, bis in Hans-Dieters Wohnküche. Der Dicke hatte das limonengrüne Jackett leicht geöffnet. Über dem Hosenbund quoll weiß ein Fettpolster heraus. In der Rechten hielt er wie ein König seine Herrschaftsinsignien den rot leuchtenden Murano-Frosch, der eigentlich zusammen mit dem Miró im Canal Grande dümpelte. Die in der schalenförmig geöffneten Hand hockende Kröte gaffte Harry herausfordernd an, während der Dicke ohne die geringste Bewegung leicht über ihn hinwegschielte.

17

Francesca war schwerer, als sie gedacht hatten. Harry und Zoe hatten beschlossen, Franca nicht zu verpacken. Sie nahmen die Tote zwischen sich und schleppten sie Stufe für Stufe durch das Treppenhaus, alle drei Stockwerke hinunter. Harry und Zoe legten sich jeweils einen Arm von Franca um die Schulter und fassten sie um die Taille, so wie man einen Betrunkenen nach Hause bringt. Darauf wollten sie sich herausreden, falls sie jemand ansprechen würde. Für alle Fälle hatten sie Franca ein Gläschen von Giovanni-Dieters Grappa über die Jacke gekippt. So besonders lebendig sah sie allerdings nicht mehr aus. Ihre blasse Gesichtfarbe tendierte leicht ins Grünliche.

»Ihre Hände sind schon ganz kalt, Harry. Es ist ja wirklich eklig.«

»Dann fass ihren Arm an der Jacke an.« Er wurde jetzt ungeduldig.

»*And she's pretty fat.* Ich wusste gar nicht, dass du darauf stehst, Harry.« Zoe zog so kräftig an dem leichten schwarzen Leinenjackett, dass sie es Franca fast auszog.

»Zoe, bitte.«

Im Treppenhaus war es vollkommen still. Warum hatte Signora Schillaci ausgerechnet heute Abend ihren dämlichen Fernseher nicht in Betrieb? Irgendeine dieser italienischen Gameshows musste doch sicher gerade laufen. Was war los mit der Signora? Horchte sie hinter ihrer Tür?

Das Licht im Treppenhaus hatten sie nicht angeschaltet. Sie gaben sich alle Mühe, leise zu sein, trotzdem hatte Harry das Gefühl, einen Höllenkrach zu veranstalteten. Stufe für Stufe setzten sie einen wackeligen Fuß vor den anderen. Harry war so schlau gewesen, vorher seinen Gips abzunehmen. Das machte die Sache zumindest etwas einfacher. Nachdem sie Franca ein Stockwerk nach unten gewuchtet hatten, drohte sie ihnen direkt vor der Tür von Signora Schillaci wegzusacken. Von Totenstarre konnte tatsächlich noch keine Rede sein. Im Gegenteil, Franca hing zwischen ihnen wie ein nasser Sack. Zoe fasste gar nicht mehr richtig zu, und Harry konnte sie alleine kaum halten.

»Zoe, wirklich! Reiß dich jetzt mal zusammen«, schimpfte er.

»Wer hat uns das denn alles eingebrockt?!«, blaffte sie zurück.

Harry konnte richtig sehen, wie sie die Zähne zusammenbiss.

Sie schulterten die schlappe Francesca erneut. Auf den folgenden Stufen nahmen sie dann unfreiwillig Fahrt auf. Die tote Bildhauerin schien jetzt vorwegstolpern zu wollen. Ohne Zwischenstopp stürzte das Trio an der Tür von Baggio vorbei, wo sie noch nie jemanden gesehen hatten. Als sie gerade den letzten Treppenabsatz in Angriff nehmen wollten, öffnete sich unten wie von Geisterhand die Haustür, und Sekunden später flammte die Beleuchtung im Treppenhaus auf.

Abrupt blieben die drei stehen. Am unteren Ende der Stufen stand Signora Schillaci und sortierte, in ein Selbstgespräch vertieft, ihre Schlüssel. Hinter ihr fiel die Haustür ins Schloss. Ihr graues Haar schimmerte in der kalten Treppenhausbeleuchtung violett. Unsicher griff sie mit einer Hand zum Geländer. Dann erst bemerkte die Signora sie.

»Buona sera«, sagte Zoe betont fröhlich.

Francesca fest umarmend nickte Harry ihr freundlich zu. *»Buona sera.«*

Mit diesen Worten stolperten sie auch schon weiter, bevor Signora Schillaci die Treppe betreten konnte.

»Sera«, krächzte die Signora.

»V-vino«, stotterte Harry, als sie unten angekommen waren. Mit einem Nicken deutete er in Richtung Franca. *»Molto … ähhh … too much wine.«*

Signora Schillaci sah sie verständnislos durch ihre Brille mit den goldenen Applikationen an, und Harry und Zoe sahen zu, dass sie mit ihrer Begleitung durch die Haustür nach draußen kamen.

Sie hatten beschlossen, dass sie sich, zusammen mit Franca, auch der Tatwaffe, des Murano-Karpfens, Francas Pistole und des venezianischen Läufers entledigen wollten. Der Teppich war auch ohne das Blut reichlich versifft. Giovanni-Dieter konnte eigentlich froh sein, dass er ihn los war. Harry hatte den zusammengerollten Läufer und den Glaskoi bereits vorher im Boot verstaut. Der kapitale Fisch verschwand fast vollständig in der Standa-Tüte. Nur die todbringende Schwanzflosse lugte zwischen den Tragegriffen hervor. Franca ins Boot zu bekommen war nicht unbedingt einfacher, als sie die Treppe hinunterzubugsieren. Harry fasste sie kurz entschlossen von hinten unter den Armen und hob sie die paar Treppenstufen hinab zum Boot. Dabei sah er immer wieder die Fondamenta entlang und auf die gegenüberliegenden Häuser, ob sie auch wirklich unbeobachtet waren. Irgendwie schien er damit zu rechnen, dass Giovanni-Dieter, Britt Benning oder einer von den anderen Kunstfreunden jeden Moment um die Ecke kommen könnten. Zoe war schon ins Boot geklettert und nahm nun, mühsam das Gleichgewicht in dem schaukelnden Kahn haltend, Francas Beine in Empfang. Die Absätze der Cowboystiefeletten blieben dabei kurz am Bootsrand hängen.

»Hast du sie?«, rief Harry mit gepresster Stimme. Um selbst in das Boot zu kommen, musste er die Tote für einen Moment loslassen.

»Okay, ich hab sie!«

Doch sie hatte sie nicht. Zoe konnte Franca nicht halten. Fast wäre sie gekentert und Arm in Arm mit der bleichen Franca in die faulig stinkende Brühe des Rio del Trapolin gefallen. Im letzten Moment drehte Zoe sich zur Seite und Francas Körper fiel ungebremst in das Boot hinein. Harry war an Bord gesprungen.

»Verdammt noch mal, pass doch auf!«

»*Stupid*, Harry, ich passe auf, aber ich will hier selber auch nicht über Bord gehen!«

Mit vereinten Kräften drehten sie Franca jetzt herum und setzten sie ins Bug des Bootes. Plötzlich erstarrte Harry. Auf der gegenüberliegenden Kanalseite stand jemand. Er kannte den Typen und der Typ kannte ihn leider auch. Es war der kleine Sachse von heute Mittag. Auch das noch!

»Des gibs doch gor ni. Ich habs doch glei gesähn. Ja, subbr! Sie sinn meine Reddung!«

Der Typ war sichtlich erfreut, Harry zu sehen, und turnte aufgelöst auf den gegenüberliegenden Fondamenta herum.

»Ja, wir kennen uns doch«, rief Harry etwas lahm, während er versuchte, die langsam wegrutschende Franca zu verdecken. Zoe setzte sich sofort neben sie und hakte sie unter. Sie tat so, als wenn sie sich um ihre betrunkene Freundin kümmerte.

»Mir is ferleicht was bassiert«, rief der Hänfling laut.

»Meine Gruppe hat mich in Murano sitzn gelassen. Das is die Insel mit dänm Glas …«

»Ich weiß«, stöhnte Harry. Zum Small Talk war er im Augenblick gar nicht aufgelegt. Außerdem war sein Bedarf an Muranoglas für heute gedeckt.

»Ich habb das Schiff noch abfohrn sehen. Mir hattn da so eene Vorfiehrung in der Werkstatt von so nem Glosbläser.«

Harry nickte abwesend und widmete sich konzentriert dem Außenborder. Er öffnete den Benzinhahn, zog den Choke und versuchte den Motor anzuwerfen.

»Jetzt muss'ch zum Bahnhof zurück. Mir sin ja das ärschte Mol in Idalien«, hallte es weit im breitesten Sächsisch über den Kanal.

Die Kerl ließ nicht locker. Harry zog wiederholt an dem Seil, mit dem man den Motor startete. Die Maschine wollte einfach nicht anspringen. Dem Reißen folgte immer nur ein metallisches Klickern.

»Die guude Frau ist aber och ganz scheen hinüber.« Der Sachse deutete auf die tote Franca.

»Unsere Freundin ist leider vollkommen betrunken«, rief Zoe.

»Nu klor, ä bissl ze dief ins Glos geguggt«, fiel dem Sachsen endlich mal wieder ein Satz mit »Glas« ein.

»Ja, wirklich. Das war zu viel für sie.« Harry lächelte bemüht. »Der Weg zum Bahnhof ist eigentlich ganz einfach«, versuchte er den Kerl mit dem Nackenspoiler loszuwerden. »Ferrovia, nächste rechts, dann links und dann erst mal immer am Kanal lang.«

»Nu, immer am Kanal lang. Was meenstn was ich seit zwee Stunden mach.« Der Fips sah ihn triumphierend an.

Harry zog jetzt immer hektischer an dem Starterseil. Warum wollte dieser Scheißmotor ausgerechnet jetzt nicht anspringen? Harry spürte die Panik wie eine Flut allmählich in sich aufsteigen.

»Hamma gor keen Gibbs mehr?« Der Jeansjacke fielen aber auch wirklich immer neue Themen ein.

»Gleich hol ich den Glaskarpfen raus«, zischte Zoe Harry zu.

Er sah sie an und musste fast lachen.

»Aber bitte nicht meinem Arzt verraten«, rief Harry dem Kleinen zu. »Er hat gesagt, ich soll den Gips unbedingt tragen.«

Nach ein paar weiteren Versuchen sprang der Außenborder endlich prustend an. Harry drehte den Gasgriff. Die Maschine verschluckte sich, puffte einmal kräftig und lief dann schon etwas runder.

»Wir müssen dann mal«, schrie Harry zu dem Sachsen hinüber. »Unsere Freundin hier gehört ins Bett.« Er machte das Boot los und legte den Gang ein.

»Links, nee, rechts, links und nacher gradaus«, fasste der Hänfling die Wegbeschreibung noch einmal zusammen.

»Genau, immer geradeaus«, rief Harry ihm zu, während er das Boot auf den Kanal lenkte.

Zoe winkte ihm erleichtert zu. »Alles Gute, *good luck*!«

Auf dem Rio del Trapolin tuckerten sie zum Rio di Noale. Der Bug, in dem Zoe neben der fast liegenden Franca saß, und das ganze Boot lagen tief im Wasser. Sie waren zu dritt einfach zu schwer. *»Solo due persone«*, hatte Hans-Dieter gesagt.

Harry gab nur halb so viel Gas wie heute Mittag bei der Verfolgungsjagd. Ihr Transport sollte so leise wie möglich vonstatten gehen. Trotzdem waren sie innerhalb von Minuten auf dem Canal Grande angelangt. Man musste den Weg nur kennen und den Rio della Misericordia meiden. Die kleineren Kanäle in Cannaregio waren wie ausgestorben. Auch auf dem Canal Grande war nicht mehr viel los, nur ein einzelnes Vaporetto, das gerade an der Ca' d'Oro ablegte, und drei, vier private Motorboote oder Wassertaxis. Harry hielt großen Abstand von den anderen Booten. Dass Signora Schillaci und der Sachse Zoe und ihn Arm in Arm mit Francesca gesehen hatten, reichte an Zeugen.

»*Harry, don't worry.* Die Signora ist genauso kurzsichtig, wie sie schwerhörig ist. Und der Kleine ist morgen mit seinem Bus wieder *back in Germany.*« Zoe hatte anscheinend seine Gedanken gelesen.

Sie fuhren unter der Rialtobrücke hindurch. Das Wasser war sehr viel unruhiger als in den letzten Tagen. Es war ein leichter, immer noch warmer Wind von Süden aufgekommen. Der Canal Grande hatte kleine Wellen.

Der Außenborder spuckte immer mal ein Benzinwölkchen, aber er tuckerte brav über den Kanal. Die Fassaden der großen Palazzi leuchteten in die Nacht. Die Spiegelbilder auf dem Wasser wurden durch die Wellen zerrissen.

»Beautiful, isn't it?« Zoe war ganz hin und weg angesichts der nächtlichen Kulisse. Den Anlass ihres Ausflugs schien sie für einen Moment völlig vergessen zu haben. Harry dagegen war angespannt. Er horchte auf den nicht sonderlich vertrauenerweckenden Motor und hatte ständig die beiden Ladys im Bug im Auge.

Kurz vor der Accademiabrücke verließen sie den Canal Grande.

»Und der Miró? Müssen wir nicht weiter geradeaus?«

»Lass uns das Guggenheim auf dem Rückweg machen. Dann ist es hoffentlich noch etwas ruhiger.«

Sie tuckerten den Rio di San Trovaso entlang, der an der kleinen Enoteca vorbeiführte, wo sie neulich Mittag *cicchetti* gegessen hatten. Harry hatte den kürzesten Weg zur dieser geheimnisvollen Insel herausgesucht und sich eingeprägt. Je weiter die Strecke, desto eher konnten sie von jemandem gesehen werden und Verdacht erregen. Als sie unter der Ponte Trovaso hindurchfuhren, hallte das Tuckern von den Tunnelwänden wider. Über die alten Ziegel flackerte ein Lichtreflex vom Wasser.

Sie kamen direkt an der Anlegestelle Zattere heraus, die sich zum Canale della Giudecca öffnete. Das hatte Harry nicht recht bedacht. Auf den Fondamenta Zattere war tatsächlich noch Betrieb. Auf den Fondamenta del

Ponto Longo stand mal wieder eine Gruppe junger Japaner, die sich kichernd gegenseitig mit Blitzlicht fotografierten. Das unter ihnen hindurchfahrende Boot nahmen sie Gott sei Dank nicht wahr. Mit Franca an der Seite wollten sie nicht unbedingt fotografiert werden.

Sie umfuhren die Giudecca nicht, sondern durchquerten die Insel auf einem der Seitenkanäle gar nicht weit von Francescas Atelier. Harry versuchte vergeblich, die Gegend wiederzuerkennen. Im Nu hatten sie die Giudecca passiert und fuhren auf die freie Lagune hinaus. Harry drehte an dem Gashahn. Sie waren nicht sonderlich schnell, aber der kleine Yachthafen der Giudecca war jedes Mal, wenn er sich umdrehte, ein Stück kleiner geworden. Nach einer Weile kam hinter ihnen auch der Hafen von Venedig mit mehreren Kreuzfahrtschiffen in den Blick. Über der Stadt lag eine schimmernde Lichtglocke und über der Lagune leuchteten jetzt die Sterne, die Harry in Venedig überhaupt noch nicht aufgefallen waren. Er musste einfach immer nur nach Süden Richtung Chioggia steuern. Aber ohne Kompass war das gar nicht so einfach zu erkennen.

Im Bug des kleinen Kahns, der sich bei der höheren Geschwindigkeit aus dem Wasser hob, waren beide Frauen aus ihren Sitzen gerutscht und lagen nun fast im Boot. Der Motor zeigte auf einmal eine verdächtige Rauchentwicklung, was Harrys Herzschlag schlagartig beschleunigte.

Sollten sie Franca hier vielleicht einfach über Bord kippen? Doch mit Wasserleichen verband Harry nach seinem ersten Kunstcoup in Deutschland einige unangenehme Erinnerungen. Nein, das verfallene Sanatorium auf einer verlassenen Insel fand er als letzte Ruhestätte besser geeignet.

Aber wenigstens den Glaskarpfen konnte er hier in der Lagune loswerden. Harry nahm das Gas zurück, knipste die Taschenlampe an und fummelte den Murano-Fisch aus der Standa-Tüte. Dann holte er Schwung, ließ die Hand mit dem schweren Glasfisch mehrmals hin- und herpendeln und schleuderte den Koi kurzerhand in hohem Bogen ins Wasser. Mit der Taschenlampe leuchtete er dem Fisch hinterher. Für einen Moment wischten die Regenbogenfarben noch einmal durch den Lichtkegel der Lampe. Dann tauchte der Fisch im Fußsprung, wieder mit der Schwanzflosse zuerst, ins Wasser ein. Ohne große Spritzer, ohne Plumpsen, elegant wie ein Turmspringer. Der venezianische Läufer, den Harry hinterherwarf, klatschte dagegen ziemlich plump auf die Wasseroberfläche und dümpelte auf einer Welle Richtung Lido. Das dezente Plumpsen der »Kolibri« war kaum zu hören.

Harry drehte den Gasgriff am Außenborder bis zum Anschlag. Komm, nicht schlapp machen! Einmal Sacca Sessola und zurück, mehr nicht, sprach er dem Motor und sich selbst Mut zu. Irgendwie traute er Giovanni-Dieters Boot nicht. Wenn der Außenborder jetzt seinen Geist aufgab, wäre das eine mittlere Katastrophe.

Je weiter sie sich von den Lichtern der Stadt entfernten und in die Lagune rausfuhren, desto schwieriger wurde die Orientierung. Es war jetzt stockdunkel. Die schmale Sichel des Mondes war heute Nacht kaum heller als die Sterne. Außerdem zog weiter draußen Nebel auf. In einiger Entfernung zur Linken sah Harry die Umrisse einer Insel liegen. Wenn er sich auf dem richtigen Kurs befand, musste das San Clemente sein. Zur Sacca Sessola war es noch ein ganzes Stück. Er zog das Gas wieder etwas weiter auf.

Weit und breit war nichts zu erkennen. Hinter ihnen war Venedig nur noch als Schimmer zu erahnen. Der Außenborder fing an zu klopfen. Im selben Takt hämmerte Harrys Puls schnell und hart. Er spürte die Angst in sich hochkriechen. Die Luft war deutlich kühler geworden und von Minute zu Minute wurde es immer dunstiger. Ein Horizont war nicht mehr zu erkennen. Es war, als wären Wasser und Himmel zusammengeklebt. Langsam bekam er Zweifel, ob diese Insel jemals auftauchen würde. Waren sie vielleicht schon daran vorbeigefahren? Zoe tangierte das alles nicht. Sie schlief tief und fest im Bug. Ihr Kopf war auf die Seite gefallen und nickte mit jeder Bewegung des Bootes sanft auf und ab.

Als er die Suche schon aufgeben wollte, tauchte aus dem Nebel plötzlich die Silhouette eines Turmes auf. Erst hielt er es für eine Fata Morgana, aber dann meinte er eine Art Wasserturm zu erkennen. Der Turm irritierte ihn. Aber das musste Sacca Sessola sein, die Insel mit dem Lungensanatorium, wo seit 1914 Cholera- und Tuberkulosekranke behandelt worden waren. Vor zwanzig Jahren war das Hospital geschlossen worden, hatte Beat Burger gesagt, wenn Harry sich richtig erinnerte.

Die Insel kam schnell näher. Er reduzierte das Tempo. Auch von Nahem war schwer etwas zu erkennen. Das Ufer war von hohem Gras überwuchert. Ein Stück entfernt war irgendwo eine Mauer oder vielleicht auch ein Gebäude zu erkennen. Eine Möglichkeit, das Boot festzumachen, war auf Anhieb nicht zu entdecken. Mit der langsamsten Geschwindigkeit, die überhaupt möglich war, tuckerten sie an dem auffällig geraden Ufer entlang.

»Zoe, aufwachen, wir sind da«, sagte er gepresst.

Keine Reaktion.

Und dann lauter: »Zoe!«

Sie stöhnte im Halbschlaf. Dann schreckte sie hoch. »Was ist los? Sind wir schon da?« Als wenn sie auf einer Autofahrt zurück von einer Feier auf dem Lande eingeschlafen wäre.

»Sacca Sessola!«, sagte Harry, während er Hans-Dieters Kahn noch näher ans Ufer steuerte.

Zoe schüttelte ihren Kopf, um wach zu werden. »Ich muss richtig weg gewesen sein. Ich wusste im Augenblick gar nicht, wo ich war.«

Vielleicht hundert Meter vom Ufer entfernt konnte Harry verfallene Gebäude erkennen, die Ruinen des Sanatoriums. Sie waren richtig. Nachdem sie eine Weile das Ufer entlanggeschippert waren, tauchte aus der Dunkelheit eine verwitterte Uferbefestigung auf. Harry steuerte das Boot darauf zu und nahm den Gang heraus.

»Zoe, übernimm du mal kurz.«

Mit dem Gleichgewicht kämpfend, wechselte sie ins Heck. Harry sprang mit der Leine von Bord und suchte nach einer Möglichkeit, sie festzumachen. Nichts als alte bröckelnde Steinmauern und aufgeplatzte Betonplatten, aus denen ein paar verrostete Bewehrungseisen herausstaken. An einem der gebogenen Stahlstäbe machte er das Boot fest. Besonders vertrauenerweckend sah das Teil nicht aus. Und sein Knoten war sicher nicht fachgerecht. Aber es musste gehen.

Zoe betätigte die Motorstopptaste. »Wollen wir sie gleich aus dem Boot heben? Ich stell sie auf die Beine und du ziehst sie hoch.«

»Vielleicht sollten wir erst mal auskundschaften, wo wir mit ihr hinwollen.«

»Und so lange bleibt sie im Boot?«

»Du hast recht. Falls hier wirklich jemand aufkreuzen sollte, ist sie im Boot gar nicht gut aufgehoben.

»Wir legen sie lieber in das hohe Gras dahinten, bis wir etwas gefunden haben.«

Zoe war jetzt wieder recht munter und wirkte deutlich ruhiger als Harry, der hektisch auf der Uferbefestigung herumlief.

Sie versuchte, Franca an ihrem Jackett hochzuziehen. »Harry, ich glaube, sie ist inzwischen ganz steif geworden«, rief sie entsetzt.

»Dann lässt sie sich doch viel besser hinstellen. Oder?«

»Ich mag sie nicht anfassen!«

»Mein Gott, Zoe, wir können hier nicht ewig diskutieren.« Harry wurde ungeduldig. Er sah sich um. Aber es war absolut niemand in der Nähe.

Mit Ach und Krach bekamen sie Franca an Land. Die Totenstarre hatte tatsächlich schon eingesetzt. Harry wusste nicht recht, ob das für den Transport ein Vor- oder Nachteil war. Sie war sperrig, aber sie sackte auch nicht mehr so leicht weg.

Es war stockdunkel. Harry knipste die Taschenlampe an. Mit der steifen Francesca zwischen sich schleppten sie sich durch das hüfthohe Gestrüpp. Zwanzig bis dreißig Meter vom Ufer entfernt legten sie die Tote ins Gras und gingen allein weiter. Harry löschte die Taschenlampe wieder. Sie versuchten sich an die Dunkelheit zu gewöhnen. Aber allzu viel konnten sie trotzdem nicht sehen. Die Insel wirkte wirklich vollkommen ausgestorben. Hierher verirrte sich niemand, keine Liebespaare und auch für Penner war es zu ungemütlich.

Das ganze Gelände war von hohen verwilderten Gräsern, Disteln und allerlei undefinierbarem Unkraut überwuchert. Die beiden mussten sich durch das Gesträuch regelrecht hindurcharbeiten. Dabei schnitten ihnen Gräser und kleine Dornen über die Handrücken und die bloßen Oberarme. An Harrys Hosenbeinen blieben Pflanzen mit Widerhaken hängen. Immer wieder traten sie in Bodenlöcher. Bei jedem Schritt stäubte eine Salve von Mücken um sie herum.

Sie kamen jetzt an einen hohen Zaun aus Maschendraht. Harry schaltete die Taschenlampe ein. Und jetzt? Sie kannten sich auf der Insel überhaupt nicht aus. Vielleicht hätte er vorher doch bei Tageslicht das Terrain sondieren sollen. Plötzlich huschte neben ihren Füßen etwas unter dem Maschendraht hindurch. Harry meinte den Schwanz einer Ratte zu erkennen. Er wich einen Schritt zurück.

Zoe stieß einen spitzen Schrei aus. »Achtung, Harry, pass auf, dass sie nicht in die Hosenbeine laufen.«

Er klatschte ein paar Mal in die Hände und stampfte mit dem Fuß auf.

Wenn sie beide irgendetwas nicht mochten, dann waren das Ratten. Letztes Jahr hatte es bei ihnen in New York Ratten im Hinterhof gegeben, und den Köder hatte Zoes Vater aufstellen müssen.

Harry rüttelte an dem Zaun, wodurch ein Loch entstand, durch das sie sich hindurchzwängten. Dahinter stießen sie auf einen Tümpel.

Harry erschrak. »Zoe, was schwimmt da?«

»*What the hell is that?*« Zoe stierte angestrengt auf die Wasseroberfläche. Dort schwammen mehrere melonengroße Schalen. Äste oder Baumstämme waren das nicht. Die Form war zu regelmäßig. Harry leuchtete mit der Lampe über das Wasser. Direkt neben einer der Schalen tauchte etwas auf, ein schrumpeliges Etwas, aus dem unter schuppigen Lidern zwei Augen hervorglotzten.

»Das sind Schildkröten«, stieß Harry aus. »Ich glaub es nicht!«

Auf dem Teich dümpelten vier oder fünf große Wasserschildkröten. Er hatte so etwas in der Natur noch nie gesehen.

»Aber Krokodile gibt es hier nicht?«, fragte Zoe. »Oder?« Sie schlug nach einer Mücke auf ihrer Wange.

»Mir sind in Europa zumindest noch keine begegnet.«

Sie arbeiteten sich weiter vor. Das Gelände wirkte wie ein riesiger verwilderter Garten. Alles war von Gräsern, Gestrüpp und Baumablegern überwuchert. An verrosteten Metallstangen hingen zerrissene Zaunreste. Die Natur hatte sich das ehemalige Sanatoriumsgelände zurückerobert. Aber im Hintergrund ließen sich trotz der Dunkelheit auch noch Teile einer Parkanlage mit schemenhaften Pinien und Zedern erahnen. Dazwischen lagen ältere kleine Villen und verfallene, mit Wellblech gedeckte Gartenhäuser, in denen verrostete Stahlrohrliegen vor sich hin gammelten. Aus dem Nebel tauchte der eigentliche Krankenhaustrakt auf, der Anfang des zwanzigsten Jahrhunderts bis in die Zeit des Faschismus gebaut worden war.

Die noch vorhandenen Fensterscheiben waren ausnahmslos zerschlagen. Die meisten Fenster hatten gar keine Scheiben mehr. Aus zerbröselnden Betonpfeilern staken die Bewehrungseisen heraus. Harry leuchtete mit der Taschenlampe in einen Kellerabgang hinein. Die Treppen sahen abenteuerlich aus, unten stand das Wasser.

Sie tasteten sich vorsichtig einen schmalen Gang entlang. Die Reste des Glasdachs über ihnen sahen nicht sonderlich vertrauenerweckend aus. Vom nächsten Korridor aus konnten sie in verschiedene Räume sehen. In einem Zimmer waren bis unter die Decke ausgediente Feuerlöscher und alte Rollstühle gestapelt, im nächsten lagen Liegen mit gelblichen verwitterten Stoffresten und ineinander verhakten Stahlrohrteilen. Holzverkleidungen waren von den Wänden gefallen oder gerissen und lagen wie Paletten zwischen alten Textilien auf dem Boden. Eine Szenerie wie nach dem Weltuntergang.

»Harry, da war schon wieder eine Ratte!« Zoe klammerte sich an ihn.

»Scheißviecher!« Er leuchtete dem Tier hinterher, das blitzschnell aus dem Lichtkegel huschte und im Dunkel verschwand.

»Lass uns nicht lange rumsuchen.« Zoe machte ein angeekeltes Gesicht. »Wir deponieren sie einfach hier.«

Sie zeigte in einen Raum, in dem zwischen Bauschutt und Gräsern massenhaft alte Krankenakten herumflogen. »Und das Vergraben können wir uns hier wirklich schenken.«

»Ich glaube auch. Sieht nicht so aus, als ob hier in letzter Zeit irgendjemand vorbeigekommen wäre.«

Sie drehten um und liefen den Weg wieder zurück.

Fast hätten sie Franca in dem hohen Gras nicht wiedergefunden. Sie mussten das Gelände regelrecht durchkämmen.

Aber dann hatte Harry die leblose Gestalt im Kegel seiner Taschenlampe. Sie stellten Franca wieder auf die Füße und nahmen sie zwischen sich. Mittlerweile war die Totenstarre deutlich vorangeschritten. Nur mit äußerster Anstrengung schleiften sie ihre sperrige Fracht durch das Strauchwerk. Nachdem sie sich zu dritt mühsam durch die Öffnung in dem Maschendrahtzaun hindurchgezwängt hatten, waren sie völlig erledigt. Es war nicht mehr so heiß, aber unangenehm feucht. Harrys Herz raste, mehr vor Anstrengung als vor Aufregung. Dass jemand sie hier entdecken könnte, hielt er momentan eher für ausgeschlossen.

Auf den letzten Metern kippte Franca ihnen immer mehr weg. In sich zusammensacken konnte sie nicht mehr, dazu war sie zu steif. Sie war eher wie ein sperriges Möbelteil, dass Harry und Zoe durch die gespenstische Landschaft trugen. Die beiden konnten einfach nicht mehr. Ihre eigenen und auch Francas Klamotten waren mittlerweile übersät mit kleinen Klettenkugeln. Als Harry Franca an ihrem Jackett packte, stach er sich an etwas Spitzem. Er hatte in die grüne Anstecknadel gegriffen, die in Francas Jackentasche steckte, die Glasbrosche von Carlo, von Hans-Dieter oder von wem auch immer. Harry steckte sie in ihre Tasche zurück.

Sie hievten Franca in den Raum mit den Krankenakten und legten sie neben einen Schrank, dessen Türen aufgebrochen waren. In den Regalen stapelten sich eingestaubtes Verbandszeug und aufgerissene Medikamentenschachteln. Auf dem Boden lagen, verstreut zwischen Schutt und zerbrochenem Glas, Reste von Tablettenfolien, Scherben zerschlagener Ampullen und sogar einzelne Pillen. Sie befanden sich offensichtlich im ehemaligen Arztzimmer oder Medikamentenraum.

»Das ist doch ein passender Platz für sie«, fand Zoe.

»Fürs Erste ist sie versorgt.«

Sie deckten sie notdürftig mit altem Verbandszeug und einigen der erstaunlich gut erhaltenen Krankenakten ab. Die Schrift war noch deutlich lesbar.

Franca war hier besser untergebracht als Carlo in dem »Molino Stucky«. Es war inzwischen richtig neblig und deutlich kühler geworden. Harry und Zoe begaben sich schleunigst zurück zum Boot, starteten es und steuerten mit aufgezogenem Gas auf die Lagune Richtung Venedig zu.

Mit nervösen Fingern zündete sich Harry eine Chesterfield an. Während der Fahrt zupften sich beide die kleinen Kletten aus den Klamotten und schnipsten sie ins Wasser.

In Venedig wartete die nächste Aufgabe auf sie. Sie wollten noch einmal schnell dem Museum einen Besuch abstatten und den Miró aus dem Wasser holen. Diesmal umfuhren sie Guidecca und steuerten dann an der Punta della Dogana vorbei in den Canal Grande. Auf dem Kanal war kein Verkehr mehr. Nur von Weitem drang ein rauchiges *»Una festa sui prati«* durch den Nebel zu ihnen herüber.

Harry machte an dem kleinen Anleger vor dem Westflügel des Museums fest. Es sollte schnell gehen. Zoe blieb im Heck des Bootes sitzen und hielt den Motor am Laufen, falls sie hier überraschend schnell wegmussten.

Harry stieg aus und legte sich an der Stelle, wo er die »Sitzende Frau II« versenkt hatte, auf den Holzsteg. Er tauchte eine Hand ins Wasser und tastete an dem Holzdalben nach der Seilschlinge. Er fand sie auch sofort, genau dort, wo er sie gestern angebracht hatte. Und doch stimmte da etwas nicht. Der Schreck fuhr ihm in alle Glieder. Sein Herzschlag trommelte und überschlug sich dabei.

Als er an dem Seil zog, spürte er keinen Widerstand, als hätte sich die verpackte und beschwerte Bilderrolle am Ende des Seils gelöst und der Miró wäre, mitsamt roter Murano-Kröte, abgesunken. Er zog noch einmal; vielleicht täuschte er sich ja auch nur. Zoe hatte das Kunststoffpaket eigentlich fest mit dem Seil verschnürt, soweit er das gestern in der Hektik gesehen hatte. Immer schneller, immer hektischer zerrte er die nasse Leine aus dem brackigen Wasser, bis er das lose Ende der Schnur in den Händen hielt. Kein Paket, keine Schlinge, nur das leicht zerfranste Tauende.

18

»Da seid ihr ja wieder!« Britt Benning sprang sofort von ihrem Platz auf und winkte Harry und Zoe zu. »Wo wart ihr denn gestern Abend nur? Wir haben uns schon Sorgen gemacht.«

Da saß die ganze Truppe der Museumsfreunde schon wieder und begrüßte die beiden gestenreich mit Küsschen auf beide Wangen, Doris, Beat, Giovanni-Dieter, der schöne Roberto und zwei Engländerinnen, die Harry und Zoe nicht kannten. Sogar Britt und Beats Tochter Selina saß mal wieder maulend mit am Tisch. Sie hatten sich hier im Garten des »Al Nono Risorto« verabredet, wo es angeblich die beste Pizza der Stadt gab, wo die jungen Künstler der Biennale tranken und wo Harry und Zoe vor ein paar Tagen schon mal eingekehrt waren.

»Nicht nur ihr wart verschollen«, meckerte Hans-Dieter gleich dazwischen. »*Caro*, Francesca ist völlig von der Bildfläche verschwunden. *È scomparsa!*« Harry lächelte etwas gequält. Wusste Hans-Dieter etwas von Franca?

»Sie wird schon wieder auftauchen«, sagte Britt Benning. »Habt ihr denn schon die Zeitung gelesen? Wir sind in der Zeitung«, verkündete sie stolz.

Harry zuckte zusammen.

»Doris, hast du die Zeitung noch da?« Strahlend reichte die Therapeutin Harry ein schon etwas mitgenommenes Blatt des »Il Gazzettino«. Auf einem Foto war Mirós »Sitzende Frau II« abgebildet. Ein zweites kleineres Bild zeigte den Japaner und die bleiche Sängerin auf der Performance.

»Gibt es schon eine Spur?«, fragte Zoe. »Von der Täterin und dem Bild?«

»Nein, absolut nichts«, sagte Doris jetzt mit ernster Miene.

Harry und Zoe versuchten sich nichts anmerken zu lassen. Aber irgendwie bildete Harry sich ein, dass Giovanni sich das Grinsen verkneifen musste.

»Ihr wollt uns also wirklich schon verlassen? Schaaade!« Das »Schade« dehnte Doris wie sonst ihr »Schöön«.

Harry hatte heute Morgen bei Britt und bei Hans-Dieter angerufen und ihre Abreise angekündigt. Sie hatten beschlossen, Venedig so schnell wie möglich zu verlassen. Aber zuvor mussten sie sich von den »Amici« verabschieden, um keinen Verdacht zu erregen.

»Harry geht es nicht gut mit seinem Bein«, sagte Zoe mit besorgter Stimme vertraulich leise zu Doris und Britt, als ob Harry das nicht hören dürfte. Und dann lauter und gar nicht mehr besorgt: »Vielleicht gibt es bei uns Ärzte, die mit etwas weniger Gips auskommen.«

Seinem Fuß ging es tatsächlich nicht gut. Bei seiner Verfolgungsjagd mit der Polizei hatte er sich die Ferse aufgescheuert. Die Wunde hatte sich blöderweise entzündet. Außerdem trug er den Gips wieder mit Füllung. Denn den Giacometti und auch ihr Gepäck hatten sie bereits dabei. Von hier aus wollten sie direkt zum Bahnhof. Sie mussten Italien zwar schnell verlassen, aber mit der Skulptur in Harrys Gips wollten sie die lästigen Flughafenkontrollen, so weit es ging, umgehen. Und so hatte Zoe eine Zugverbindung über Bologna und Florenz nach Rom herausgesucht. Ihr Zug ging um fünfzehn Uhr zwanzig von der »Stazione Ferroviaria Santa Lucia«.

Harry steckte der Schreck von gestern noch in den Gliedern. Er hatte die letzte Nacht lange gegrübelt, ob sie sich auf die Suche nach dem Bild machen sollten. Aber wie und wo?

Während Zoe erstaunlich ruhig geblieben war, wurde Harry richtig wütend. Beim Anlegen an den Fondamenta vor ihrem Apartment hatte er Hans-Dieters Boot schon so unsanft gegen die Mauer gesetzt, dass der Kahn eine solide Delle bekommen hatte. Und jetzt lief er laut schimpfend in der Wohnung auf und ab.

»Verflucht noch mal, was ist mit dem Miró passiert. Das darf doch alles nicht wahr sein!«

Immer passierten ihm solche Sachen. Bei seinem ersten Kunstcoup war er an das Gemälde nicht mehr herangekommen. Diesmal war es noch schlimmer. Das Bild war einfach weg.

Noch im Boot hatte er Zoe heftigste Vorhaltungen gemacht, dass sie das Paket nicht richtig an dem Seil festgemacht hätte.

»Ich hab dir gleich gesagt, dass es eine blöde Idee ist, das Bild zu versenken«, hatte Zoe zurückgegiftet. »Aber ich habe alles so gemacht, wie wir es hundertmal besprochen hatten. Und du sagst doch, die Schlaufe wäre gar nicht mehr zu sehen gewesen.«

»Ja, du hast ja recht, das Bild ist nicht von selbst abgegangen. Jemand muss das Paket abgeschnitten haben.«

»Aber wer? Franca kann es nicht gewesen sein.«

»Die wusste zwar sehr genau, dass wir es waren«, sagte Harry, »aber sie hatte keine Ahnung, wo wir das Bild versteckt haben. Sie war an dem Abend gar nicht dabei gewesen und wollte ja selbst wissen, wo es ist.«

»Und was ist mit der Polizei?«, überlegte Zoe.

»Die hätte doch wahrscheinlich das ganze Tau gesichert. Das lose Ende sah wie abgeschnitten aus. Halb geschnitten, halb gerissen.«

»Außerdem würden wir hier wohl nicht mehr sitzen. Die Polizei hätte das Versteck doch bestimmt beobachtet, um den Täter zu stellen.«

»Dieser eitle Gockel von Commissario und sein dicker Inspektor? Meinst du, die schlagen sich hier die Nacht um die Ohren? Aber du hast schon recht, es muss jemand gewesen sein, der bei der Performance dabei war und mich beobachtet hat.« Da war sich Harry jetzt ganz sicher. »Hans-Dieter rannte während der Performance doch auch die ganze Zeit rum. Ich glaube, ich hab ihn am Fenster vorbeilaufen sehen, als ich vom Steg zurückkam. Ja, genau, er muss mich beim Verstecken des Bildes beobachtet haben!«

Harry musste sich nur vorstellen, dass dieser aufgeblasene Wichtigtuer seinen Miró in den Händen hielt, und er hätte die Wände hochlaufen können. Was wollte der mit dem Bild? Ihn bei der Polizei verpfeifen? Nein, er wollte sich den Miró selbst unter den Nagel reißen.

Eine ganze Weile hatten sie noch überlegt, wie sie wieder an das Bild kommen könnten. Sollte er noch einmal zu ihm fahren und sich diese scheinheilige Ratte richtig vorknöpfen. Harry war so wütend, dass er kurz davor war, noch einmal ins Boot zu steigen. Aber letztlich sah er ein, dass es keinen Sinn machte. Giovanni-Dieter würde es nie zugeben. Und vielleicht hatte er das Bild ja doch nicht. Dann hätten Harry und Zoe sich als Kunstdiebe offenbart.

Zoe hatte die Lage sehr realistisch eingeschätzt. Sie war gleich bereit gewesen, den Miró abzuschreiben. »Wir müssen hier morgen verschwinden«, hatte sie gesagt. »Wir haben schließlich noch den Giacometti. Der bringt mindestens so viel wie der Miró.«

Zoe hatte sicher recht. Unter den aktuellen Bedingungen mussten sie jederzeit damit rechnen, dass die Polizei bei ihnen aufkreuzte. Es war höchste Zeit abzuhauen.

Irgendwann siegte auch bei Harry die Müdigkeit über die Wut und Enttäuschung. Er spürte plötzlich, wie fertig er eigentlich war. Ein Bild zu malen war manchmal richtig harte Arbeit, Harry wusste das, er war schließlich selbst Maler gewesen, aber gegen das Klauen eines Bildes war das Malen ein Klacks. Und ein misslungener Kunstcoup war noch frustrierender als ein missratenes Gemälde.

Sie hatten noch eine ganze Weile auf der Dachterrasse gesessen, Bier getrunken, die Reste des Fischsandwichs gegessen und Neil Young gehört, das heißt Zoe hatte kein Bier mehr getrunken, sondern lauwarmes Pellegrino mit einer Zitronenscheibe und Harry dabei bedeutungsvoll angesehen. Auf den sperrigen Liegestühlen sitzend, hatten sie sich lange und umständlich geküsst. Zoe wippte zu Neil Young mit dem Fuß. Sie war erstaunlich gut gelaunt trotz des verschollenen Bildes und dieser Geschichte mit Franca.

»I've been flyin' – down the road .... Uuhuhuhuhu – Albuquerque«, summte sie ziemlich daneben vor sich hin.

Hinter den Dächern Richtung Arsenale, wo er in der »Pensione Rosa« seine ersten Nächte verbracht hatte, verfärbte sich der Himmel und kündigte den Sonnenaufgang an. Auf der Lagune lag noch Nebel, aber der verzog sich allmählich. Harry kam es vor, als wäre er seit einer halben Ewigkeit hier in Venedig. Er blickte auf Zoe, die im Liegestuhl eingeschlafen war. Erstmals konnte er sich vorstellen, dass sie vielleicht tatsächlich aufs Land ziehen würden, wie Zoe es wollte. Aber am Meer sollte es sein, unbedingt, darauf bestand er. Er malte sich aus, dass sie mit Blick aufs Meer wohnten, dass er vielleicht wieder malte, statt Bilder zu klauen, und dass sie ein Kind hatten. Darüber schlief er dann irgendwann ein.

Völlig übermüdet packten sie am nächsten Morgen ihre Sachen zusammen. So gut es ging, brachten sie die Wohnung in Ordnung. Er kontrollierte, dass die Gasleitung abgedreht war. Und dann dachte er noch daran, die Pistolenkugel aus dem lecken Gasboiler herauszupuzzeln.

Während sie den Giacometti im Gipsbein verstauten, horchte Harry ständig nach Geräuschen im Treppenhaus. In seiner Fantasie hörte er schon die Klingel der Wohnungstür schrillen. Allein die Vorstellung verursachte ein heftiges Pochen in seinen Schläfen. Abwechselnd sah er den Commissario, Hans-Dieter und den »Brizzi«-Monteur vor der Tür stehen.

»Zoe, sieh zu, dass du fertig wirst!«, rief Harry nervös. Zoe tapste immer noch in ihrem »Tonight's-the-Night«-Shirt durch die Wohnung.

»Ich will hier nicht noch mal mit dem Kommissar zusammentreffen.«

»Aber vielleicht will ich mich ja noch mal mit ihm verabreden«, griente Zoe provozierend.

»Lompo wäre mit unserer Abreise ganz sicher nicht einverstanden.«

»Das kann gut sein, Darling.« Zoe zeigte ihre Zähne.

Harry stöhnte genervt auf.

Hans-Dieter wollten sie vor vollendete Tatsachen stellen. Sie hatten sich überlegt, ihm einfach in der Pizzeria die Apartmentschlüssel zurückzugeben, um so eine gemeinsame »Endabnahme«, wie dieser Pedant es nannte, zu vermeiden. Denn von den Veränderungen in seiner Wohnung, dem Fehlen des Karpfens und des Teppichs sowie dem zerschossenen Gasboiler wäre er vermutlich weniger begeistert. Harry hoffte nur, dass ihnen die Polizei jetzt nicht noch dazwischenkam. In ein paar Stunden waren sie hier verschwunden und morgen hatten sie, wenn alles gut ging, Italien verlassen.

Als sie schwer bepackt die Fondamenta della Misericordia entlangschlichen, stand die Hitze schon wieder in den Straßen und Kanalschluchten. Schon nach wenigen Metern brach ihnen der Schweiß aus. Zoe trug Harrys Reisetasche und die Plakatrolle aus dem Guggenheim-Museum, die eigentlich für den Miró vorgesehen war und in der jetzt leider nur ein Kunstdruck von Picassos »On the Beach« steckte. Harry hatte neben seinem Gehgips auch noch Zoes gigantischen Seesack zu schleppen. Passenderweise trug er mal wieder sein Tweedjackett.

An den Fondamenta herrschte dieselbe Atmosphäre

wie am Vortag. Die kleinen Restaurants deckten ihre Tische für den Mittag ein. Die ersten Gäste nahmen einen Aperitif. Es war eine wunderbare Stimmung. Die Kellnerin vom »Antica Mola« lächelte den beiden zu.

Er sah die Sprizz-Trinker vor der kleinen Bude an der Fondamenta schon von Weitem. Aber da war es bereits zu spät, sie mussten an ihnen vorbei, es gab keinen anderen Weg. Harry wurde sofort von ihnen erkannt, schlimmer noch, als sie mit Sack und Pack an ihnen vorbeizogen, begannen sie zu applaudieren. *»Ciao, Gambadigesso!«*, johlte die Blonde in dem orangen Trainingsanzug und die Männer stießen ein anzügliches Lachen aus. *»Hoho, Gambadigesso.«*

Harry zeigte ihnen im Vorbeigehen den nach oben gestreckten Daumen. Besonders lässig sah das nicht aus, zumal ihm Zoes Seesack dabei von der Schulter rutschte. Ein paar Passanten drehten sich zu ihnen um.

»Forza, avanti«, rief ihnen Maldini in dem azurblauen Shirt hinterher und amüsierte sich dabei köstlich.

Ein deutsches Touristenpärchen drehte sich um und nickte wohlwollend angesichts der bunten italienischen Straßenszene. Typisch deutsche Touristen, dachte Harry, lächeln fleißig, aber haben keine Ahnung, worum es geht.

Die »Amici« saßen im »Al Nono Risorto« an einem Tisch am Rand unter der Strohpergola. Man sah von dort in den lauschigen kleinen Garten, der auch jetzt zur Mittagszeit voll besetzt war. Harry und Zoe stellten ihr Gepäck neben sich in eine Ecke der aus groben Felssteinen gemauerten Wand.

»Harry, du siehst aber wirklich ein bisschen geschafft aus«, sagte Britt Benning und zuckte besorgt mit den Augenbrauen.

»Die Beschäftigung mit der Kunst kann sehr strapaziös sein«, meckerte Giovanni-Dieter und sah Harry dabei vielsagend an.

Harry sah ihn verstohlen von der Seite an. War er es, der den Miró am Bootssteg entdeckt und mitgenommen hatte? War er wirklich ein Mörder, wie Franca kurz vor ihrem Tod behauptet hatte? Am liebsten hätte er sich diesen Oberlehrer noch mal richtig vorgeknöpft. Aber es war viel zu riskant, noch länger in Venedig zu bleiben.

»Ich hab nicht gut geschlafen«, sagte Harry. »Die Hitze.«

Doris lächelte ihn freundlich an.

Harry hatte nicht einmal gelogen. Und wenn die »Amici« wüssten, was für einen Schatz er durch die venezianischen Gassen schleppte… Die Anstrengung machte hungrig, deshalb aß Harry eine ganze Pizza, Zoe und Britt teilten sich eine »Napoli«, die einen wunderbar blasigen Rand hatte und von einer Bedienung gebracht wurde, die wie Gianna Nannini aussah.

Harry konnte das Essen nicht richtig genießen. Irgendwie hatte er Angst, dass doch noch etwas schiefgehen könnte, dass der Ispettore mit seinen Kollegen den Garten der Osteria stürmte oder Giovanni-Dieter noch eine Überraschung auf Lager hätte. Aber nichts von all dem passierte. Stattdessen kam es zu einer ausgiebigen Abschiedszeremonie.

»Ich werde euch mein Buch mit den venezianischen

Türen schicken, wenn es fertig ist«, sagte Britt mit tiefer Schauspielerstimme. »Und dann sehen wir uns mal in New York. Aber wirklich!« Sie küsste Harry und Zoe mehrmals auf beide Wangen.

Doris strahlte und ließ Zoe gar nicht wieder aus dem Arm. Dabei verrutschte die bunt gefleckte Brille in ihrem runden Gesicht immer wieder. Beat legte den Kopf schief, Roberto flötete *»Ciao«* und die beiden neuen Engländerinnen standen etwas hilflos daneben. Nur Giovanni-Dieter fühlte sich überrumpelt, als Harry ihm einfach das Geld für das Apartment und den Schlüssel in die Hand drückte. Dass sie ohne »Endabnahme« die Stadt verließen, passte ihm überhaupt nicht.

»Das geht eigentlich nicht. *Impossibile*«, krächzte er.

»Aber anders schaffen wir das nicht mehr. Unser Zug geht gleich«, sagte Zoe. »Aber du kannst beruhigt sein, wir haben alles dagelassen.« Sie zeigte ihre Zähne.

»Nur der Klempner muss wohl mal nach dem Gasboiler sehen«, sagte Harry mit gespielter Besorgnis.

»*Sì, certo*, ein ewiges Thema«, grummelte Giovanni.

»Ihr müsst gar nicht zum Flughafen?«, fragte Roberto.

»Nein, wir nehmen erst mal den Zug nach Milano«, log Harry.

»Den Zug. Wie schön!«, fand Doris.

»Am Bahnhof in Venedig ankommen, heißt einen Palast durch die Hintertür betreten«, dozierte Hans-Dieter.

»Ein Satz des großen Hans-Dieter Poschmeier!« Doris kugelrunder Kopf strahlte über beide Ohren.

»Nein, von Thomas Mann«, meckerte er und strich sich über seinen Tennisballbart.

Dass sie mit seinem Gipsfuß Venedig durch den Hintereingang verließen, fand Harry eigentlich ganz passend.

Während sie mit dem Vaporetto den Canal Grande hinauffuhren, sah er sich immer wieder nach Polizeibooten um. Jeden Anleger, an dem sie festmachten, suchte er schon von Weitem nach den dunklen Uniformen mit roten und weißen Streifen ab. Aber überall drängelten sich nur amerikanische und deutsche Touristen. Jeder zweite von ihnen hatte so eine Plakatrolle aus dem Guggenheim-Museum in der Hand. Harry hätte sie am liebsten alle nach der »Sitzenden Frau II« durchsucht.

Die Ereignisse der vergangenen Tage saßen Harry noch in den Knochen. Seine Nerven lagen allmählich blank und der Transport des Giacometti kam ihm plötzlich furchtbar riskant vor. Zoe hatte da weitaus bessere Nerven. Sie hatte ganz entspannt die Füße auf den Seesack gelegt und ließ noch einmal die Palazzi an sich vorüberziehen. Sie freute sich auf eine Bahnfahrt durch Italien und auf ein anonymes Hotelzimmer in Rom, wo sie endlich mal alleine sein würden. Vor allem freute sie sich auf zu Hause. Und sie musste unbedingt einen Termin bei ihrem Frauenarzt machen.

Aus der Bahnhofshalle mit ihrer faschistischen Architektur hatten sie einen letzten Blick auf Venedig. Der kalte Marmorboden reflektierte das gleißend hereinflutende Licht. Durch die breite verglaste Türenfront erschienen die alten Fassaden, der Vaporetto-Anleger und die Touristenströme wie eine Postkarte in Cinemascope.

»*Amaiiizing*«, rief eine amerikanische Touristin. Und eine Gruppe japanischer Teenager mit Riesenrucksäcken stolperte kichernd von den Fondamenta degli Scalzi in den Bahnhof. Sie hatten alle eine Plakatrolle aus dem Guggenheim in der Hand.

19

Im Nachhinein war der Guggenheim-Coup eigentlich gar nicht so schlecht gelaufen. Nur die Kontrolle im Flughafen in Rom war noch mal sehr aufregend gewesen.

Als Harry sich in der Schlange den Sicherheitsleuten näherte, hämmerte sein Herz wie wild. Den Handdetektoren, die wie eine zu groß geratene Lupe aussahen, traute er nicht. Am liebsten wäre er auf der Stelle wieder umgekehrt. Als er dem Kontrollpersonal dann aber auf Italienisch etwas von *grande frattura* und *metallo* vorstotterte, wurden die Leute richtig nett. Da war es sehr von Vorteil, dass Italiener ausgesprochen freundlich auf radebrechende Touristen reagieren. Die Riesenlupe piepste wie verrückt, als sie sein Gipsbein entlangfuhr, und die italienische Flughafenaufsicht amüsierte sich köstlich. Endlich konnten sie mal zeigen, was ihr Gerät so draufhatte.

Mittlerweile war Giacomettis »Stehende Frau« übrigens wieder im Guggenheim-Museum gelandet. Angeblich, denn ob das wirklich stimmte, konnte Harry nicht überprüfen. Der Diebstahl des Miró war groß durch die

Zeitungen gegangen. Aber von dem Giacometti war nie die Rede gewesen. Harrys Kopie aus Plastilin war den Museumsleuten mehrere Wochen lang gar nicht aufgefallen. Und der Versicherung war schon das Original angeboten worden, bevor der Diebstahl überhaupt aufgeflogen war.

Harry und Zoe wussten das über den geheimnisvollen Herrn, der ihnen für den Miró hundertfünfzigtausend Dollar in Aussicht gestellt hatte. Als sie ihm stattdessen jetzt Giacomettis »Stehende Frau« anboten, ließ er sich darauf erstaunlich bereitwillig ein. Die Erklärung war einfach. Der ominöse ältere Herr mit den gelblichen Haaren und der Schildpattbrille, den er aus Sam Liebermans Galerie kannte und schon mal mit einer gefälschten Klee-Radierung beliefert hatte, war kein fanatischer Sammler, wie er Harry erzählt hatte. Er unterhielt vielmehr höchst lukrative Beziehungen zu den einschlägigen Versicherungen, mit denen er Lösegelder über die Rückführung abhandengekommener Bilder verhandelte, wie er das nannte. Giacomettis »Stehende Frau« versprach für ihn ein noch besseres Geschäft als der Miró.

Harry und Zoe hatten sich, wie sie im Nachhinein fanden, wohl etwas vorschnell auf den Handel eingelassen. Bei einer Summe von hundertfünfzigtausend kam vor allem der Mann mit der Schildpattbrille auf seine Kosten. Die Versicherungssumme schätzte Harry auf mindestens eine Million Dollar, und ein Viertel konnte der Hehler mit der Versicherung bestimmt aushandeln.

Aber sie wollten die Plastik unbedingt schnell aus der

Wohnung bekommen. Sam Liebermann war völlig ausgerastet, als er auf einmal die Giacometti-Figur im Hinterzimmer neben der alten Radierpresse stehen sah. So sorglos er mit Fälschungen umging, Diebesgut wollte er auf keinen Fall bei sich in der Wohnung haben. Außerdem machte er ihnen die größten Vorwürfe, weil sie doch bald Eltern werden würden. Deshalb hatten Harry und Zoe das Angebot des »Kunstsammlers« bereitwillig und schnell akzeptiert.

Was aus dem Miró geworden war, hatten sie nicht in Erfahrung bringen können. Ein paar Mal hatten sie sich noch europäische Zeitungen besorgt. In einer Ausgabe von »La Stampa« hatten sie eine kleine Notiz über den verschollenen Miró aus der Fondazione Guggenheim gelesen. Aber dem Artikel war nur zu entnehmen, dass das Bild nicht aufzufinden war. Die des Kunstraubes verdächtigte Francesca Zenga stand weiter auf der Fahndungsliste. Von Zeit zu Zeit kochte in Harry noch die Wut hoch angesichts der Vorstellung, dass sich dieser Giovanni-Dieter aus Schneverdingen vermutlich mit ihrem Miró in Venedig ein schönes Leben machte.

In den ersten Wochen nach ihrer Rückkehr nach New York hatten Harry und Zoe in regelmäßigen Abständen eine ganze Reihe von Briefen aus Europa erhalten. Einer kam aus Schneverdingen in der Lüneburger Heide, die anderen aus Venedig. Sie enthielten immer dieselbe Fotokopie einer Rechung der »Azienda Brizzi« über die Installation eines neuen Gasboilers, verbunden mit Hans-Dieter Poschmeiers »dringender Bitte« um Überweisung des Betrages von hundertsiebenundzwanzigtausend Lire auf sein Konto.

Harry und Zoe reagierten einfach nicht darauf. Nach einer Weile hörten die Briefe auf und die aufregende Zeit in Venedig rückte in ihren Gedanken langsam in den Hintergrund, denn mittlerweile bestimmten ganz andere Themen ihr Leben.

Erstaunt und fast etwas beängstigt registrierte Harry, wie sich Zoes Bauchumfang von Woche zu Woche dramatisch veränderte. Zoes modisches Interesse konzentrierte sich neuerdings auf Strampelanzüge, die sie in den unglaublichsten Farbkombinationen von ihren Shoppingtouren mitbrachte. Harry durchkämmte derweil die Buchhandlungen im Village nach der einschlägigen Literatur. Auf dem Nachttisch stapelten sich Titel wie »Month by month« oder »Birth your way«. Der Ratgeber »Don't just stand. How to be helpful. The new Dad's survival guide« avancierte in diesen Tagen zu Harrys Bibel. Zur Teilnahme am Schwangerschaftyoga hatte er sich allerdings noch nicht durchgerungen.

Statt aufs Land zu ziehen, hatten sie sich erst mal eine kleine ruhige Wohnung in Brooklyn genommen, in Park Slope, nicht weit vom Prospect Park. Es war eine Gegend, die sie sich vorher nicht hätten leisten können. Aber durch den Giacometti hatte sich das geändert. Zugegeben, die Wohnung war etwas dunkel. Aber sie hatte einen kleinen Austritt zum Hinterhof. Einen Garten konnte man das nicht wirklich nennen. Doch Harry hoffte, dadurch den Umzug aufs Land noch einmal eine Weile hinauszögern zu können.

Der Winter hatte sich angekündigt. Es hatte schon

geschneit, und der Schnee war für mehrere Tage liegen geblieben. Während Zoe fleißig zur Schwangerschaftsgymnastik ging, guckte Harry neuerdings Baseball im Fernsehen. Langsam wurde er ein richtiger Amerikaner. Er versuchte sich das Rauchen abzugewöhnen und beschäftigte sich mit der Frage, ob er bei der Geburt dabei sein wollte oder lieber doch nicht.

In Sams Hinterzimmer in der zehnten Straße druckte er die falschen Kirchner-Holzschnitte jetzt in Serie. Sam hatte einen zuverlässigen Abnehmer. Das Geschäft florierte. Aber erstmals kamen Harry Bedenken. Schließlich wurde er jetzt Familienvater. Er hatte leise Zweifel, ob Kunstdiebstahl und Fälscherei noch die angemessene Art war, ihren Lebensunterhalt zu sichern. So wie in Venedig konnten Zoe und er nicht weitermachen. Beruf und Familie waren bei ihnen kaum vereinbar. Und die Chancen, eine Kinderkrippe zu finden, die sich mit den Öffnungs- oder vielmehr den Schließungszeiten der Museen abstimmen ließ, standen nicht sonderlich gut.

An einem Morgen kurz vor Weihnachten klingelte das Telefon. Harry und Zoe saßen in ihrer neuen Wohnung noch beim Frühstück. Zoes Vater war dran und erzählte, dass soeben Freunde von ihnen aus Venedig bei ihm in der Galerie aufgekreuzt seien. Er selbst sei gar nicht da gewesen, deshalb habe Maria, die puertoricanische Putzfrau, mit ihnen gesprochen und habe ihnen Harrys und Zoes neue Adresse in Brooklyn gegeben. Harry war schlagartig beunruhigt. Das passte ihm überhaupt nicht. Es galt, jede Aufregung von Zoe fernzuhalten. Seit einigen Tagen glaubte Zoe, immer mal wieder Wehen zu haben, wollte aber partout nicht ins

Krankenhaus. Und jetzt dieser Besuch! Freunde aus Venedig? Wer denn, bitte schön? Hoffentlich nicht Giovanni-Dieter Poschmeier!

Er war es nicht! Stattdessen standen Britt Benning und Beat Burger nachmittags bei ihnen vor der Tür. Harry war erleichtert, und Britt fiel Zoe und ihm gleich überschwänglich um den Hals und kommentierte Zoes dicken Bauch mit einem Zucken der Augenbrauen.

»Wann ist es denn so weit?«

»Silvester ist der errechnete Termin.«

»Wie aufregend.« Britt Benning stieß einen hysterischen Lacher aus. »Wir haben das in Venedig ja alle schon geahnt.«

Britt hatte eiskalte Wangen und eine riesige Pelzmütze auf dem Kopf, als käme sie gerade vom Set von »Doktor Schiwago«.

»Beat meinte, wir sollten die Weihnachtseinkäufe dieses Jahr in Manhattan machen, ist das nicht eine romantische Idee?«

Draußen trieb der Wind vom Atlantik dicke nasse Schneeflocken über den Prospect Park. Die große rote Einkaufstüte von Macy's, die Britt dabeihatte, war schon ganz aufgeweicht.

»Und dann überfallen wir Harry und Zoe, habe ich zu Britt gesagt.« Beat lachte. Auch Beat hatte eine Fellmütze auf dem Kopf und lachte freundlich, mit knallroten Ohren, die unter der Mütze hervorschauten.

Britt und Beat machten nicht den Eindruck, als brächten sie schlechte Nachrichten, beruhigte sich Harry. Aber man musste vorsichtig sein.

»Wie geht es denn den ›Amici dei musei‹?«, fragte Zoe.

»Wir haben gerade ein neues Mitglied bekommen, oder? Auch eine Amerikanerin. Sie lebt seit Kurzem in Venedig und hat gerade ihren ersten Kriminalroman geschrieben. Da geht es um einen deutschen Dirigenten, der tot im Teatro La Fenice aufgefunden wird«, berichtete Beat, »sehr erfolgreich, die Dame.«

Harry brühte frischen Kaffee auf, und Zoe servierte etwas missratene selbst gemachte Weihnachtskekse. Sie saßen noch gar nicht, da platzte es aus Britt heraus.

»Wir müssen euch etwas erzählen! Oder wisst ihr es vielleicht schon?«

»Keine Ahnung, nein.« Harry und Zoe wurden hellhörig.

»Ihr glaubt es nicht, aber die Polizei hat unseren Hans-Dieter verhaftet.«

Britt machte eine Pause, um die Wirkung des Gesagten zu verstärken. Über ihre Augenbrauen lief ein Gewitter von Zuckungen, und Zoe hielt sich unwillkürlich ihren Bauch. »Man hat bei ihm das gestohlene Gemälde aus dem Guggenheim gefunden, zwischen Plakatrollen vom venezianischen Karneval. Der Miró steckte in einer Plastikrolle aus dem Museum zusammen mit einer roten Kröte aus Giovanni-Dieters Sammlung.«

»This is unbelievable!« Zoe spielte ihr Erstaunen absolut echt.

»Dabei mochte er Miró gar nicht«, konstatierte Beat kühl. »Es war doch ein Miró, Britt? Oder?«

»Und was ist mit … ähh … F-Francesca?«, fragte Harry zögernd.

»Jetzt kommt es. Das Beste wisst ihr nämlich noch

gar nicht.« Die ehemalige Schauspielerin war voll in ihrem Element. »Hans-Dieter soll den Diebstahl zusammen mit Francesca begangen haben und anschließend hat er sie angeblich umgebracht.«

»Giovanni-Dieter?!«, rief Harry, jetzt mit echtem Entsetzen.

»Unglaublich, oder?« Hier in New York klang Beat besonders schwyzerisch. »Jugendliche haben ihren Leichnam auf einer Insel vor Venedig gefunden. In einem stillgelegten Lungensanatorium auf Sacca Sessola.«

»Eigentlich wundert es mich nicht. Hans-Dieter und Francesca waren sich immer spinnefeind, ihr habt das ja selbst erlebt. Und sie hat ihn erpresst. Die Polizei hat, glaube ich, ein Telegramm in ihrer Wohnung gefunden, aus dem das hervorgeht, außerdem ziemlich eindeutige Fotos von Hans-Dieter und seinem Roberto.« Britt genoss die Wirkung ihrer Worte auf Harry und Zoe. »Aber heimlich hat sie ihn wohl immer noch geliebt. Dieser Privatkrieg zwischen den beiden, alles nur ein großes Theater!«

»Nicht einmal Britt hat es gemerkt. Oder?«, lächelte Beat.

»Sie soll für ihn wohl auch einen Mord begangen haben, an diesem Grundstücksspekulanten auf der Giudecca.«

»Carlo Materazzi.« Im Gegensatz zu seiner Frau behielt Beat seinen ruhigen freundlich Ton bei, so als würde er von einer neuen Weinentdeckung erzählen. »Sein Tod hat mich diese schöne Werft auf der Giudecca gekostet. Ich war mit Signor Materazzi schon handelseinig. Nur waren Giovanni und Franca damit nicht einverstanden. Und der Erbe will jetzt gar nicht mehr verkaufen.«

»Eine Wahnsinnsgeschichte.« Britt wärmte ihre Hände an dem heißen Kaffeebecher. »Sein kleiner Roberto war ganz aus dem Häuschen, als sie Hans-Dieter abgeholt haben.«

»Es ist ja kaum zu glauben«, warf Zoe ein. Aber sie schien nicht mehr ganz bei der Sache. Sie umklammerte ihren Bauch und verzog ab und zu das Gesicht. Harry warf ihr einen besorgten Blick zu.

»Und das Unglaublichste ist, Giovanni soll euch bezichtigt haben, dass ihr das Bild geklaut habt.« Entrüstet blickte Britt zwischen Harry und Zoe hin und her.

»Die Polizia hat ihm das sowieso nicht abgenommen. Ich glaube, wir können die beiden beruhigen«, schwyzerte Beat und legte lächelnd den Kopf schief.

»Wir wissen gar nicht, ob er das wirklich gesagt hat. In der Zeitung stand nichts davon. Das sind so Gerüchte, die wir über mehrere Ecken gehört haben. Er war nach eurer Abreise nicht ganz so gut auf euch zu sprechen.«

»Haben wir uns nicht gut benommen?«, fragte Zoe mit Unschuldsmiene.

»Ich weiß es nicht.« Britt machte ein übertrieben ernstes Gesicht. »Ach was, ihr sollt angeblich irgendetwas mit seinem Gasboiler angestellt haben.«

»Ihr kennt doch den guten Giovanni. Sein Gasboiler und die italienischen Handwerker waren sein Lieblingsthema«, rief Beat betont fröhlich und lachte in die Runde. Die anderen stimmten mit ein, aber Harry traute dem Frieden nicht ganz. Waren die beiden Schweizer wirklich so ahnungslos, wie sie sich gaben?

»Lasst uns zu unserem Italiener in Soho gehen«, schlug Zoe schließlich vor. *»For sentimental reasons.«*

»Ist das auch wirklich nicht zu viel für dich?«, wandte Harry ein und legte seine Hand auf Zoes voluminösen Bauch.

»Harry glaubt, es kann jeden Moment losgehen.«

»Die ersten Kinder kommen selten überstürzt«, wusste Britt.

»Na ja, Selina hatte es auch ziemlich eilig, wenn ich mich recht erinnere«, sagte Beat.

»Bleib ganz ruhig«, sagte Britt und zuckte dabei mit den Augenbrauen. »Behalte deine Gewohnheiten einfach bei, bis es so weit ist. Mach alles ganz normal.«

»Britt, bei dir ist es über zwanzig Jahre her«, lächelte Beat.

»Vergiss nicht, vor ein paar Jahren war ich noch mal die Sprechstundenhilfe des Frauenarztes im ›Derrick‹.«

»Wie konnt ich das nur vergessen«, schwyzerte ihr Mann.

»Dann also ganz normal zu unserem Hausitaliener«, beschloss Zoe.

Sie saßen an rot-weiß karierten Tischdecken vor einer großen Antipastiplatte mit *gamberi, tonno, melanzane* und gefüllten *zucchini.* Sie tranken Weiswein aus dem Veneto, Zoe natürlich nur ein kleines Glas, alles genau wie in Venedig, nur dass draußen ein Schneegestöber durch die Prince Street fegte.

»Mario ist zwar Sizilianer, aber er macht uns köstliche

polpette, sarde und baccalà alla veneziana«, schwärmte Zoe und schien sich sichtlich auf das Essen zu freuen.

»Woher weiß man eigentlich, das Hans-Dieter Francesca ermordet hat?«, fragte Harry.

»Wie war das, Beat?« Britt überlegte. »Die Polizei hat bei der toten Francesca Hans-Dieters Anstecknadel gefunden. Die hübsche kleine Schlange, die Roberto für ihn gemacht hat. Ist das nicht tragisch?«

»Und dann hat die Polizei auch die Mordwaffe bei ihm gefunden«, sagte Beat. »Ein Fisch aus Muranoglas, oder?«

»Ein F-F-Fisch«, stotterte Harry.

Auch Zoe zuckte zusammen. »Was sagst du? Aus Glas?«

Sie wurden beide doch ziemlich blass. Wie hatte der Karpfen überhaupt entdeckt werden können? Harry nestelte nervös an seiner Serviette, und Zoe rutschte unruhig auf dem Stuhl herum. Ab und zu schien sie innezuhalten und machte einen abwesenden Eindruck. Diese Neuigkeiten aus Venedig waren Gift für sie. Harry war besorgt. Aber Zoe machte eine beschwichtigende Geste.

»Geh bloß nicht zu früh in die Klinik«, wusste Britt. »Sonst schicken sie dich gleich wieder nach Hause.«

»Man hat das wohl an der Wunde feststellen können«, kam Beat wieder auf den Mord an Franca zurück. »Es war ein sehr ungewöhnlicher Einstich, der genau zu diesem Murano-Fisch passte. Der Einstichkanal, so stand es in der Zeitung, war wellenförmig. Nichts Übliches, kein Messer oder so, sondern dieser Glasfisch, das konnten die wohl sehen.«

»Hat man den … was sagst du? … den Glasfisch bei der Toten gefunden?«, fragte Harry.

»Oh nein, bei einer Hausdurchsuchung bei unserem guten Giovanni in der Wohnung«, verkündete Britt stolz. »Stellt euch das vor, er hat Franca damit erdolcht und anschließend hat er diesen Fisch wieder auf seine Kommode gestellt. Er hat noch versucht, sich rauszureden. Er hat behauptet, dass ihm mehrere Glastiere gestohlen worden seien.«

»Auch das hat ihm natürlich niemand geglaubt«, fügte Beat hinzu.

Einen Moment stutzte Harry. Aber dann fiel es ihm ein. Hans-Dieter besaß mehr als nur einen Glaskarpfen. In seiner Wohnung hatte dasselbe Ding noch mal gestanden, türkis statt regenbogenfarben, wenn er sich recht erinnerte.

Seine monströsen Glastiere waren dem Lateinlehrer also zum Verhängnis geworden. Wer sich solch grauselige Karpfen und Kröten ins Zimmer holte, hatte es nicht besser verdient, fand Harry. Er konnte sich dabei einer gewissen Schadenfreude nicht erwehren.

Es war schon komisch, dachte er sich. Hans-Dieter hatte ja tatsächlich einen Mord begangen. Aber verhaftet worden war er für eine Tat, die nicht auf sein Konto ging. Es war ja nicht einmal Mord gewesen, nur ein dummer Unfall, der unglückliche Sturz eines Muranoglas-Karpfens vom Küchenschrank.

»Wir alle hätten Hans-Dieter so etwas wirklich niemals zugetraut«, sagte Britt. »Am allerwenigsten sein kleiner Roberto. Aber der hat sich erstaunlich schnell getröstet, mit dem neuen Eigentümer dieser Werft auf der Giudecca, dem kleinen Bruder von Carlo Materazzi.«

»Ihr wisst, das Atelier von Francesca«, erklärte Beat. »Hans-Dieter hatte es Roberto versprochen, und der hat es jetzt von einem anderen bekommen. Jetzt entwirft er dort seine Glaskreationen, oder?«

»Dreimal dürft ihr raten, was der ganz große Renner bei den Touristen ist.«

»Koi-Karpfen aus Muranoglas«, sagte Harry prompt.

»In allen erdenklichen Farbkombinationen.«

Zoe war jetzt ziemlich blass um die Nase.

»Incredibile«, imitierte Britt Benning Giovanni-Dieters meckernden Tonfall. Dabei fuhr sie mit dem Zeigefinger an ihrem Kinn demonstrativ die imaginäre Linie seines Tennisballbartes entlang. Alle lachten, nur Zoe nicht.

Sie stöhnte leise und machte ein schmerzverzerrtes Gesicht. Das Baby schien sich wohl doch nicht bis Silvester Zeit lassen zu wollen.

Harry war alarmiert. »Zoe, was ist?«

»Ich glaube, das sind jetzt echte Wehen. Harry, es geht los! Aber wirklich!«

»Wann war die letzte Wehe?«, wollte Britt fachkundig noch wissen. Aber Harry sah Zoe nur kurz prüfend an, dann stürzte er zur Theke: »Toni, es geht los! Schnell ein Taxi. Zoe muss in die Klinik.«

»Sì, sì, Harry, subito.« Toni wedelte mit den Armen. *»Luigi, Dino, sono cominciate le doglie!* Die Wehen haben eingesetzt!«, rief er in die Küche.

»Toni, bitte, schnell ein Taxi«, rief Harry aufgeregt.

»Sì, subito, mein Neffe ist Taxifahrer, er wird Zoe fah-

ren. Michael, er ist der Beste. *Believe me*, Harry, er ist der Schnellste. Er bringt unsere Zoe rechtzeitig in die Klinik. *Rapidissimo*! Glaub mir!«

Toni wählte eine Nummer auf einem vorsintflutlichen Ungetüm von tragbarem Telefon. Nach wenigen Freizeichen hatte er eine Verbindung. Augenblicklich ließ Toni eine wahre Tirade italienischer Sätze los und gestikulierte wild mit der freien Hand herum. Harry verstand mehrmals die Worte *urgente* und *veloce*.

»Er ist sofort da. *Calmati, Harry, calmati!* Ganz ruhig!« Toni tätschelte Harry die Wangen. »Michael ist der Beste.«

Die Minuten kamen ihnen wie Stunden vor. Harry hatte Zoes Mantel geholt und tigerte unruhig auf und ab, Zoe saß quer auf ihrem Stuhl, atmete heftig und machte ein beängstigend ernstes Gesicht. Die Gäste an den anderen Tischen beobachteten sie interessiert. Britt Benning war mit ihren Schwangerschaftstipps am Ende.

Dann endlich fuhr das große altmodische Checker-Taxi, leuchtend gelb mit schwarz-weiß karierten Seitenstreifen und nagelndem Motor vor dem Restaurant vor.

Harry hakte Zoe unter und Britt und Toni stritten sich, wer den anderen Arm nehmen durfte.

»Nun ist mal gut. Ich kann selbst laufen.« Zoe wurde fast ärgerlich. »Ich bin nicht todkrank, ich bekomme nur ein Baby.«

Es hatte wie verrückt angefangen zu schneien, dicke pappige Flocken kamen vom Himmel. Tonis Neffe Michael hielt die Autotür auf und verfrachtete Zoe und dann auch Harry in den Fond.

»Beth Israel Hospital?«, fragte er, offensichtlich die Ruhe selbst.

»*Sì*, Beth Israel«, antwortete Harry. Irgendwie kam ihm der Taxifahrer bekannt vor.

Das Taxi reihte sich in die lange Schlange des Abendverkehrs ein. Der Scheibenwischer bewegte sich schmatzend über die schmale Frontscheibe des alten Taxis. Die Ränder neben den beiden Halbkreisen waren dick verschneit. Unter dem Rückspiegel baumelte ein Teddy im Inter-Mailand-Trikot. Aus dem Lautsprecher kam leise Gianna Nannini. Der Wagen war überheizt und in den durchgesessenen Ledersitzen fühlte man sich wie in Abrahams Schoß. Hinter dem Schneegestöber flogen Neonreklamen an ihnen vorüber.

»Halt durch!« Harry drückte Zoe die Hand. »Wir sind gleich da!«

Sie lächelte etwas gequält, erwiderte aber seinen Händedruck.

Jetzt wusste er auf einmal, an wen ihn der Taxifahrer erinnerte. Er hatte eine verblüffende Ähnlichkeit mit dem venezianischen Comissario. Es war eigentlich alles genau wie in Venedig. Doch statt in einem Boot saßen sie jetzt im Yellowcab und rasten die Browery hinunter anstelle des Rio della Misericordia. Und diesmal trug Zoe die wertvolle Fracht bei sich.

Ich danke meiner Frau, die Harry Oldenburg immer wieder auf neue Ideen bringt, meinem Schulkameraden Dietmar Bittrich, der die Telefonnummer des richtigen Verlages parat hatte, meiner Lektorin Karoline Adler, die immer ein Auge darauf hat, dass sich unser Harry nicht zu sehr danebenbenimmt, und meiner Italienischlehrerin Loredana Zanne, die genau weiß, wie die italienischen Schimpfworte geschrieben werden. Ohne ihre Unterstützung wären die Giacomettis, Mirós und Noldes wohl alle noch im Museum.

Krischan Koch

Harrys Bars und Restaurants

BAR AL MARCÀ, San Polo 213, Campo Cesare Battisti, Tel. 041 724 10 35, So morgen geschl.

ENOTECA GIA SCHIAVI, Dorsoduro 992, San Trovaso, Tel. 041 523 00 34, So geschl.

TRATTORIA ALL' ANTICA MOLA, Cannaregio 2800, Fondamenta degli Ormesini, Tel. 041 71 74 92

AI TRE SCALINI, Giudecca 53, Calle Michelangelo, Tel. 041 522 47 90, Do geschl.

OSTERIA ALLE TESTIERE, Castello 5801, Calle del Mondo Novo, Tel. 041 522 72 20, So und Mo geschl.

AL NONO RISORTO, Santa Croce 2337, Calle de la Regina, Tel. 041 524 11 69